# L. Hayuco: Die Fahne

Die Person, die dieses Buch verfasst hat, lebt in Montevideo.
Darüber hinaus ist nichts über sie bekannt.
Sie möchte, dass es so bleibt.

L. Hayuco

# Die Fahne

1. Auflage 2020
Verlag De Noantri Bremen Wuppertal
Gestaltung + Satz: L. Hayuco
Titelgestaltung unter Verwendung des Gemäldes „El Juramento de los Treinta y Tres Orientales“ von Juan Manuel Blanes
ISBN 978-3-943643-21-3

*Für Cristóbal,*
*dem das Buch hoffentlich gefallen hätte.*

# Vorwort

Die Geschichte ist wahr. Die Geschichte ist erfunden.*

* Ein Überblick über die realen Ereignisse, Personen und Orte, auf denen die Geschichte aufbaut, befindet sich am Ende des Buches.

# Kapitel 1

Montevideo, Februar 2020

„Scheiße, ist das hässlich!" Esteban erschrickt. Hat er das jetzt nur gedacht oder laut gesagt?

Offenbar hat er es gesagt. Marcela nickt und murmelt: „Was willst du? War halt eine Auftragsarbeit. Blanes malte auch tolle Bilder. Schau' dir mal *La Paraguaya* an, im *Museo de Artes Visuales*. Großartig, so kurz nach dem Vernichtungskrieg, den unsere Herren Nationalhelden gegen Paraguay führten."

Esteban antwortet nicht. Er starrt gebannt auf achtzehn Quadratmeter Nationalpathos in Öl.

Das Gemälde kennt er natürlich. Esteban hat es schon oft in Büchern gesehen, aber eben nie im Original. Sein Blick wandert über das Bild. Dreiunddreißig Männer mit Säbeln und Musketen. Halb rechts Juan Antonio Lavalleja, der „Befreier". In seiner Linken und im Goldenen Schnitt des Bildes, die Fahne der Rebellion.

„Stimmt", sagt er plötzlich.

„Stimmt was?"

„Ich sehe, euer Juan Blanes hatte es echt drauf."

„Was meinst du?" Marcela starrt fragend das Bild an.

„Was siehst du hier, Marcela?"

„Hä?"

„Komm schon, was siehst du?"

Marcela stellt sich stramm vor das Bild und fängt mit gekünstelt hoher Stimme an: „Gerne, Herr Lehrer. Das ist das Bild *Der Schwur der 33 Orientalen*. Gemalt von Juan Manuel Blanes achtzehnhundertpaarundsiebzig. Es zeigt den Schwur der 33 Orientalen, die achtzehnhundertirgendundzwanzig den Kampf gegen die brasilianische Besatzung aufnahmen."

„1825."

„Danke, Herr Lehrer, dass sie mich korrigieren." Marcela zwinkert dabei einer Gruppe von Kindern zu, die amüsiert dem Gespräch folgen.

„Marcela, bitte! Was fehlt auf dem Bild?"

„Kühe?"

Die Kinder kichern. Esteban bemerkt sie erst jetzt und senkt seine Stimme. „Ernsthaft jetzt, hier fehlt etwas Wichtiges."

Marcela überfliegt noch einmal das Gemälde und erwidert im normalen Tonfall. „Keine Ahnung, was du meinst. Vielleicht das Geld aus Buenos Aires? Schließlich waren es ja die *Porteños*, die den Feldzug finanzierten."

„Ja, äh nein. Das meine ich nicht. Das ist doch hier der berühmte Schwur der Befreier Uruguays. Und jedes Kind kennt wohl den Inhalt des Schwurs, oder?"

„*Libertad o muerte!*" Die Antwort kam nicht von Marcela, sondern von einem Mädchen aus der Kindergruppe. Marcela zeigt mit dem Finger auf sie, grinst und nickt übertrieben. „Jedes Kind!"

„Genau. Freiheit oder Tod. Und warum kennt es jedes Kind?"

„Weil es ganz groß auf der Fa …" Marcela blickt verdutzt auf das Bild. Lavalleja, Lavallejas Hand, die Fahne. Aber von dem berühmten Schriftzug war nur *LIB* zu lesen und das auch noch spiegelverkehrt.

Esteban ist jetzt in seinem Element und beginnt zu dozieren. „Der berühmteste Maler Uruguays bekommt den Auftrag, eine der symbolträchtigsten Szenen des Unabhängigkeitskrieges darzustellen und er vergisst, das Motto des Kampfes abzubilden. Normalerweise müsste es über den Häuptern der Befreier prangen. Gut lesbar auf der im Wind theatralisch wehenden Fahne. Und außerdem …"

„Ich kann es ihm auch nicht verdenken", unterbricht Marcela seinen Redefluss. „Soweit ich weiß, floh er als Kind mit seiner Familie aus Montevideo, als der Typ da rechts neben Lavalleja …"

„Manuel Oribe."

„Ja, danke Herr Lehrer, als dieser Oribe später im Bürgerkrieg Montevideo neun Jahre lang belagern ließ. Übrigens auch wieder mit eurem Geld. Und mit Truppen aus Buenos Aires. Ich kann mir vorstellen, dass Blanes mit diesen Personen eher den Tod als die Freiheit verband."

„Ja, und außerdem waren die Auftraggeber Liberale und die Dargestellten Konservative, die sich damals …"

Marcela hört nicht mehr zu. Ihr gefällt der Gedanke, dass der Maler bewusst den Nationalhelden ihre Fahne entwendete. Ein Fahnendiebstahl sozusagen. Der erste. Immerhin hat sie jetzt einen Anfang für ihre Geschichte, wie das *LIB* auf der Fahne. Aber dort ist klar, was folgt. Bei ihrer Geschichte ist das mitnichten so.

---

Marcela war überrascht, als Sergio, ihr Chefredakteur, sie letzte Woche zum Gespräch bat und ihr den Vorschlag unterbreitete. Sie solle sich zwei Wochen Zeit nehmen für erste Recherchen und dann wolle er entscheiden, ob das Thema weiterverfolgt werde. Marcela war auch ein bisschen stolz. Seit sechs Jahren arbeitete sie in der Redaktion. Nach einigen Jahren leidlich erfolgreicher Tätigkeit als freie Journalistin, war das Volontariat bei der Zeitung für sie ein Glücksfall. Nach sechs Monaten erhielt Marcela eine Festanstellung. Anfangs als Assistentin und schließlich als Redakteurin in der Politikredaktion. Erst seit Kurzem gehörte sie zu einer kleinen Gruppe von Redaktionsmitgliedern, die unabhängig vom Tagesgeschäft für Hintergrundreportagen recherchierten. Dass sie nun erstmals als verantwortliche Redakteurin mit der Erstellung einer umfangreichen Reportage beauftragt wurde, sah Marcela als Wertschätzung ihrer bisherigen Arbeit an. Es störte sie auch keineswegs, dass Sergio ihr Esteban zur Unterstützung zur Seite stellte. Dieser sei ein alter Freund von ihm, außerdem Professor an der Universität von Buenos Aires und habe dadurch einen einfachen Zugang zu Archiven. Zudem sei er bestens vernetzt und dies könne sich als nützlich erweisen, falls Marcela spezifische Informationen aus Argentinien benötige.

Aber Sergio warnte sie auch. „Esteban ist zweifellos fachlich brillant und hat oft gute Ideen. Aber er ist auch ein *Porteño* wie aus dem Bilderbuch. Also keine Diskussionen über Tango, Gardel, Fußball, die Falkland-Inseln, das beste Rindfleisch …"

„Verstehe. Und über was kann ich mit ihm reden?"

„Über die Arbeit, das Wetter, das Leben auf dem Mars. Aber ich war noch nicht fertig. Zettle bitte, bitte auf keinen Fall eine Diskussion mit ihm über die argentinische Politik an. Den Fehler hab' ich selbst ein paar Mal gemacht. Darauf wurde ich tagelang von ihm zugetextet und ihr kommt nicht mehr zum Arbeiten. Er ist zwar irgendwie ein Linker, aber auch glühender Anhänger der Kirchners, sozusagen ein linker Peronist. Das soll verstehen, wer will."

„Also eine galoppierende Schnecke."

„Exakt."

Marcela nutzte die Zeit bis zur Ankunft Estebans, um sich in das Thema einzuarbeiten. Allerdings war sie mit ihrer Ausbeute unzufrieden. Als sie Esteban am Fährterminal des Hafens abholte, hatte sie das Gefühl, mit leeren Händen dazustehen.

Sie gingen in die kleine Fußgängerzone in der Nähe des Hafens, ließen sich im Außenbereich eines Cafés nieder und aßen eine Kleinigkeit. Esteban betrachtete interessiert die teils aufwändig sanierten, teils maroden Fassaden der Kolonialbauten.

„Hübsch hier", bemerkte er beiläufig. „Ist wie Buenos Aires in klein."

Marcela warf ihm einen spöttischen Blick zu, schwieg aber.

Esteban bemerkte Marcelas Gesichtsausdruck. „Vergiss es ... Also lass' hören. Sergio hat mich ja nicht über den Río de la Plata kommen lassen, nur um ein paar *Tartas* zu essen. Es geht also um eine Fahne, die vor fünfzig Jahren geklaut wurde. Viel mehr hat mir Sergio nicht erzählt. Jetzt bist du dran."

„Die Fakten sind dokumentiert", begann Marcela etwas schüchtern und öffnete einige Dokumente auf ihrem Tablet und reichte dieses an Esteban. „Kurz gesagt: am 15. Juni 1969 überfallen mehrere Bewaffnete das Nationalmuseum hier um die Ecke. Sie stehlen die Fahne der 33 Orientalen. Auf die Wand malen sie ein ‚R' in einem Kreis und verschwinden. Die FAU, die ‚Federación Anarquista Uruguaya', bekennt sich zu dem Überfall und publiziert ein ziemlich pathetisches Manifest. Sie feiern die Aktion als Symbol des erstarkten Kampfes gegen den Despotismus der Oligarchie oder so ähnlich. Die Reaktion des Staates kommt auch prompt. An den Folgetagen werden mehrere Personen verhaftet. Mindestens ein Mensch sogar erschossen. Und danach? Nichts. Oder vielmehr alles."

„Wie meinst du das?"

„Na ja. Die Spur verschwindet. Es passiert so viel, dass der Fahnenraub immer weniger Beachtung findet. Razzien, Überfälle, Streiks, Schießereien, immer mehr Tote und schließlich die Machtübergabe ans Militär dreiundsiebzig. Zwei Jahre später, im Vorfeld des hundertfünfzigsten Jahrestags der Landung der 33 Orientalen, ist das Thema noch einmal in den Medien präsent. Die Sicherheitsorgane intensivieren die Suche. Aber die Ermittlungen verlaufen im Sand ... Die einzig halbwegs glaubwürdige Aussage darüber, wo die Fahne gelandet sein könnte, kommt von den Anarchisten. Sie besagt, dass sie Anfang der siebziger Jahre nach Buenos Aires geschmuggelt wurde. Und mit dem Putsch bei euch sechsundsiebzig hat sich die Spur verloren. Diejenigen, die was dazu sagen könnten, wurden ermordet. Aber da kennst du dich sicher besser aus als ich."

Esteban nickte. „Und sonst?"

„Vor ein paar Jahren gab es das Gerücht, dass sich die Fahne im Nachlass eines Yankee-Millionärs befinden soll. Aber irgendwie war das wohl auch eine tote Spur. Und dann gibt es noch ein paar Leute, die sagen, die Fahne habe sich im wörtlichen Sinn in Luft aufgelöst."

„Das verstehe ich nicht."

„Als die Anarchisten die Fahne stahlen, war sie schon nicht mehr im besten Zustand. Aber in dem regulierten Museumsklima, geschützt in einer luftdichten Vitrine, blieb sie halbwegs konserviert. Aber außerhalb des Museums? Gut möglich, dass nur noch ein paar Staubkrümel von ihr übrig sind."

Marcela machte eine kurze Pause, trank einen Schluck Kaffee und wendete sich wieder an Esteban.

„So oder so. Das Ding ist weg und wird auch nicht mehr auftauchen."

Esteban nickte. „Und was will Sergio von uns?"

„Letztendlich geht es ihm um eine längere Reportage für unsere Zeitung, die er in mehreren Teilen oder als Sonderbeilage veröffentlichen will."

„Aber es gibt bestimmt einige Bücher über den Fall? Der ist doch prädestiniert für politische Folklore."

Marcela schüttelte den Kopf. „Nein, gibt es nicht. Die meisten Veröffentlichungen beschränkten sich auf Zeitungsartikel. Ich habe alles, was ich finden konnte, auf dem Tablet. Was Sergio möchte, ist eine gut recherchierte und durcherzählte Geschichte. Aber dazu fehlt uns noch viel."

„Und wie gehen wir es an?"

„Sergio sagt, du willst ins Militärarchiv?"

Esteban nickte. „Mal sehen, ob sie mich reinlassen."

„Ja, hoffentlich, und viel Spaß dort." Marcela grinste.

„Und du?" wollte Esteban wissen.

„Ich durchforste weiter die öffentlich zugänglichen Archive. Ach ja, morgen Nachmittag haben wir einen Termin bei einem, der damals in der *Federación Anarquista* eine wichtige Rolle spielte."

Esteban nippte an seinem Kaffee.

„Ich denke, das war's erstmal", sagte Marcela mehr zu sich als zu Esteban. „Sonst habe ich nur ein paar Anekdoten."

„Ich liebe Anekdoten. Was hast du auf Lager?"

„Na gut. Zum Beispiel die Tatsache, dass die Fahne nicht das einzig Wertvolle war, das sich im Besitz der Anarchisten befand und nie wieder auftauchte."

„Was haben sie noch geklaut?" fragte Esteban amüsiert. „Die Lieblingskuh des damaligen Präsidenten?"

„Acht Millionen Dollar", antwortete Marcela trocken. „Das war wohl ihre Kriegskasse, um illegale Aktionen in Uruguay zu finanzieren. Das Geld ist nie aufgetaucht. Aber vieles spricht dafür, dass es sich eure Militärs unter den Nagel gerissen haben."

„Wau! Acht Millionen Dollar! In den Siebzigern war das richtig viel Geld. Auf die heutigen Preise gerechnet müssten das dreißig Millionen sein. Oder vierzig?"

„Keine Ahnung", antwortete Marcela schulterzuckend.

„Auch egal. Das waren jedenfalls die reichsten Anarchisten, die ich kenne. Woher hatten sie das ganze Geld?"

„Es dürfte vor allem Lösegeld gewesen sein. Vierundsiebzig entführten sie einen niederländischen Geschäftsmann in Buenos Aires, er hieß Hart oder so ähnlich. Für dessen Freilassung bekamen sie angeblich zehn Millionen."

„Dieser Hart schien eine wichtige Person gewesen zu sein, sonst hätten sie sicher nicht so viel für seine Freilassung bezahlt

… Kein Wunder, dass man auch in Argentinien hinter ihnen her war. Sowas ist kein Kavaliersdelikt", bemerkte Esteban, fügte aber eilig hinzu: „Nicht, dass du mich missverstehst. Ich will jetzt nicht die Verbrechen der Diktatur relativieren. Ich weiß selbst, dass …"

„Alles gut. Du hast ja Recht. Die Anarchisten waren keine Unschuldslämmer. Ich finde auch vieles nicht gut, was sie machten. Aber trotzdem …" Marcela dachte kurz nach und fuhr mit bitterem Unterton fort: „Sie achteten immer darauf, dass bei ihren Aktionen niemand umkam. Zumindest behaupten das die Anarchisten von sich selbst. Genutzt hat es ihnen später aber nichts. Viele von ihnen wurden von den Militärs ermordet."

„Sonst noch etwas Interessantes?" Mit seiner Frage durchbrach Esteban unbeholfen das beklemmende Schweigen, das Marcelas Worten folgte.

„Äh. Sonst? Ach ja, es gibt noch eine interessante Personalie. Sagt dir der Name Jorge Vázquez Rosas etwas?"

„Der Bruder eures Noch-Präsidenten?"

„Respekt. Ja, genau der."

„Was ist mit ihm?"

„Er war auch bei den Anarchisten und manche Leute glauben bis heute, dass er was mit dem Überfall zu tun haben könnte."

„Das ist ja nett. Der eine Bruder ist Freimaurer und Präsident, der andere Anarchist und mutmaßlicher Reliquiendieb. Haben wir bei ihm auch einen Interviewtermin?"

„Haben wir nicht", antwortet Marcela lächelnd. „Ich würde auch bezweifeln, dass wir von ihm etwas Neues erfahren. Du findest ein paar Statements von ihm zu dem Thema auf dem Tablet. Außerdem ist er momentan sehr beschäftigt."

„Wieso beschäftigt? Was macht dieser Jorge jetzt?"

„Er ist bis zum 1. März Interims-Innenminister."

Esteban verschluckte sich an seinem Kaffee. „Was? Ihr Orientalen habt ja wirklich komische politische Verhältnisse."

„Das musst gerade du als Argentinier sagen!"

„Mist", dachte Marcela und erinnerte sich an Sergios Warnung. Aber offenbar hatte ihr Chef auch Esteban vorbereitet. Er ließ die Spitze unbeantwortet.

„Was willst du heute noch machen?" fragte Marcela, um schnell das Thema zu wechseln.

„Erstmal mein Gepäck in das Apartment bringen."

„Wo wohnst du?"

„Eine Freundin von Sergio hat mir ihre Wohnung für eine Woche überlassen. Sie ist gerade am Atlantik. Den Schlüssel hat sie bei einer Nachbarin hinterlegt, mit der ich heute Morgen schon telefoniert habe. Sie ist zuhause. Ist es weit bis in die Calle Rio Branco, Ecke Canelones?"

„Zu Fuß fünfzehn oder zwanzig Minuten."

„Gut, dann laufen wir ein bisschen."

„Und danach in die Redaktion?"

„Nein, ich will mir erst die Fahne anschauen."

Marcela blickte Esteban verständnislos an. „Hä?"

„Auf dem Bild, diesem Ölschinken von Blanes."

---

Marcela und Esteban beschließen, in die Redaktion zu fahren. Sie ist immer noch unzufrieden mit dem Stand der Recherchen, aber der Museumsbesuch hat sie etwas aufgeheitert. Als sie den Ausstellungsraum verlassen, dreht Marcela sich noch einmal kurz zu dem Gemälde um und lächelt.

# Kapitel 2

„Setzen wir uns draußen hin. Ich habe schon ein paar Stühle rausgestellt."

Marcela und Esteban folgen Andrés auf eine kleine Rasenfläche, die sich hinter dem Haus befindet. Nachdem sie auf einfachen Klappstühlen Platz genommen haben, gießt Andrés Mate mit heißem Wasser auf und reicht ihn Marcela. Mit einer Kopfbewegung deutet er auf Esteban. „Und der *Porteño*? Trinkt der auch so was?"

„Wahrscheinlich nur mit viel Zucker." Marcela grinst.

Esteban hat die Bemerkung überhört. Er starrt mit halb offenem Mund auf die Bucht von Montevideo, die sich vor ihm in östlicher Richtung ausbreitet. Er war in den letzten Jahren einige Male in der Stadt, meist wegen beruflicher Verpflichtungen und um Sergio zu besuchen, aber diese Seite der Bucht kannte er nicht. Der Blick auf die Hafenanlagen und die Stadt ist überwältigend.

„Das ist schon eine komische Stadt hier", sagt er zu den anderen gewandt.

Marcela blickt ihn fragend an.

„In Buenos Aires wäre das hier ein Viertel der Reichen. Aber hier, bei allem Respekt Andrés, ..." Estebans Blick schweift von den zweistöckigen Ziegelhäusern der Genossenschaftsanlage, in der Andrés lebt, über die vielen sanierungsbedürftigen Gebäude in der Nachbarschaft zu den am Wasser gelegenen

Industriebrachen. „Das ist doch ein ziemlich einfaches Viertel mit Luxuspanorama."

„Wahrscheinlich haben die Reichen bei euch mehr Geschmack", murmelt Andrés. „Hier wohnen sie im Osten. Schöne Strände, keine Frage. Aber scheiß langweilig. Sind ja nicht mal Viertel. Die wohnen da in ihren scheiß Villen, die sie mit ihren Karossen nur verlassen, um in den scheiß Shoppings einzukaufen. Und wenn dann jemand kommt und will ein paar Graffitis an ihre scheiß Wände sprühen, wird er erschossen. Letztes Jahr haben sie ja einen in dem scheiß Punta Gorda abgeknallt, aus den Häusern raus. Wie hieß er nochmal?"

„Er nannte sich PLEF. Das war sein Künstlername", antwortet Marcela.

„Ja genau, PLEF. Einfach abgeknallt und nichts ist bis heute passiert. Dieses Pack soll dortbleiben, wo es ist. Da sind sie ja auch im Sommer näher an dem scheiß Punta del Este. Wegen mir können sie alle dort hinziehen. Oder gleich nach Brasilien. Da hätten sie mit dem scheiß Bolsonaro gleich einen Präsidenten, der zu ihnen passt. Zum Glück trauen sie sich nicht hier her an den Cerro. Für die besteht das ganze Viertel hier eh nur aus kommunistischen Kriminellen."

Esteban blickt Andrés konsterniert an. Eine solche Schimpftirade war er als bonaerensischer Intellektueller nicht gewöhnt. Andrés erwidert den Blick und sagt langsam: „Alles gut."

Dann nimmt der den Mate, gießt ihn nochmal auf und trinkt einen Schluck. „Ihr seid aber nicht hierhergekommen, um über Stadtentwicklung zu diskutieren, oder? Aber bevor wir anfangen, ein paar Dinge vorweg. Ich rede nur mit euch, weil Sergio für euch bürgt. Ich kenne den Kerl seit er in Windeln gekackt hat. Also macht keinen Scheiß. Ich nenne keine Namen, das habe ich im Knast nicht gemacht und werde es auch nicht euch gegenüber tun, und aufgezeichnet wird auch nichts. Eure Handys macht ihr jetzt aus und tut die Batterie raus. Ich will nicht, dass wer mithört. Soweit klar?"

Marcela und Esteban nicken und befolgen Andrés' Anweisungen.

„Also", fährt Andrés betont höflich fort, „was kann ich für euch tun?"

„Wie dir Sergio sicherlich gesagt hat", beginnt Marcela zögerlich „recherchieren wir den Verbleib der Fahne der 33 Orientalen. Und nachdem du in der Zeit ein wichtiger Kopf der FAU warst, kannst du uns vielleicht ein bisschen weiterhelfen. Ohne Namen, natürlich."

„Was interessiert euch das denn. Der Stofffetzen ist seit über fünfzig Jahren verschwunden. Damals hat das ordentlich für Schlagzeilen gesorgt. Aber spätestens seit dem Ende der Diktatur kräht kein Hahn mehr danach."

„Sergio meint, dass es gut wäre, sich auf Stand zu bringen und das Thema zu besetzen. Schließlich gibt es in fünf Jahren große Feierlichkeiten zum zweihundertsten Jahrestag der Landung der 33 Orientalen und er denkt, dass unser künftiger Präsident da schon im Vorfeld viel heiße Luft produzieren wird."

Andrés nickt. „Klar, *Pompita* wird sich das nicht entgehen lassen."

„*Pompita*? Die Luftblase?" wirft Esteban ein.

Marcela und Andrés blicken sich an und lächeln. Schließlich ist es Marcela, die die Frage beantwortet. „Unser künftiger Präsident heißt Luis Alberto Lacalle Pou, für manche aber *Pompita*. Ich weiß gar nicht mehr, woher der Spitzname kommt. Aber ich finde, er passt. Der Typ ist ein Meister der leeren Worthülsen. Habe ich auch in deinem Sinne geantwortet, Andrés?"

Andrés nickt, nimmt einen Schluck Mate und fährt fort „Das gibt Sinn, *Pompita* wird heiße Luft produzieren und die scheiß Militärs sich für Paraden in Schale schmeißen. Aber ohne die Original-Fahne ist es halt nur halb so schön. Also nochmal. Was kann ich für euch tun?"

Jetzt ist es Esteban, der die Initiative übernimmt. „Ganz einfach, was weißt du über die scheiß Fahne?“ Esteban erschrickt über seine Wortwahl.

Andrés lässt sich Zeit, bevor er antwortet: „Na ja, bei der Aktion war ich nicht dabei. Das war ein Vorläufer der OPR-33, unseres bewaffneten Arms. Die hatten eigene Strukturen, die zwar von uns politisch geleitet wurden, aber autonom funktionierten. Die Fahne war die erste Zeit in Montevideo, keinen Kilometer vom Nationalmuseum entfernt. Anfang zweiundsiebzig haben wir sie zu Genossen nach Buenos Aires gebracht und …“

„Ihr habt sie argentinischen Anarchisten übergeben?“

„Nein.“

„Aber ihr seid doch erst dreiundsiebzig …“

„Zu dem Zeitpunkt waren schon ein paar unserer Leute dort. Wir hatten sie in Sicherheit gebracht. Es gab schwarze Listen. Unsere Federación wurde ja schon lang vor dreiundsiebzig verboten. Die *Milicos* haben Jagd auf uns gemacht. Wir haben versucht, aus der Illegalität heraus, gegenzuhalten. Nachdem dreiundsiebzig die *Milicos* den Laden hier übernahmen …“ Andrés trinkt einen Schluck Mate und blickt schweigend über die Bucht. Marcela beobachtet ihn. Sie sieht dem alten Anarchisten an, wie schwer ihm das Reden über diese Zeit auch nach fast fünfzig Jahren fällt.

Marcela wirft Esteban einen zornigen Blick zu, als dieser mit einem deplatzierten „Und?“ die Unterhaltung wieder aufnehmen will. Esteban bemerkt ihre Reaktion nicht, da seine Augen auf den Anarchisten fixiert sind.

Andrés antwortet leise und monoton: „Dreiundsiebzig sind dann fast alle Führungsleute nach Buenos Aires geflohen, ich auch. Nur ein paar haben hier die Kontakte aufrechterhalten und Widerstandsaktionen koordiniert.“

„Und die Fahne? Du wusstest, wo sie war?“

„Nein.“

„Aber die Fahne war sicher in Buenos Aires?“

Andrés zuckt mit den Schultern und blickt Esteban direkt in die Augen. „Keine Ahnung. Vermutlich schon.“

Esteban dreht sich zu Marcela. Seine Mimik deutet Marcela als Aufforderung, dass sie das Gespräch weiter führen solle.

Marcela räuspert sich. „Ich hätte auch ein paar Fragen. Aber wenn du willst, können wir gerne eine Pause machen.“

Andrés atmet tief durch. „Nicht nötig, aber danke. Bringen wir es hinter uns.“

Marcela beginnt vorsichtig: „Wie viele Personen wussten von dem Ort, an dem sich die Fahne befand?“

„Wahrscheinlich eine, maximal zwei oder drei.“

„Und … natürlich ohne Namen zu nennen … weißt du, wer diese Person war?“

Andrés sieht Marcela lange an und antwortet lakonisch: „Ja, ich kannte den Verantwortlichen.“

„Aber der Verantwortliche war in Buenos Aires?“ mischt sich Esteban ein. Marcela ist anzumerken, dass sie darüber nicht glücklich ist. Andrés betrachtet beide und schmunzelt.

„Ich versuch, es euch zu erklären. Wir bestimmten Leute, die ich zum Teil kannte, die dafür Sorge tragen sollten, dass wichtige Dinge auf keinen Fall in die falschen Hände geraten. Die Fahne war eines dieser Dinge.“

Esteban will die nächste Frage formulieren, aber Marcela bedeutet ihm mit einem Handzeichen, dass er warten solle.

„Nur damit ich das System richtig verstehe …“, sagt Marcela an Andrés gewandt, „ihr habt einen Verantwortlichen bestimmt, der dann die Fahne irgendwo deponierte. Aber wohl kaum in seiner Wohnung, sondern wieder an einem anderen Ort, oder?“

„Schon während der Regierung seines *Generalísimos*“, Andrés blickt abschätzig zu Esteban, „gab es Hausdurchsuchungen, Verhaftungen und Tote. Und dann ab sechsundsiebzig …“ Andrés hielt kurz nachdenklich inne. „Also unwahrscheinlich, dass der Stofffetzen in der Wohnung war. Aber letztendlich war es die Entscheidung der Verantwortlichen."

Marcela nickt. „Was für Möglichkeiten gab es für die Verantwortlichen? Ich meine, im Notfall mussten sie Zugriff auf die Dinge haben."

„Gut mitgedacht", bemerkt Andrés anerkennend. „Wir haben wichtige Sachen manchmal bei unauffälligen Vertrauenspersonen untergebracht. Arbeitskollegen, Nachbarn, sowas in der Art. Nachbarn waren am besten, wenn es sein musste, konnten wir schnell an die Sachen."

„Wer die Personen waren, wussten aber nur die Verantwortlichen?"

„Genau."

„Und von den damaligen Verantwortlichen", sagt Marcela mit gedämpfter Stimme „hat niemand überlebt."

Andrés trinkt einen Schluck Mate und reicht ihn an Marcela. Dann sagt er leise: „So ist es. Alle sind tot und genauer gesagt, ein Teil ist offiziell tot, der andere verschwunden." Er zeigt mit dem Finger hinter das Wohnhaus. „Dahinten ist ja das Memorial für die Verschwundenen, da findest du auch viele Namen von unseren Leuten."

Marcela nickt und blickt gedankenverloren auf die Bucht von Montevideo.

Esteban durchbricht ungeduldig das Schweigen: „Aber war es nicht riskant, wichtige Dokumente an Außenstehende weiterzugeben?"

„Klar war es das", antwortet Andrés nachdem er ein paar Sekunden benötigte, um seine Gedanken zu ordnen. „Für uns und für die Vertrauenspersonen. Wir konnten uns nie sicher sein, ob der Kollege oder der Nachbar nicht ein Spitzel war oder irgendwann aus Angst zu den Bullen geht. Spätestens nach dem Putsch sechsundsiebzig war der Besitz von solchen Unterlagen im Zweifel dein Todesurteil."

„Wussten die Leute, was sie da für euch aufbewahrten?"

„Wir haben ihnen natürlich nicht gesagt, passt auf, hier ist eine Liste unserer klandestinen Kontaktleute in Uruguay. Versteck sie mal für uns. Wir haben ihnen meistens kleine gut verschlossene Koffer oder Taschen gegeben und gesagt, darin seien persönliche Sachen, die wir gern an einem sicheren Ort aufbewahren wollen. Aber die Leute waren ja auch nicht blöd. Einen solchen Aufwand treibst du nicht für ein paar Liebesbriefe."

„Sicher nicht", murmelt Esteban. „Aber sagtet ihr euren, wie nennst du sie nochmal, Vertrauenspersonen, auch, welches Risiko sie da für euch eingehen oder habt ihr deren Vertrauen, äh, wie soll ich sagen …"

„Missbraucht?" vollendet Andrés die Frage. „Uns war schon klar, in welche Gefahr wir sie da bringen könnten. Wir sagten ihnen, dass sie, falls uns was passiert, das Zeug schleunigst loswerden sollen. Wir haben ihnen oft auch einen verschlossenen Umschlag gegeben, den sie im Notfall öffnen sollten. Dort waren einige nützliche Tipps und auch ein paar hundert Dollar, damit sie schlimmstenfalls auch untertauchen konnten."

„Weißt du, was aus ihnen wurde, nachdem sie euch verhaftet hatten?" hakt Marcela nach.

„Keine Ahnung. Ich hoffe, sie haben sich an unsere Anweisungen gehalten."

„Das heißt aber", Marcela formuliert die Frage sehr bedächtig, „dass die Fahne theoretisch noch in einem der Koffer sein könnte, bei einer eurer Vertrauenspersonen?"

Andrés zuckt mit den Schultern. „Ziemlich unwahrscheinlich, dass jemand sowas über vierzig Jahre aufbewahrt. Da ist es schon naheliegender, dass sich irgendein scheiß *Milico* das Ding geschnappt hat oder am Wahrscheinlichsten, dass es auf einer Müllhalde vergammelt ist."

„Auch wenn du keine Namen nennst, kannst du uns vielleicht sagen, wo in Buenos Aires die verantwortliche Person lebte?"

„Warum sollte ich das? Wenn du deinen Job verstehst, könntest du auch jetzt noch rausfinden, wer unser Verantwortlicher war. Und dann?“

Marcela war auf die Frage vorbereitet. „Nichts dann. Sergio sagt dir zu, dass du, bevor irgendwas veröffentlicht wird, darüber entscheiden darfst, welche Namen genannt werden und welche nicht.“

„Wissen das auch Sergios Brötchengeber?“

Marcela nickt. „Außerdem geht es mir nicht primär um die beteiligten Personen. Ich will ja keinen reißerischen Artikel schreiben unter dem Titel ‚Der Mann, der die Fahne versteckte‘. Ich will den geschichtlichen Kontext wiedergeben. Ich will … ich muss dafür aber auch Informationen haben, die die Leute interessieren. Etwas, was sie noch nicht wissen. Etwas, warum sie den Artikel lesen und nicht einfach weiterblättern. Wie soll ich es sagen? … Vielleicht so: Die Geschichte bestimmen diejenigen, die sie machen. In dem konkreten Fall wart das ihr. Punkt. Das Geschichtsbild bestimmen diejenigen, die darüber schreiben. Das machen Leute wie ich. Ebenso Punkt. Sieh meine Frage bitte auch als Chance. Du hast die Wahl zu entscheiden, wer dieses Bild mitbestimmt. Ob du willst oder nicht, je näher der Jahrestag der 33 Orientalen rückt, desto mehr wird darüber veröffentlicht. Du kennst unsere Presse und ihre politische Ausrichtung bestimmt genauso gut wie ich. Wenn du einer rechten Geschichtsschreibung journalistisch was entgegensetzen willst, dann hast du nicht viel Auswahl. Ich biete dir jedenfalls eine Gelegenheit mitzubestimmen, was veröffentlicht wird. Ich bezweifle, dass dir das andere Zeitungen auch anbieten werden. Aber es liegt natürlich bei dir. Du kannst auch entscheiden, dein Wissen mit ins Grab zu nehmen.“ Marcela bereut sofort den letzten Satz. „Entschuldigung, das habe ich nicht so gemeint. Ich hoffe, dass …“

„Alles gut“ unterbricht Andrés sie ruhig. Er überlegt lange, blickt Marcela an und sagt langsam: „Eine zusätzliche Bedingung. Ich möchte nach der Veröffentlichung Zugang zu allen Materialen. Egal, ob sie in den Artikel einfließen oder nicht. Den Rohstoff für dein Geschichtsbild, wenn du so willst."

Marcela ist überrascht. „Das ist eine ungewöhnliche Bedingung. Aber gut, einverstanden."

„Willst du das nicht zuerst mit Sergio besprechen?"

„Nein, nicht nötig. Ich sage es dir zu. Es ist meine Recherche und nicht Sergios. Du bekommst das Material. Ich verspreche es."

Esteban blickt Marcela konsterniert an, schweigt aber.

Andrés gießt den Mate auf, trinkt einen Schluck und wendet sich an Marcela. „Ok. Ich weiß den Namen der Straße nicht mehr. Ist auch schon einige Zeit her. Aber er und zwei andere Genossen hatten ein Apartment in San Cristóbal, in der Nähe von dem alten französischen Krankenhaus. Zumindest waren sie dort, bevor ich verhaftet wurde."

---

Marcela verbrachte den halben Tag damit, sich auf das Treffen mit Andrés vorzubereiten. Ihr war klar, dass sie ihm so viele Informationen entlocken musste wie möglich. Für die Recherche war es hilfreich, dass er sich zu einem Treffen bereit erklärt hatte. Aber Marcela war sich unsicher, wie sie das Gespräch führen sollte. Beruflich hatte sie bislang nur wenige Male Interviews mit politischen Gefangenen aus Andrés' Generation über deren Geschichte geführt. Marcela hatte dabei immer ein Gefühl der Beklommenheit gespürt. Sie kannte deren Biographien, erfragte Details und ließ sich Zusammenhänge erklären. Sie vermied es gleichzeitig, die Lebensgeschichte dieser Menschen zu nahe an sich heran kommen zu lassen. Die seelischen Verletzungen und Traumata, die die Zeit des Gefängnisses, der Folter und der Bedrohung mit dem Tod bei den Befragten erzeugt hatten, waren in den Gesprächen für Marcela tabu.

Ob dies in Rücksichtnahme oder Selbstschutz begründet war, wusste sie selbst nicht genau. Das wenige, das sie von Sergio über Andrés erfahren hatte, genügte, um das Gefühl der Beklommenheit wieder zu erzeugen.

Auch haderte Marcela mit sich selbst. Zu ihrem Selbstbild gehörte, dass sie immer gut vorbereitete Gespräche führte. In diesem Fall war es anders. Wie schon bei der Recherche über den Verbleib der Fahne, konnte sie in der Kürze der Zeit nichts Nennenswertes – weder in Bezug auf Andrés noch auf die anarchistischen Exilstrukturen – in Erfahrung bringen. Die aus diesen Strukturen entstandene PVP, die „Partido por la Victoria del Pueblo", kannte Marcela zwar, aber vor allem als zeitgenössische Partei am linken Rand des politischen Spektrums. Mit ihr hatte sie in der Vergangenheit kaum zu tun, weder beruflich noch privat.

Marcela fühlte sich als Linke. Seit sie wählen durfte, gab sie alle fünf Jahre der Sozialistischen Partei ihre Stimme. Die PVP interessierte sie nicht. Auch wenn diese ein Bündnispartner der Sozialisten war, so nahm sie die Partei als eine von vielen kleinen radikalen Splittergruppen wahr, die keiner besonderen Aufmerksamkeit bedurften. Ihr Urteil betraf sowohl die Gegenwart als auch die Vergangenheit.

Letzteres ärgerte Marcela nun besonders. Nicht nur, da sie sonst mit ihren Recherchen deutlich schneller vorangekommen wäre. Marcela musste sich selbst eingestehen, dass ihr Bild der Diktatur und deren Opfern von den eigenen politischen Überzeugungen geprägt war und nicht umgekehrt. Dabei hatte sie sich selbst in der Vergangenheit oft darüber echauffiert, wenn Menschen geschichtliche Ereignisse so zurechtbogen, dass sie in ihre Vorstellungswelt passten. Marcela erinnerte sich an ihren ersten Europabesuch vor fünf Jahren. Sie war entsetzt gewesen, dass selbst gebildet erscheinende Linke die Opposition in den sechziger und siebziger Jahren auf die *Tupamaros* beschränkt gesehen hatten. Im schlimmsten Fall gar auf einzelne Personen reduziert. José Mujica hatte jeder gekannt, Zelmar Michelini niemand.

Marcela wusste, dass dies auch in der Verantwortung ihrer Zunft lag. Personen sind im Journalismus Fetische, in denen komplexe Sachverhalte scheinbar Gestalt annehmen. In der Vergangenheit hatte sie sich selbst oft dieser Technik bedient. War es aber wirklich die tatsächliche Bedeutung mancher Personen, die unzählige Artikel, Bücher und Filme über deren Leben entstehen ließ? Oder gaben die Publikationen ihnen erst die Bedeutung? Oder hat sich das wechselseitig gesteigert? Und, was ist mit Andrés und seinen ermordeten Mitstreitern? Warum lässt sich über ihr Schicksal kaum etwas finden? Will Andrés das nicht oder …

„Na dann, auf geht's." Esteban riss Marcela aus ihren Gedanken. „Das Taxi wartet schon unten. Wir wollen den alten Anarchisten nicht warten lassen."

„Äh, ja. Ich bin gleich soweit", antwortete Marcela und schaltete ihren Computer aus. „Na dann, los."

Als sie dem Taxi vor Andrés' Haus entstiegen, wandte sich Esteban scherzhaft an Marcela. „So, dann lass' mal sehen, ob du dein Handwerk verstehst. Bist du gut vorbereitet?"

Marcela grinste gequält. „Ich weiß nicht, ob das als Vorbereitung durchgeht. Ich habe einen Kloß im Hals und den Eindruck, dass ich keine Ahnung von den Anarchisten habe."

„Dann hoffen wir mal, dass unser Gesprächspartner Sokrates zu schätzen weiß."

„Hä?"

„Ich weiß, dass ich nichts weiß."

„Angeber."

---

Sie sind schon im Aufbruch begriffen, als sich Esteban noch einmal an Andrés wendet. „Eine Frage hätte ich noch. Die hat aber nichts mit der Fahne zu tun. Nur aus Neugierde ..."

Andrés nickt.

„Manche deiner Ex-Genossen machten nach der Diktatur Karriere im politischen Apparat. Marcela hat mit gestern von Jorge Vázquez erzählt. Und die PVP, die ihr damals zusammen mit anderen Gruppen im Exil gegründet hattet, ist Teil der *Frente Amplio* geworden und hat Abgeordnete, Stadträte und so weiter. Marcela hat mir während der Fahrt hierher erzählt, dass du aber Mitte der achtziger Jahre die PVP wieder verlassen und stattdessen den Wiederaufbau der FAU-Strukturen unterstützt. In Abgrenzung zu deinen Ex-Genossen. Mich würde einfach interessieren, warum?"

Andrés lacht. „Du denkst, ich hätte einen guten Innenminister abgegeben?" Aber dann wird er ernst. „Wie soll ich es dir erklären? Ich habe damals mein Leben riskiert, weil ich die ganzen scheiß Verhältnisse verändern wollte. Die ganze Bäckerei und nicht ein Stück vom Kuchen, wie es so schön heißt. Als wir fünfundachtzig aus dem Knast entlassen wurden, gab es lange Diskussionen, wie wir weitermachen wollen. Von unseren Strukturen war ja fast nichts mehr übrig. Erst hat uns euer Militär fertig gemacht, und dann haben uns unsere *Milicos* den Rest gegeben. Wir waren nicht nur geschlagen, sondern auch gebrochen. Die Mehrheit meiner ehemaligen Genossen war dafür, die PVP in eine parlamentarische Partei umzuwandeln. Aber für mich und noch ein paar Andere war das nichts. In Strukturen vertreten zu sein, die man ablehnt, gibt für mich keinen Sinn. Das ist meine Sicht der Dinge. Damit legitimierst du, ob du willst oder nicht, nur etwas, was delegitimiert gehört. Wenn du in diesem scheiß System mitspielst, dann akzeptierst du implizit dessen Regeln. Dazu gehören aber nun mal auch die scheiß *Milicos*, die uns gejagt haben und das heilige Privateigentum, das sie mit einer Diktatur verteidigten

…“ Andrés blickt auf die Bucht und ergänzt kaum hörbar: „Und auch die scheiß Knäste, in die sie uns warfen, um uns fertig zu machen.“

„Das Gefängnis veränderte viele Leute“, sagt Esteban mehr zu sich selbst als zu den anderen. Als er aufblickt, bemerkt er, dass ihn Andrés mit einem strengen Blick fixiert.

„Ich will dir mal was sagen, Kleiner. Ich war acht Jahre in diesem scheiß Knast, der zynischer Weise *Libertad* heißt. Und klar, hat mich das verändert. Aber was steht nochmal auf dieser scheiß Fahne, die wir damals geklaut haben. *Libertad o muerte.* Das Motto passt auch für unsere Geschichte. Ein Teil saß in *Libertad*, der andere wurde umgebracht. Ich habe das nie vergessen. Deshalb wäre ich auch kein guter Innenminister geworden. Wenn ich sehe, dass ehemalige *Guerilleros* es zum Abgeordneten bringen oder sogar zum Minister und Präsidenten und dann mit den scheiß Mördern ein nettes Pläuschchen führen und sie weitermachen lassen, als wäre nichts passiert, dann muss ich kotzen. Für dieses lächerlich winzige Stück vom Kuchen habe ich nicht gekämpft und sind meine Genossen nicht gestorben.“

Marcela und Esteban blicken betreten auf den Boden. Andrés‘ Wutanfall macht sie verlegen. Andrés atmet tief durch und sagt nach ein einigen Sekunden „Alles gut.“

„Aber jetzt habe ich noch eine Frage an euch.“

„Ja?“

„Was macht ihr eigentlich, wenn die scheiß Fahne noch existiert und ihr sie finden solltet? Übergebt ihr sie *Pompita* und lasst euch von den *Milicos* ein paar Orden umhängen?“

Marcela und Esteban blicken sich fragend an. Soweit haben sie noch nicht gedacht. Sie hatten bis vor einer Stunde nicht einmal erwogen, sie zu suchen.

Andrés lässt sie stehen und geht Richtung Haus. „Ich rufe euch ein Taxi.“

Während der Heimfahrt sagen beide kein Wort. Marcela steigt vor ihrer Wohnung in Goes aus und verabschiedet sich kurz von Esteban, der mit dem Taxi weiter Richtung Zentrum fährt. „Scheiße“, sagt sie halblaut zu sich selbst, „was machen wir, wenn wir die scheiß Fahne wirklich finden?“

# Kapitel 3

„Hallo Schatz, wie war dein Tag?“ Marcela lächelt verschmitzt und fährt fort, ohne vom Bildschirm aufzublicken „War es schön bei unseren ehrenvollen Streitkräften?“

„Gruselig“, antwortet Esteban und lässt sich in einen Bürostuhl fallen. „Das war echt eine Zeitreise, dort kannst du den Geist der siebziger Jahre fast mit den Händen greifen. Auch bei uns gibt es im Militär widerliche Personen. Aber in den letzten fünfunddreißig Jahren hat sich wenigstens ein bisschen was geändert. Aber hier? Nichts. Eure *Milicos* sind immer noch fest davon überzeugt, dass sie alles richtig machten. Die würden es morgen genauso wieder tun.“

Marcela blickt auf. „Was hast du erwartet? Wie war das noch? Was hat Andrés gestern gesagt? Dass die Mörder so weiter machen konnten, als sei nichts passiert.“

„Hat er das wirklich so gesagt? In dem Satz fehlt doch mindestens zweimal das Wort scheiß. Aber er hat ohne Zweifel Recht. Einfach gruselig. Und das nach fünfzehn Jahren linker Regierung.“

„Beschwer dich bei Mujica und nicht bei mir. Der hat die Militärs nach Kräften beschützt. Aber hat dein Besuch im Archiv wenigstens was gebracht, ich meine, außer schlechter Laune?“

„Weiß ich noch nicht. Viele Akten habe ich nicht zu Gesicht bekommen. Die haben ordentlich vorsortiert. Und dann hatte ich auch immer einen Aufpasser. Anstatt die Klappe zu halten und mich arbeiten zu lassen, hat er permanent genervt und ungefragt über die Heldentaten eures Militärs im Kampf gegen die Subversion schwadroniert. Ich gehe morgen früh nochmal hin. Mit ein paar Berichten, die sie mir dort über die Anarchisten gegeben haben, bin ich noch nicht fertig. Die Notizen von heute tippe ich nachher ein."

Esteban macht eine kurze Pause und fährt dann fort: „Aber wenigstens ist das Gebäude ganz interessant. Außerdem verstehe ich jetzt die Aktion der Anarchisten besser."

„Wie meinst du das?"

„Die geklaute Fahne scheint auch nach fünfzig Jahren am Selbstbewusstsein der Militärs zu nagen. Als Symbol der nationalen Schmach. Selbst mein Aufpasser wurde auf einmal sehr einsilbig, als ich ihn darauf ansprach. Man sollte sowas öfter machen."

„Aufpasser zum Schweigen bringen?"

„Nein, Fahnen klauen."

„Wirst du jetzt zum Anarchisten?"

„Du solltest dir den Laden einmal anschauen. Dann kämen dir vielleicht auch solche Gedanken. Schade, dass du nicht mitkommen wolltest."

---

Insgeheim war Esteban nicht traurig, dass Marcela ihn nicht ins Militärarchiv begleiten wollte. Dann wäre wohl sein kleiner Schwindel bei ihrer ersten Begegnung aufgeflogen. Ganz unvorbereitet war er nicht nach Montevideo gefahren. Sergio hatte lang mit ihm telefoniert und ihm die Links zu den wichtigsten Informationen per Mail geschickt. Esteban verbarg sein Wissen, als er Marcelas Unsicherheit bemerkte. Er vermutete, dass sie mit ihren Recherchen unzufrieden sei. Aber es sei nicht ihre Schuld gewesen, gestand er Marcela zu. Er habe ja selbst nach einigen Stunden Internet-Recherche festgestellt, dass die

Faktenlage dünn sei. Dass jemand nach zwei Tagen ein Rätsel entschlüsselt, an dem sich andere jahrzehntelang die Zähne ausbeißen, passiere dann doch nur in Hollywood-Filmen.

Trotz der mäßigen Erfolgschancen sagte er Sergio umgehend zu. Dies hatte sicherlich mit dem, in Estebans Augen, durchaus bizarren Thema zu tun. Darüber hinaus war Sergios Anfrage auch ein willkommener Vorwand, sich von den lästigen Verwaltungsarbeiten zu drücken, die sich in den Semesterferien anhäuften. Zumindest zwei Wochen, so hoffte Esteban, würde er jetzt davon verschont bleiben.

In der Vergangenheit hatte Esteban schon einige Male bereitwillig seinen Freund unterstützt, wenn es zu, in seinen Augen, interessanten Themen speziellen Archivrecherchen bedurft hatte. Er wusste durchaus das Vertrauen zu schätzen, dass ihm Sergio dabei entgegengebracht hatte. Selbst wenn, da machte ich Esteban keine Illusionen, Sergios Motive, ihn um Unterstützung zu bitten, nicht ausschließlich in seiner Expertise begründet, sondern teilweise pragmatischer Natur waren. Ein Professor in seiner Position hatte in der Regel schnelleren und umfangreicheren Zugang zu Dokumenten als Journalistinnen und Journalisten aus Sergios Redaktion.

So war es auch in diesem Fall. Esteban hatte den Termin im Militärarchiv hatte er bereits in Buenos Aires eingefädelt. Auf dem kleinen Dienstweg. Er besaß viele Kontakte ins argentinische Militär. Auch wenn es nicht sein Spezialgebiet war, so hatte Esteban in seiner akademischen Laufbahn auch einiges zur Militärgeschichte publiziert und sich damit einen gewissen Namen in intellektuellen Militärkreisen geschaffen. Es war daher nicht weiter schwierig, einen Major an der Militärhochschule dafür zu gewinnen, für ihn das Treffen bei den uruguayischen Kollegen zu vereinbaren. Als Esteban in Montevideo ankam, war der Termin bereits bestätigt. Sonst hätte es wohl Wochen gedauert. Aber das brauchte Marcela nicht zu wissen.

Esteban freute sich auch auf Sergio. Sie kannten sich schon seit über zwanzig Jahren. Sergio war damals nach Buenos Aires gefahren, um ihn zu einigen Aspekten der zweiten Regierungszeit Hipólito Yrigoyens zu interviewen. Das Interview artete zu einem veritablen Gelage aus. Nach erregten Diskussionen über Artigas, Perón, Diego Maradona und etlichen Flaschen Malbec verbrachte Sergio die Nacht auf dem Gästesofa. Seitdem ist der Kontakt nie abgerissen.

Esteban störte es nicht, dass er nicht Sergio direkt zuarbeiten, sondern Marcela unterstützen sollte.

„Kein Problem. Sie ist hoffentlich nett", bemerkte er lakonisch.

Sergio lachte. „Du kennst doch meine Meinung dazu: Nett sein gehört nicht zu den wichtigen Tugenden eines guten Journalisten. Und Marcela ist eine gute Journalistin."

„Ok. Auf was muss ich mich gefasst machen?"

„Marcela ist manchmal ein bisschen eigen."

„Eigen? Geht es ein bisschen konkreter?"

„Na ja, Marcela ist gut. Für meinen Geschmack ein kleines Bisschen zu ehrgeizig, aber sehr gewissenhaft in ihrem Job. Manchmal ist sie halt etwas eigenbrötlerisch und sie kann auch ziemlich aufbrausend sein, wenn ihr etwas gegen den Strich geht."

„Ich denke, damit kann ich umgehen."

„Das ist auch nicht meine Sorge."

„Sondern?"

„Na ja, lass es mich einmal so ausdrücken: Ich wäre dir sehr verbunden, wenn du, solange du mit Marcela zusammenarbeitest, versuchst, entgegen deinem Wesen, nicht immer den Besserwisser zu geben."

„So schlimm bin aber auch nicht", erwidert Esteban lachend.

„Oh doch, mein Freund. Das bist du."

„Ich weiß nicht, was du meinst."

„Was ich meine? Erinnerst du dich noch an meinen Aufenthalt vor sechs Jahren bei euch. Ich hatte drei Tage Zeit, um Hintergrundgespräche zu den dubiosen Geschäften der Familie Macri zu führen. Und was machst du? Du zwingst mich, eine vierhundert Seiten dicke Biografie über Eva Perón zu lesen, nur weil ich eure heilige Evita als Eva Braun mit *Alfajor* bezeichnet hatte."

„So schlimm war das auch nicht. Deine Reportage bekamst du ja trotzdem gut hin. Und das Buch ist gut und hat deinen orientalischen Horizont sicherlich erweitert."

„Darum geht es nicht."

„Sondern?"

„Ich will, dass du mit Marcela zusammenarbeitest. Die Betonung liegt auf arbeitest. Daher bitte keine Diskussionen, die zu nichts führen. Ok?" Sergio macht eine kleine Pause und fährt glucksend fort „Und stimmt. Das Buch war interessant und hat meinen orientalischen Horizont erweitert. Ich werde künftig das mit dem *Alfajor* weglassen."

---

„Und? Bist du heute weitergekommen?"

Esteban bringt Marcela eine Tasse Kaffee an ihren Arbeitsplatz und setzt sich neben sie.

„Irgendwie schon. Aber es ist keine schöne Arbeit, eine Spur anhand von Ermordeten zu verfolgen." Marcela öffnet eine PDF-Datei. „Die Repression gegen die Anarchisten ist gut dokumentiert. Die wurden richtig fertig gemacht. Ich habe auch Andrés' Namen gefunden."

Sie scrollt über den Bildschirm und zeigt mit dem Finger auf einen Eintrag. „Hier ist er."

Esteban überfliegt den Text und murmelt: „Datum und Ort der Festnahme, ein paar nähere Umstände, Datum der Überstellung nach Uruguay."

Marcela scrollt wieder zurück an den Anfang. „Insgesamt sind es Dutzende, wenn nicht sogar Hunderte."

„Und bist du fündig geworden, wer in der Wohnung in San Cristóbal gelebt haben könnte?"

„Bislang nicht. Die Ortsangaben sind selten vollständig. Vom zeitlichen Ablauf konnte ich einen Teil ausschließen. Andrés wurde im Juli 1976 verhaftet. Aber auch danach wurden noch über zwei Dutzend PVP-Leute in Buenos Aires festgenommen, die bis heute als verschwunden gelten. Andere wurden sofort ermordet. Jede von denen könnte die verantwortliche Person gewesen sein ..."

„Und was ist mit diesem Namen hier?" Esteban zeigt auf den Notizblock, der auf Marcelas Schreibtisch liegt. Darauf steht *Carlos Goessens! Wichtig! Recherchieren!!*

„Carlos Goessens?" antwortet Marcela angewidert. „Der Typ ist einer der Hauptverantwortlichen für den Tod der Anarchisten."

„Ein Militär?"

„Nein, ein Verräter. Goessens war auch in der PVP und hat nach seiner Festnahme ausgepackt. Angeblich waren seine Aussagen der Schlüssel für viele Verhaftungen. Was für ein Arsch..."

„Na ja", unterbricht Esteban sie nachdenklich. „Er war nicht der Einzige, der seine Mitstreiter verpfiffen hatte. Die Militärs hatten viele Möglichkeiten, die Leute zum Sprechen zu bringen."

„Stimmt. Du hast ja Recht", sagt Marcela leise. „Aber nach dem, was ich über ihn gelesen habe, scheint er danach bei der Verfolgung der Anarchisten selbst aktiv mitgewirkt zu haben. Frag mich nicht, warum?"

„Und was möchtest du recherchieren? Glaubst du, er könnte etwas über die Fahne wissen?"

„Nein." Marcela schüttelt den Kopf. „Der Typ hat seine Leute an das Militär ausgeliefert. Der hätte ihnen gestimmt auch die Fahne ausgehändigt. Nein, das ist es nicht."

„Sondern?"

„Ach, ich weiß nicht. Das ist auch so ein Fall ... ich meine, die Geschichte, der ganze Kontext, den wir recherchieren, hat zu viele lose Enden. Die Spuren führen in Nichts. Wo ist die Fahne? Keine Ahnung. Wo sind die acht Millionen? Fehlanzeige. Was ist mit den Verschwundenen? Niemand gibt Auskunft. Und bei dem Typen ist es auch nicht viel anders."

„Wieso? Was ist mit ihm?"

„Angeblich ist er tot."

„Was heißt angeblich?" Estebans Augen leuchten.

„Na ja, offiziell starb er, kurz nachdem er seine Leute verraten hatte, in Uruguay an Krebs."

„Aber?"

„Aber ich finde praktisch nichts über ihn. Ich meine, der Typ war für unsere Militärs von hoher Bedeutung. Aber sein Schicksal ist nirgends dokumentiert. Nur ein paar kurze Meldungen, vor allem aus Militärkreisen. Und dann gibt es noch die Aussage eines argentinischen Militärs, dass Goessens nach Europa gebracht werden sollte."

„Du meinst also ..."

„Ich meine gar nichts. Es nervt mich nur, dass alles noch so vage ist. Aber Goessens kann warten. Ich werde jedenfalls bald Schluss machen für heute. Und du?"

„Wie gesagt, ich tippe noch meine Notizen ein und dann lege ich mich noch ein bisschen aufs Sofa. Heute Abend gehe ich mit Sergio noch ins FunFun. Und das kann spät werden."

„In die Tango-Bar? Ihr tanzt Tango?" fragt Marcela amüsiert.

„Nein. Aber dort können wir gut über Tango streiten."

# Kapitel 4

Sergio ist der gestrige Abend noch am Nachmittag deutlich anzusehen. Langsam blättert er durch das Dokument, das Marcela kurz vor der Besprechung fertigstellt hat, damit ihr Chef einen Überblick über den bisherigen Recherche-Stand bekommt. Die versprochenen zwei Wochen sind zwar noch nicht um, aber Sergio wollte unbedingt, dass Esteban bei der Besprechung anwesend ist. Morgen Vormittag nimmt dieser die Fähre zurück nach Buenos Aires.

Esteban wollte schon vor fünfzehn Minuten in der Redaktion sein und Marcela befürchtet, sollte er in demselben Zustand wie Sergio sein, könnte er im Archiv eingeschlafen sein. Nur zu gerne hätte sie eine spöttische Bemerkung über das FunFun gemacht. Andererseits ist Sergio ihr Chef und eng befreundet sind sie nicht. Sie beschließt, schweigend zu warten.

Fünf Minuten später platzt Esteban in den Raum. Er sieht deutlich gesünder aus als sein gestriger Trinkpartner.

„Hallo Marcela. Entschuldigung für die Verspätung. Hallo Sergio. Mensch, siehst du beschissen aus."

„Ich hasse dich."

„Was kann ich dafür, dass du die Finger nicht vom Whisky lassen kannst."

„Du musstest ja immer noch nachbestellen." Sergio massiert sich die Schläfen. „Außerdem war es unfair. Du wolltest dich ja nur betrinken, damit du die *Milicos* heute besser ertragen kannst. Aber ich muss eine Redaktion leiten."

Marcela räuspert sich und als beide zu ihr hinblicken, deutet sie mit dem Finger auf das Dokument in Sergios Händen.

Sergio nickt und breitet Marcelas Zusammenfassung vor sich auf dem Schreibtisch aus. „Du hast Recht, lasst uns anfangen. Also …“ es folgt eine lange Pause und Marcela überlegt, ob Sergio eingenickt sein könnte. „Also“, fährt er schließlich fort, „ich bin in einem Dilemma.“

Marcela und Esteban blicken sich an und zucken mit den Schultern. Bevor sie etwas sagen können, beginnt Sergio mit seinen Erläuterungen.

„Also erst einmal: Gute Arbeit. Der Großteil des Materials, dass ihr zusammengetragen habt, ist zwar nicht neu, aber bildet eine gute Grundstruktur. Wirklich neu ist der Hinweis von Andrés. Jetzt können wir sowohl den Ort als auch die Zeit genauer eingrenzen, wo sich die Fahne befand. Wir wissen, dass Andrés im Juli 1976 verhaftet wurde. Wir wissen auch“, Sergio blickt betreten in die Runde, „dass die Person, die die Verantwortung für die Fahne hatte, umgebracht wurde. Sollten Andrés Genossen nicht umgezogen sein, könnten wir anhand von Protokollen in Buenos Aires feststellen, wo es danach in San Cristóbal weitere Razzien gab. Mit etwas Glück könnten wir den Ort ausfindig machen und mit viel mehr Glück ein paar Zeugen.“ Sergio macht eine Pause. „Ach ja, und das mit dem Blanes-Schinken gefällt mir auch.“

„Und was ist dein Dilemma?“

„Mein Dilemma, lieber Esteban, ist, dass ich nicht weiß, wo das hinführt. Ich bin Leiter einer Zeitung und sehr leicht damit zufrieden zu stellen, wenn ich eine gute geschriebene Reportage bekomme. Aber ich habe den Eindruck, dass ihr euch jetzt unter die Schatzsucher begeben wollt.“

„Wie kommst du da drauf?“ wirft Marcela ein.

„Marcela, bitte“, sagt Sergio etwas gereizt, „vergiss nicht, ich bin auch Journalist. Und was macht ein guter Journalist? Er gräbt tiefer. Als ich euch das Gespräch mit Andrés vermittelte, hoffte ich, er würde euch ein paar Hintergrundinformationen geben, die eure Recherche erleichtern und die Reportage lebendiger machen würde. Aber nicht, dass er euch einen konkreten Tipp geben könnte."

„Wir wissen aber nicht einmal, wie seriös der Hinweis ist. Vielleicht will er uns auch bewusst auf eine falsche Fährte locken. Ist auch schon vorgekommen", wirft Esteban ein.

Sergio schüttelt den Kopf. „Das kann ich mir bei Andrés nicht vorstellen." Er überlegt kurz, massiert sich die Schläfen und wendet sich wieder an Marcela. „Dank Andrés gibt es jetzt einen Ansatz, mehr zu erfahren. Aber was passiert, wenn ihr eine Spur zu der Fahne finden solltet, und ihr glaubt, dass sie vielleicht doch noch existiert? Ihr würdet ihr doch bis ans Ende der Welt nachjagen. Ich würde es jedenfalls so machen."

„Und was ist so schlimm daran?" will Esteban wissen.

„Zum einen, dass der Verlag die Jagd zumindest von einer von euch bezahlen muss."

„Und zum anderen?" hakt Esteban nach.

„Zum anderen seid ihr nicht Indiana Jones und Lara Croft."

„Ja und?" mischt sich Marcela ein. „Wir suchen auch nicht den Heiligen Gral." Sie überlegt kurz und ergänzt schmunzelnd, „Wobei, für ein paar *Milicos* dürfte es schon so etwas sein."

„Eben. Außerdem gibt es noch ein anderes, grundsätzlicheres Problem, das ich nicht ignorieren darf." Sergio macht eine kurze Pause.

„Und das wäre?" fragt Esteban ungeduldig.

„Die Informationen von Andrés geben der Recherche eine andere Richtung. Es geht nicht mehr nur um einen spektakulären Raub vor einen halben Jahrhundert. Wenn ihr eine Spur zur Fahne finden wollt, müsst ihr zwangsläufig Nachforschungen zu konkreten Personen machen, die von den Sicherheitskräften ermordet wurden. Ich glaube, das Herumschnüffeln in alten Fällen dürfte bei den Militärs auf beiden Seiten des Flusses keine große Begeisterung hervorrufen. Zwar gibt es immer noch Recherchen zu deren Verbrechen, aber meistens von Institutionen, die entweder staatlichen Rückhalt haben oder in der Zivilgesellschaft verankert sind. Aber welchen Schutz haben zwei individuelle Schatzsucher? Keinen! Gut, Esteban, du hast ein gewisses Renommee, das dir vielleicht im Zweifel helfen kann. Aber Marcela? Glaubst du, dass ihr ein uruguayischer Presseaufweis wirklich hilft, wenn es ein *Milico* oder wer auch immer auf sie abgesehen hat?"

„Ach, komm Sergio, mach mal langsam. Zum einen müssen sie von unserer Arbeit ja nichts mitbekommen ...", bemerkt Esteban.

„Esteban, bist du so naiv oder tust du nur so?" Sergio blickt ihn entgeistert an. „Natürlich bekommen sie das mit. Glaubst du ernsthaft, dass du tagsüber ins Militärarchiv gehen kannst, dir Akten über die Anarchisten zeigen lässt und dann nachmittags in die Redaktion einer linken Zeitung spazieren kannst, ohne dass die einen Verdacht hegen?"

„Ich bin nicht naiv!" entgegnet Esteban schroff. „Natürlich wissen sie, dass ich über die Anarchisten recherchiere. Wozu sollen Archivbesuche sonst gut sein? Aber sie wissen nicht, nach was oder nach wem ich konkret suche. Ich bin Historiker, kein Journalist. Ich bin kein Angestellter deiner Zeitung. Ich bin Professor für argentinische Geschichte und forsche in offziellem Auftrag über politisch bedingte Migration nach Buenos Aires in der ersten Hälfte der siebziger Jahre. Die Fahne habe ich nur einmal beiläufig erwähnt, da mich die Reaktion interessiert hat. Und das ich bei euch in der Redaktion auftauche, was soll daran denn besonders verdächtig sein? Zeitungsarchive sind auch wichtige Quellen. Und selbst wenn sie wüssten, dass wir beide befreundet sind. Ja, und? Und außerdem ..."

„Was außerdem?"

„Außerdem, lieber Sergio, erschließt sich mir dein Bedrohungsszenario nicht. Sicherlich gibt im argentinischen Militär immer noch Leute, die sich an Nachforschungen über die Repression in den siebziger Jahren stören. Aber ich habe den Eindruck, dass deren Zahl und deren Einfluss im Laufe der Jahrzehnte geringer geworden ist. Das hat vermutlich auch damit zu tun, dass viele der Personen, die für die damaligen Verbrechen zur Verantwortung gezogen werden könnten, mittlerweile gestorben sind. Und es wurden nach dem Ende der Diktatur zumindest ein paar Reformen gemacht, die die Macht des Militärapparats beschnitten. In Uruguay ist das zwar offensichtlich nicht geschehen, aber …"

Sergio reagiert gereizt. „Esteban, bitte! Offenbar bist du zu oft in Militärkreisen unterwegs. Jetzt erzählt mich doch nicht die Mär vom demokratisch geläuterten, argentinischen Militär. Das klang bei dir schon einmal ganz anders."

„Ich will dir keine Mär erzählen. Natürlich ist das Militär der Pitbull des Staates. Aber er ist zumindest an die Kette gelegt."

„Die entscheidende Frage ist aber, wie lang die Kette ist. Wie weit kann ich mich ihm nähern, ohne …"

„Sergio! Esteban! Hallo, ich bin auch noch hier!" interventiert Marcela. „Mich würde interessieren, wie Esteban eine mögliche Bedrohung einschätzt. Danach könnt ihr gerne weiterstreiten."

Esteban räuspert sich. „Entschuldigung. Also … selbst wenn die Befürchtungen des werten Herrn Chefredakteurs nicht völlig aus der Luft gegriffen sind und auch wenn, wie du so schön bemerkt hast, die Fahne für manche eurer *Milicos* immer noch so etwas wie der Heilige Gral ist, und sie deshalb unsere Recherchen zu den Anarchisten mit besonderem Argwohn betrachten könnten, glaube ich, dass sie etwas Besseres zu tun haben, als die Kavallarie gegen uns beide ins Feld zu führen. Wir stellen doch keine Bedrohung dar. Eine Journalistin und ein Universitätsprofessor auf Schatzsuche? Wir sind denen doch egal. Ich würde Sergios Problem eher verstehen, wenn wir Juristen oder Menschenrechtsaktivisten wären, die nach den Verantwortlichen für die Morde suchen."

„Das Problem, werter Herr Universitätsprofessor, ist, dass nicht du und ich bestimmen, was die *Milicos* als Bedrohung wahrnehmen und wie sie in einem solchen Fall reagieren, sondern ausschließlich sie selbst. Das sollte du als Historiker eigentlich wissen."

„Du hast von einem Dilemma gesprochen." Marcela durchbricht das Schweigen, das Sergios Ausführungen hervorgerufen hat.

„Klar bin ich in einem Dilemma. Wenn ich jetzt entscheide, dass wir die ganze Sache bleiben lassen, weiß ich genau, was passiert. Ihr werdet mir wahrscheinlich immer Vorwürfe machen. Ich mir selbst jedenfalls. Dank Andrés haben wir zumindest eine minimale Chance, mehr über die Fahne zu erfahren, als alle anderen Medien in den vergangenen Jahrzehnten zusammengenommen. Und so eine Chance darf ich mir als Chefredakteur auch nicht entgehen lassen. Aber ich habe eben auch die Pflicht, dafür Sorge zu tragen, dass dir nichts Schlimmes passiert. Und Marcela? Dilemma verstanden?"

Marcela antwortet nicht. Sie blickt nachdenklich auf das Dokument auf Sergios Schreibtisch.

„Machen wir eine kleine Pause", schlägt Sergio vor. „Lasst es euch durch den Kopf gehen und wir treffen uns in einer Stunde wieder. Ok?"

---

Estebans Verspätung hatte nichts mit den Nachwirkungen des Besuchs im FunFun zu tun. Um neun Uhr kam er im Archiv an und setzte seine Arbeit fort. Nach zwei Stunden beschloss

Esteban jedoch, dass es keinen Sinn machte, in den ihm vorgelegten Ordnern weiter nach Hinweisen zu suchen. Die Dokumente, die er auf Marcelas Tablet gelesen hatte, legten nahe, dass ihm im Archiv gezielt wichtige Informationen vorenthalten wurden. Esteban fühlte sich in seiner Berufsehre gekränkt. Es war zu offensichtlich. Aber, so dachte er, vielleicht war das beabsichtigt, eine subtile Form der Demütigung.

Laut Marcelas Recherchen hatten die Militärs zumindest bis 1977 versucht, die Fahne zu finden. Nach den Festnahmen der Anarchisten und deren Überstellung nach Uruguay wurden diese, wie es im offiziellen Jargon hieß, intensiv nach dem Verbleib der Fahne befragt. Esteban wusste, was sich hinter dieser Bezeichnung verbarg. Die Protokolle dieser Verhöre würde er auf legalem Wege jedoch nie zu Gesicht bekommen. Dank Marcelas Vorarbeiten wusste er zumindest, wo diese Verhöre stattgefunden hatten. Esteban wollte den Ort sehen. Als Historiker war er es gewohnt, „Orte sprechen zu lassen“. Wobei Esteban diese Formulierung unsinnig fand. Orte sprechen nicht. Aber sie können bezeugen, wie mit Geschichte umgegangen wird. Das Hauptquartier der uruguayischen Streitkräfte, in dem sich das Archiv befand, war ein beredtes Beispiel.

Esteban verließ das Militärgebäude und ging zu einem mobilen Verkaufsstand. Er kaufte sich ein *Choripán* und eine Coca-Cola. Diese Mischung aus Fett, Kohlehydraten und Zucker war sein erprobtes Hausmittel, um die Wirkungen des Restalkohols in seinem Körper zu unterdrücken. Danach stoppte Esteban mit einer Handbewegung ein freies Taxi und wies den Fahrer an, ihn an die Rambla von Punta Gorda zu bringen.

Nachdem Esteban das Taxi verlassen hatte, setzte er sich auf ein niedriges Mäuerchen, das die Promenade vom Ufer des Río de la Plata trennte. Er betrachtete die großen Containerschiffe, die aufgereiht am Horizont warteten, um entweder in den Hafen von Montevideo einzulaufen oder die schmale, künstlich vertiefte Fahrrinne nach Buenos Aires befahren zu dürfen. Estebans Blick wanderte nach Westen, Richtung Zentrum. Unzählige Menschen tummelten sich an den Sandstränden, vor allem Kinder, die die Sommerferien genossen. Auch wenn er es Sergio gegenüber niemals zugeben würde, beneidete er die Menschen in Montevideo dafür, dass sie den Fluss so nutzen konnten. Hier war das Wasser zwar immer noch sandig, aber unvergleichlich einladender als die braune Brühe vor Buenos Aires. Kein Wunder, dachte Esteban, als er sich an einen Ausspruch Sergios erinnerte. Dieser hatte ihm bei einem seiner ersten Besuche gesagt, Montevideo sei mit dem Gesicht zum Fluss erbaut worden, Buenos Aires mit dem Rücken dazu. Lachend hatte Sergio noch hinzufügt, dass es angesichts der Farbe des Wassers aber auch ein anderer rücklings gelegener Körperteil gewesen sein könnte.

Esteban stand auf und ging zu der Landspitze, die dem Viertel den Namen gab. Nach ein paar hundert Meter zeigte ihm eine kleine, in den Boden eingelassene Metallplatte an, dass er am Ziel war. Esteban setzte sich auf einen der Betonpoller, die um die Platte angeordnet waren und betrachtete das zweistöckige Haus auf der gegenüberliegenden Straßenseite. Es wirkte bescheiden neben den klobigen Neubauten mit ihren großen Balkonen. Er las noch einmal die Inschrift auf der Metallplatte, als wollte er sich vergewissern, dass er wirklich vor dem Gebäude saß, dem uruguayische Militärs den Namen „Infierno chico“, kleine Hölle, gegeben hatten.

Esteban kannte solche Orte aus Buenos Aires. Militär und Geheimdienste nutzen aufgelassene Gewerbegebäude oder abgelegene Immobilien, um extralegale Gefängnisse zu errichten, in denen die Gefangenen systematisch gefoltert wurden. Die Orte wurden oft mit Bedacht ausgewählt, um sich vor neugierigen Blicken zu schützen. Zumeist lagen sie in den Außenbezirken der Stadt. Aber hier? Ein Wohnhaus inmitten eines der reichsten Stadtviertel Montevideos, gelegen an einer Uferpromenade, auf der in den Sommermonaten täglich Tausende spazieren gehen. Einem plötzlichen Impuls folgend, erhob er sich, um zu dem Haus zu gehen. Er wollte sich vergewissern, ob jemand zu Hause war. Falls ja, so hatte er den Vorsatz, diese Personen darüber zu befragen, wie es dazu kam, dass sie in einem Haus mit einer solchen Geschichte leben konnten und wollten. Ein Blick auf die Uhr erinnerte Esteban jedoch daran, dass er in zehn Minuten eine Besprechung mit Marcela und Sergio haben würde.

Esteban verließ die Landspitze und hielt ein Taxi an. Bevor er einstieg, drehte er sich um und blickte auf die Wohnhäuser. Er murmelte: „Orte können doch sprechen."

---

„Ich bin bereit, das Risiko auf mich zu nehmen", eröffnet Esteban mit einer theatralischen Geste die Gesprächsrunde nach der Pause. „Aber das wisst ihr ja schon. Für den Fall, dass wir wirklich Ärger bekommen sollten, sind wir auch nicht schutzlos. Unsere Nachforschungen sind über meinen Lehrstuhl abgesichert und die Universität hat auch eine gute Rechtsabteilung, die uns, wenn nötig, unterstützt. Und, Marcela, was dich betrifft: Ich könnte dir einen Status als Beraterin organisieren. Damit hättest du auch einen Rechtsschutz. Wäre das ok für dich?"

Marcela ist in Gedanken versunken und antwortet langsam. „Klar, ist das ok. Aber ob damit das Risiko kleiner würde, weiß ich nicht. Wir könnten es mit Leuten zu tun bekommen, die sowohl auf meinen Presseausweis scheißen als auch auf deinen Universitätstitel. Ich habe gerade an Santiago Maldonado gedacht, den eure Gendarmerie einfach umgebracht hat und es nachher aussehen ließ, als wäre es ein Unfall gewesen."

„Marcela, bitte! Jetzt fang nicht du auch noch an! Warum malst du den Teufel an die Wand? Soweit wird es sicher nicht kommen, dass …"

„Das glaube ich ja auch nicht", unterbricht sie Esteban. „Aber im Gegensatz zu dir bin ich davon überzeugt, dass wir uns auf Ärger gefasst machen sollten. Und dass wir dann nur mit ein paar Papieren winken müssen, wird auch nicht funktionieren … Aber ich habe ein anderes Problem." Marcela atmet tief durch und fährt fort. „Sergio hat Recht. Auch ich würde es mir nie verzeihen, wenn wir jetzt aufhören würden. Ich bin ehrgeizig. Ich kann und will mir eine solche Chance nicht entgehen lassen, sie kommt vielleicht nie wieder. Auch wenn die Wahrscheinlichkeit, dass wir wirklich etwas Neues über den Verbleib der Fahne erfahren, eher gegen Null geht, und die Fahne selbst schon längst vergammelt ist, probieren will ich es zumindest."

Marcela und Esteban blicken zu Sergio, der bislang geschwiegen hat. Sergio nickt und sagt „Wenn ihr euch einig seid, dann machen wir weiter. Wohl ist mir dabei nicht und eigentlich müsste ich die Entscheidung treffen. Aber ich kann das einfach nicht." Nachdem sich die Anspannung etwas gelöst hat, fügt er hinzu: „Ok, kurze Pause. Ich brauche einen Kaffee. Danach überlegen wir die nächsten Schritte."

Sergio trinkt einen Schluck und eröffnet die Aussprache. „Also Esteban, du fährst morgen nach Buenos Aires zurück. Das heißt, du kannst am Montag anfangen, die Archive zu durchkämmen und die Lücken zu füllen, die in den uruguayischen Dokumenten sind. Priorität haben die Informationen bezüglich der Wohnung in San Cristóbal. Wer hat da gewohnt, bis wann, gibt es Nachbarn oder ehemalige Kollegen, die den Anarchisten nahestanden. Du weißt ja, nach was du suchen musst. Wie lange brauchst du dafür schätzungsweise?"

„Die Wohnung ausfindig machen? Mögliche Zeugen? Eine Woche, vielleicht zehn Tage."

Marcela und Sergio blicken Esteban verdutzt an.

„Hast du einen Supercomputer, von dem du mir nichts erzählt hast?"

„Dafür brauche ich keinen Supercomputer, Sergio. Ich kenne die Archive, das Grundgerüst der Daten haben wir auch schon und dann bin ich auch noch Professor an der Universität. Und wie in jedem Fachbereich gibt es auch bei mir einen beachtlichen Prozentsatz von Schleimern, die selbst in den Semesterferien nichts lieber machen als für den Herrn Professor Recherche-Arbeiten zu übernehmen."

Marcela schüttelt den Kopf. „Ich kenne zwar die argentinischen Gesetze nicht, aber unmoralisch ist das irgendwie schon, oder?"

„Ich bitte euch", erwidert Esteban lächelnd, „ständig bekomme ich in Uruguay zu hören, dass wir *Porteños* korrupt seien und bei uns alles nur über Beziehungen laufe. Jetzt sage ich, ja, das ist so, und es passt euch auch nicht."

Auch Sergio schüttelt mit dem Kopf. „Mach es, wie du es für richtig hältst. Und wenn sie dich doch irgendwann mal aus der Universität rausschmeißen, ist es dein Problem."

„Eine Bitte hätte ich aber noch an dich, Marcela. Unsere ganze Schatzsuche basiert nur auf Andrés' Aussagen. Nicht, dass ich seiner Erinnerung misstraue, aber bevor ich meine Privatarmee in Bewegung setze, möchte ich, dass du dich bei ihm rückversicherst, dass wir alles richtig verstanden haben."

„Geht klar. Ich rufe Andrés morgen noch einmal an. Und was mache ich, solange Esteban seine Privatbediensteten ausbeutet?"

Sergio zuckt mit den Schultern. „Routinearbeit, Lücken füllen, die Fakten nochmal überprüfen, Estebans Ergebnisse vom heutigen Archivbesuch einarbeiten. Du weißt ja auch, was zu tun ist. Aber klar, sobald Estebans Helferlein etwas finden, sitzt du in der nächsten Fähre nach Buenos Aires. Marcela ist bei allen Befragungen dabei."

„Geht klar" antwortet Esteban. „Sobald ich was Konkretes habe, ruf ich an."

Sergio blickt auf seine Uhr. „Es ist spät geworden. Aber ich denke, wir sind jetzt fertig."

Marcela und Esteban gehen zu Tür, als es sich Sergio noch einmal anders überlegt. „Einen kleinen Moment noch, Marcela. Hättest du noch fünf Minuten Zeit? Ich möchte kurz mit dir unter vier Augen sprechen."

Marcela nickt und dreht sich zu Esteban. „Na dann gute Heimreise und bis bald, Indiana."

„Bis bald, Lara."

Marcela dreht sich zu Sergio. „Was gibt es noch so Wichtiges?"

„Mach bitte die Tür zu und setz dich."

„Ok, was ist los?"

„Nichts Dramatisches. Ich möchte nur von dir wissen, ob es zwischen dir und Esteban gut läuft."

Marcela ist aufgebracht „Denkst du, wir haben was miteinander? Hast du Angst, dass ich nach Buenos Aires fahre werde, um eine leidenschaftliche Liebesaffäre auszuleben und Esteban und ich dann zusammen in den Sonnenuntergang Patagoniens reiten? Nein danke, kein Bedarf."

Sergio ist etwas genervt. „Nein, so meine ich es nicht. Ich will wissen, wie du eure bisherige Zusammenarbeit einschätzt."

„Die lief ganz gut, warum fragst du?"

„Weil ich Esteban lange genug kenne. Er ist ein Alphatier, das es gerne hat, wenn alles nach seinem Willen geht. Die letzten Tage war er erstaunlich handzahm, aber viele Entscheidungen musstet ihr auch nicht treffen. In Buenos Aires wird es anders sein, da lässt er mit Sicherheit viel mehr den arroganten Bildungsbürger raushängen, der er nun mal ist. Aber nicht er soll eure Recherchen leiten, sondern du. Ich will eine Reportage von dir und nicht einen Text, der auf Estebans Mist gewachsen ist und deine Unterschrift trägt. Verstehst du, was ich meine?“

Marcela nickt. „Ich denke, das bekomme ich hin … Warum blickst du jetzt so skeptisch? Traust du mir das nicht zu? Wenn das so ist, brauche ich erst gar nicht nach Buenos Aires zu fahren.“

„Marcela, bitte, nerv‘ mich nicht. Wenn ich dir das nicht zutrauen würde, hättest du den Auftrag nicht bekommen. Aber es ist nicht nur das.“

Marcela blickt Sergio verwirrt an. „Was noch?“

„Dass du deine eigene Recherche bekommst, war nur eine Frage der Zeit. Für mich ist es aber wichtig, dass du dich in diesem Themenbereich profilierst. Die Verleger waren ehrlich gesagt nicht sehr angetan, dass ich dir den Auftrag gegeben habe und nicht Ana oder Daniel.“

„Das kann ich gut verstehen, schließlich ist das deren Spezialgebiet. Die kennen viele Leute persönlich, das was ich jetzt recherchiere, ist Teil ihres Lebens gewesen. Wahrscheinlich wären die viel schneller zu den gleichen Ergebnissen gekommen. Also, warum hast du mir überhaupt den Auftrag gegeben?“

„Weil wir uns als Zeitung und vielleicht auch als Gesellschaft langsam darauf vorbereiten müssen, dass die Anas und Daniels nicht ewig die Erinnerung wachhalten werden können. Versteh‘ mich nicht falsch. Die beiden sind großartig, und ich hoffe, dass sie auch noch möglichst lang für uns schreiben werden. Aber ich sehe es auch als meine Pflicht, eine neue Generation guter Journalisten darauf vorzubereiten, dass sie die Vergangenheit so beschreiben können, wie sie wirklich war. Auch ohne sie selbst erlebt zu haben. Und dazu braucht es mehr als ein paar Geschichtsbücher. Also lass bitte nicht zu, dass dir ein eitler *Porteño* diese Chance verbaut.“

Marcela ist sichtlich gerührt und murmelt nur: „Mach ich.“

Sie verabschieden sich und als Marcela den Raum verlässt, hört sie Sergios Stimme. „Und vergiss nicht, mir eine Postkarte zu schicken, wenn du mit Esteban durch Patagonien reitest."

# Kapitel 5

Buenos Aires, März 2020

Die Fähre kommt am frühen Nachmittag an. Marcela hatte gedacht, dass Esteban sie vom Terminal abholt. Stattdessen erwartet sie ein schätzungsweise Zwanzigjähriger. Er hält im Ausgangsbereich ein Schild mit ihrem Namen in die Luft. „Das bin ich", sagt sie kurz. Der junge Mann begrüßt sie übertrieben formell mit Handschlag und angedeuteter Verbeugung. „Herzlich willkommen in Buenos Aires, Señora Tellado. Sie haben keinen Koffer?"

–––

Marcela hatte nicht viel Zeit zum Packen. Sergios Tipp, einen gepackten Koffer bereit zu halten, hatte sie ignoriert. Als ihr Chef heute um acht anrief und ihr mitteilte, dass Esteban sie schnellstmöglich in Buenos Aires erwarte, trank sie gerade ihren morgendlichen Milchkaffee.

„Reicht es nicht, wenn ich die Abendfähre nehme?" fragte sie.

„Wenn du willst, dass Esteban ohne dich anfängt. Er hat ziemlich aufgedreht geklungen und gesagt, sie hätten das Haus in San Cristóbal gefunden und er werde am Nachmittag dort hinfahren. Also, was ist?"

„Ok. Ich bin in dreißig Minuten in der Redaktion."

Marcela duschte und packte ihre Sporttasche. Etwas Kleidung, Zahnbürste, Handy, Tablet. Das müsse reichen, dachte sie sich, schließlich gäbe es ja auch Buenos Aires Geschäfte und nach dem Kurssturz des dortigen Pesos sei eh alles viel billiger als hier. Sie rief ein Taxi und um zwanzig vor neun betrat sie die Redaktion. Sergio erwartete sie bereits.

Marcela packte eilig die Laptop-Tasche. Die Redaktion stellte ihr ein neues Notebook. Pedro, der IT-Freak des Verlages hatte alles eingerichtet. Verschlüsselungssoftware, TOR-Zugang, diverse Schutzprogramme. Das Mikrofon und die Kamera hatte er abgeklemmt. „Fährst du nach Nordkorea?" scherzte er.

„Schlimmer, nach Argentinien."

Sergio übergab ihr zum Abschied einen Umschlag.

„Da sind sechshundert Dollar und dreißigtausend argentinische Peso drin. Du weißt ja, dass größere Mengen Bargeld zu bekommen, momentan in Argentinien nicht ganz einfach ist. Außerdem dein Fährticket und auch eine Kreditkarte des Verlags. Die ist aber nur für den absoluten Notfall. Das müsste erstmal reichen. Esteban hat ja versprochen, dich privat unterzubringen. Das spart uns einiges an Kosten. Trotzdem, schön alle Quittungen aufbewahren, ok?"

„Alles klar."

Marcela unterschrieb die Empfangsbestätigung für das Notebook und den Inhalt des Umschlags. Sie atmete tief durch und verabschiedete sich von Sergio.

„Ich muss jetzt los."

„Pass auf dich auf und grüß' Esteban" sagte Sergio. Als Marcela außer Hörweite war, fügte er leise hinzu, „Bau keinen Scheiß und komm heil wieder."

---

Der Zwanzigjährige besteht darauf, Marcelas Tasche zu tragen. Er scheint es eilig zu haben. Jedenfalls hat Marcela Mühe, seinen schnellen Schritten zu folgen, als sie zu seinem Auto gehen.

„Ich dachte, Esteban holt mich ab."

„Der Herr Professor lässt sich entschuldigen, Señora. Er hat Dringendes an der Universität zu erledigen. Ich fahre sie jetzt zu ihm."

„Und du bist einer seiner, äh, Studenten?"

„Richtig. Ich heiße Álvaro, Señora."

„Ich bin Marcela, aber das weißt du ja schon. Und hör bitte auf, Señora zu mir zu sagen, ok?"

Nachdem sie losgefahren sind, nimmt Marcela die Unterhaltung wieder auf. „Wie ist Esteban, also der Herr Professor so als, äh, Herr Professor?"

„Genial. Er ist ein großartiger Historiker. Seine Bücher sind fantastisch."

„Und so als Mensch?"

„Einfach toll. Er kümmert sich um seine Studenten. Stellen Sie sich vor, er ist extra früher aus seinem Urlaub gekommen, um mit uns einen Workshop zu machen."

„Toll. Um was geht es dabei?"

„Recherchen über die siebziger Jahre. Ein richtiges Puzzle. Der Herr Professor sagt, da lernen wir richtig das Handwerk. Ich durfte mit ihm letzte Woche sogar ins Militärarchiv."

„Das klingt aber nett." Marcela schmunzelt.

„Der Herr Professor hat uns erzählt, dass Sie eine Journalistin aus Montevideo seien, die extra nach Buenos Aires kommt, um eine Reportage über ihn und seine Arbeit zu machen."

„Das würde ihm so passen", denkt Marcela. Aber sie antwortet nur: „Ja, so ist es."

Wenige Minuten später betreten sie das Gebäude des Historischen Instituts. Esteban kommt auf Marcela zu, umarmt sie pathetisch, und begrüßt sie für alle hörbar. „Marcela, schön dass du hier bist. Ich hoffe, dir gefällt es, einmal in einer richtigen Stadt zu sein." Die Umstehenden grinsen und Marcela beschließt, besser nichts zu sagen.

„Ok", Esteban wendet sich an seine Studierenden, „ich sage noch einmal: Gute Arbeit. Ich denke, nein ich weiß, dass ihr in der vergangenen Woche für eure zukünftige Arbeit viel gelernt habt. Das war es wert, meinen Urlaub abzukürzen."

Die Studierenden beginnen zu applaudieren.

„Lass uns in mein Büro gehen", sagt er leise zu Marcela.

„Was war das denn?" platzt es aus Marcela, nachdem sie die Tür geschlossen hat.

Esteban blickt sie fragend an.

„Na, dein Schnösel-Gehabe vorhin. Ihr habt viel gelernt, ich habe meinen Urlaub verkürzt und das ganze Bla Bla."

„Was hast du? Das stimmt doch alles. Außerdem hat es ihnen gefallen."

„Und was war das mit einer richtigen Stadt? Álvaro hat mir auch erzählt, du brüstest dich damit, dass ich eine Journalistin sei, die ein Porträt von dir macht."

„Was hätte ich deiner Ansicht nach sagen sollen? Allen erzählen, warum du wirklich hergekommen bist?"

Marcela nickt und beginnt, sich zu beruhigen.

„Und deine Studenten haben wirklich die Wohnung gefunden?"

„Ich gehe davon aus. Alles deutet darauf hin, dass die Anarchisten bis zu ihrer Festnahme in der Calle Humberto Primero gewohnt hatten. Zumindest deckt sich das mit Andrés' Angaben. Es war gut, dass du ihn noch einmal angerufen hattest und er noch an ein paar Details preisgegeben hat."

---

Marcela hatte mit Andrés nicht nur telefoniert, sondern besuchte ihn am Tag nach der Besprechung. Sie musste seine Angaben überprüfen, aber das hätte sie auch telefonisch erledigen können. Sie wollte jedoch mit ihm persönlich sprechen. Aus zwei Gründen. Der erste war, dass sie ein schlechtes Gewissen dem alten Anarchisten gegenüber hatte. Ihr letzter Besuch hatte ihn sichtbar aufgewühlt. Sie hatte vorgeschlagen, dass sie gemeinsam im Vaz-Ferreira-Park spazieren gehen und dann einen Abstecher zum Memorial für die Verschwunden machen. Andrés hatte aber keine Lust dazu und so saßen sie wieder hinter seinem Genossenschaftshaus und tranken Mate.

Marcela befragte den alten Anarchisten über seine Erinnerungen an San Cristóbal. Im Gegenzug zeigte sie ihm die Notizen aus dem Militärarchiv. Andrés überflog die Daten auf Marcelas Tablet. An manchen Stellen stockte er und las Estebans Notizen konzentriert durch. „Schade, dass der *Porteño* nicht die Originalberichte rausschmuggeln konnte."

„Was hätte das gebracht?"

„Es wäre gut, genau zu wissen, was der Feind damals über uns wusste. Dann wüsste ich vielleicht auch, wer uns verpfiffen hat. Das würde ..."

„Das verstehe ich jetzt nicht", warf Marcela ein. „Ich dachte, es sei klar, wer euch verraten hat. Dieser Goessens war es doch. Oder denkst du, es gab bei euch noch weitere Spitzel?"

Andrés antwortete nicht. Sein Gesichtsausdruck verriet jedoch, dass er Marcelas Frage für sehr naiv hielt.

Marcela erschrak und beeilte sich fortzufahren. „Wie seid ihr damit umgegangen, äh, ich meine, wenn ihr jemanden in Verdacht hattet?"

Andrés goss den Mate auf, trank einen Schluck und wandte sich lächelnd an Marcela. „Ich habe euch erzählt, was ich über die Fahne weiß und bin mir nicht einmal sicher, ob das richtig war. Aber über Interna unserer Organisation erfährst du von mir gar nichts, kapiert?"

Marcela nickte. Nach einer kurzen Pause offenbarte sie Andrés den zweiten Grund, warum sie ihn treffen wollte. Das Vier-Augen-Gespräch mit Sergio ließ ihr keine Ruhe, und sie wollte Andrés' Meinung dazu wissen.

„Sergio ist ein schlauer Kerl. Er beschreibt ein reales Problem", begann dieser.

„Aber? Das ist ein typischer Satz, auf den ein Aber folgt."

Andrés lächelte und reichte ihr den Mate. „Aber", sprach er betont langsam weiter, „ich fürchte, dass das nicht so funktionieren wird."

Marcela trank einen Schluck Mate und blickte ihm fest in die Augen.

„Du hast am Telefon vorgeschlagen, dass wir zu dem Memorial gehen sollen. Ganz ehrlich: Ich gehe da nie hin, obwohl es gleich um die Ecke ist. Und obwohl da meiner Genossen gedacht wird. Willst du wissen, warum?" Er macht eine lange Pause. „Weil dort der Toten gedacht wird und nicht der Lebenden. Du liest ihre Namen, ok, du weißt, dass die scheiß *Milicos* sie umgebracht haben. Aber was weißt du noch von ihnen? Wer waren sie, was wollten sie, was hat ihnen Spaß gemacht, wovor hatten sie Schiss, wofür haben sie ihr Leben riskiert? Warum wurden sie umgebracht? Das ist für mich wichtiger als zu wissen, wann sie ermordet wurden und in welcher scheiß Kaserne sie ihre Leichen verscharrten. Das ist auch wichtig, ist mir klar, vor allem für die Angehörigen. Aber das Gedenken, wie es dahinten praktiziert wird, führt zu nichts. Die *Milicos* haben ihnen das Leben genommen und solche Memoriale nehmen ihnen die Identität. Nur Namen, sonst nichts. Aber das waren Leute, die was wollten. Soziale Subjekte, wie es so schön heißt … jetzt sind sie nur noch Opfer. Als wäre der Tod ihr Vermächtnis."

Andrés machte eine Pause, nahm den Mate und goss ihn auf. Marcela schwieg.

„Ich verstehe Sergios Problem. Aber das lässt sich nicht damit lösen, wenn man sich journalistisch darauf beschränkt, meine ermordeten Genossen ausschließlich als Opfer der Diktatur zu beschreiben … Gut, ein Denkmal ist ein Denkmal und eine Zeitung ist eine Zeitung. Da kannst du dann über die Person mehr schreiben. Aber überlege dir mal, was hättest du geschrieben, als sie vor ein paar Monaten die Überreste von dem Kommunisten Bleier in dieser scheiß Kaserne fanden? Wenn du keine Leute befragen könntest, die diese Zeit erlebt haben?"

Marcela überlegte. Sie kannte Anas Nachruf auf Bleier. Er war gut. Ana war jahrzehntelang Mitglied der Kommunistischen Partei, vielleicht hatte sie auch Bleier persönlich gekannt. Aber was hätte sie gemacht?

„Das Übliche", begann Marcela und bedauerte sofort ihre Wortwahl, „zuerst die Fakten überprüfen, dann in den Archiven über die Person recherchieren, den Stand der Ermittlungen, Interviews führen mit den *Familiares*, KP-Leuten, vielleicht auch mit dem nationalen Menschenrechtsinstitut. Und zum Schluss noch Aussagen von Personen aus Regierung und Opposition, welche Konsequenzen die Entdeckung der Leiche haben wird."

„Genau, das Übliche. Das machst du dann zwei Tage lang. Schreibst bestimmt einen guten Artikel, den Sergio abdrucken lässt. Aber, Marcela, wie viel in dem Artikel beschreibt Bleier, wie er wirklich war, was er wirklich wollte? Ob du willst oder nicht, du wirst ein Bild von ihm malen, dass deiner Vorstellung der Geschichte entspricht. Du bestimmst, wer Bleier war und nicht er. So wie du es vor ein paar Tagen ja im Prinzip selbst gesagt hast. Das Geschichtsbild bestimmen diejenigen, die darüber schreiben. Punkt."

Marcela musste schmunzeln, da sie unvermittelt an Blanes dachte. Der hatte im Prinzip ja auch nichts anderes gemacht. „Auf was willst du raus?"

„Die Distanz. Das lehrt man euch dort in euren Journalistenschulen. Sergio möchte, dass du die Vergangenheit so beschreibst, wie sie wirklich war, ok? Als du hier gewesen bist, hast du auch gesagt, dass es dir in erste Linie nicht um die beteiligten Personen ginge. Wie willst du aber Geschichte beschreiben, ohne dich in die Köpfe der handelnden Menschen von damals reindenken zu können?“

„Du meinst also, ich sollte erst ein paar Banken überfallen, Leute entführen und eine Fahne klauen, bevor ich über deine Gruppe etwas schreibe?“

Andrés lacht. „Der Gedanke gefällt mir. Ich meine es jedoch andersrum. Erst einmal rausfinden, wie wir getickt haben und warum. Dann würdest du auch verstehen, warum wir Banken geknackt, Bonzen gekidnappt und den scheiß Stofffetzen mitgehen haben lassen.“

---

„Ich bring dich erstmal in deine Wohnung“ sagt Esteban, als sie in das Taxi steigen. „Die ist in der Nähe, in Monserrat. Da kannst du dich erstmal ausruhen. Hier sind die Schlüssel.“

„Hat die dir einer deiner devoten Studenten überlassen?“ Marcela steckt die Schlüssel in die Hosentasche.

„Nein, das ist das Apartment meiner Tochter.“

„Du hast eine Tochter?“ Marcela ist überrascht.

„Äh. Ja. Sie heißt Sandra. Warum sollte ich keine Tochter haben?“

„Na, weil …“ Marcela hat schon einen spitzen Kommentar auf den Lippen, beschließt jedoch ihn für sich zu behalten. „Nein, alles gut. Wie alt ist sie?“

„Zweiundzwanzig.“

„Wo ist Sandra jetzt?“

„Sie ist beim Bergwandern. Irgendwo in der Gegend von Mendoza.“

„Mendoza ist schön. Eine sehr gute Freundin ist vor sechs Jahren dorthin gezogen. Magdalena ist Anthropologin und musste nicht lang überlegen, als sie ihr im dortigen Museum den Job anboten. Mindestens einmal in Jahr besuche ich sie. Was macht Sandra so?“

„Mir auf der Tasche liegen, Revolution und studieren. In dieser Reihenfolge.“

Das Taxi hält vor dem Haus, in dem sich Sandras Apartment befindet.

„Fast hätte ich es vergessen.“ Esteban reicht Marcela einen USB-Stick. „Das sind die Daten der Anarchisten, die damals in der Wohnung lebten. Es waren Carlos, Javier und Ramón. Sie standen auf der Liste der möglichen Verantwortlichen, die du mir geschickt hattest. Nachdem wir die Wohnung ausfindig machen konnten, war es nicht schwer, sie anhand unserer bisherigen Recherchen zu identifizieren. Sie wurden am 10. Januar 1977 verhaftet und gelten seitdem als verschwunden. … Gut. Ich hole dich dann in zwei Stunden ab. Wenn du willst, kannst du aber auch nach San Cristóbal laufen. Sind vielleicht zwanzig Minuten von deinem Apartment bis zur Humberto Primero. Wie du willst.“

„Hol mich lieber ab. Ich möchte mich ein bisschen hinlegen. Es war etwas hektisch heute Morgen. Und durch Buenos Aires zu laufen, macht mir auch keinen Spaß. Zu viel Verkehr, zu laut.“

Marcela steigt aus, holt ihre Tasche aus dem Kofferraum und stellt sich neben das Taxi. Sie beugt sich zu Esteban hinunter.

„Eine Frage habe ich noch.“

„Ja?“

„Ich musste heute Hals über Kopf abreisen, weil du mich um acht Uhr früh hierher zitiert hast. Ich kann mir aber nicht vorstellen, dass deine Hilfstruppen die Wohnung der Anarchisten um sieben Uhr morgens gefunden haben.“

„Haben sie auch nicht. Ich war mir schon vor drei Tagen ziemlich sicher, dass wir die richtige Wohnung gefunden hatten. Ich ließ zur Sicherheit meine Arbeitsbienen noch ein paar Details über die Nachbarschaft ermitteln. Gestern um fünf glichen wir alle Informationen noch einmal ab. Da war klar, dass es das Haus in der Humberto Primero sein muss."

„Und da hättest du nicht gleich anrufen können?"

„Nein, ich hatte keine Zeit."

„Was war denn so wichtig?"

„Ich musste meine Helferlein zum Essen einladen und den Erfolg feiern."

Marcela blickt konsterniert.

„Ein guter *Patrón* macht so was", sagt Esteban und gibt dem Taxifahrer das Zeichen, weiter zu fahren.

# Kapitel 6

„Und das ist es also?“ fragt Marcela. Esteban murmelt zustimmend. Vor ihnen befindet sich ein zweistöckiges Wohnhaus. Es ist grau und schlicht, die Eingangstür ist ausgehängt. Nach dem Zustand der Fenster und der Fassade zu urteilen, dürften seit der letzten Renovierung mindestens drei Jahrzehnte vergangen sein. Das Haus, so bemerkt Esteban, müsste in den dreißiger Jahren des vergangenen Jahrhunderts als Quartier für einfache Angestellte erbaut worden sein.

„Weg hier! Ihr steht im Weg! Wir müssen hier durch!“

Marcela und Esteban zucken zusammen. „Äh. Tut uns leid“, sagt Marcela zu einem der beiden Männer, die schwitzend im Hauseingang stehen. Sie haben sichtlich Mühe, zu verhindern, dass ihnen das Sofa, das sie tragen, aus den Händen gleitet. Marcela und Esteban treten ein paar Schritte zur Seite und beobachten, wie das Möbelstück in einem LKW verstaut wird.

„Und, Esteban, wie gehen wir es an?“

„Wir gehen rein und befragen die Leute, ob sie etwas über die Anarchisten wissen. Laut den Recherchen meiner Arbeitsbienen gibt es ein Ehepaar, das schon sechsundsiebzig hier lebte. Diego und Elisa Martinelli. Sie wohnen oben im ersten Stock. Dort fangen wir an. Sie müssten jetzt zuhause sein. Und dann gibt es noch eine Wohnung auf derselben Etage, die nach hinten geht. Dort lebt Ernesto Álvarez zusammen mit seiner Frau Lucía. Ernesto wuchs in den Siebzigern hier auf und hat die Wohnung von seinen Eltern nach deren Tod übernommen. Seine Mutter starb letztes Jahr, der Vater vor fünf Jahren. Vielleicht kann er sich noch an etwas erinnern. Er kommt wahrscheinlich in einer Stunde von der Arbeit … Die übrigen Parteien, denke ich, können wir uns sparen."

„Woher habt ihr diese Informationen? Auf legalem Weg bekommt man das doch nicht raus."

„Auf vollkommen legalem Weg. Du willst nicht glauben, was die Menschen von sich preisgeben, wenn adrette junge Studierende mit einem Ausweis und einem Fragebogen wedeln und sagen, sie machen eine urbansoziodemographische Untersuchung im Auftrag der Universität.

„Urbansoziodemographisch? Was soll das denn sein?"

„Keine Ahnung, funktionierte aber. Es klingt nach Autorität und Menschen vertrauen auf Autorität. Meine hilfreichen Geister haben auf beiden Seiten der Straße die Erhebung gemacht und niemand weigerte sich, Auskunft zu geben. Nicht Facebook erschuf den gläsernen Menschen, sondern der gläserne Mensch Facebook."

„Ist ja schon gut. Wie stellen wir uns vor?"

Esteban zuckt mit den Schultern. „Mit unseren Namen?"

„Ich weiß nicht, ob das so einfach funktioniert wie bei deiner urbansoziodemodingsbums Untersuchung. Stell dir vor, es klingelt an der Tür und vor dir stehen zwei unbekannte Menschen. Der eine sagt dann, Guten Abend, mein Name ist Doktor Esteban Ugarte, ich bin Professor für argentinische Geschichte an der Universität von Buenos Aires und das ist Marcela Tellado. Sie arbeitet für eine Ihnen völlig unbekannte Zeitung in Montevideo. Wir möchten Ihnen gern ein paar Fragen zu uruguayischen Anarchisten stellen, die vor fünfundvierzig Jahren in diesem Haus lebten. Und auch darüber, ob Sie oder Ihre Eltern für die Anarchisten eine Fahne versteckten. Wir könnten es auch gern guerillahabitatskolaborative Untersuchung nennen, aber würdest du so jemanden in deine Wohnung lassen?"

„Ich vielleicht schon, aber ich verstehe, was du meinst. Wir brauchen eine griffige Legende."

„Wir brauchen was?"

„Na, eine Legende. Erfundene Identitäten."

„Ich weiß, was Legenden sind. Aber wir sind nicht vom Geheimdienst und im Undercover-Einsatz. Wir brauchen bestenfalls ein Legendchen. Etwas, das uns mit den Anarchisten verbindet. Am besten etwas Persönliches, Familiäres."

„Ok. Dann eben ein Legendchen. Aber du solltest trotzdem bei einer Nachfrage nicht sagen, du seiest Journalistin. Darauf reagieren viele Menschen misstrauisch. Hast du eine Idee, wer wir sein könnten?"

Marcela zuckt mit den Schultern. Esteban tut es ihr gleich.

Marcela beginnt plötzlich zu lachen.

„Was ist los?" fragt Esteban kichernd. Marcelas Lachen ist ansteckend.

„Wir sind schon Helden. Lara und Indiana stehen vor der Schatzkammer des Dschingis Khan und haben den Schlüssel zuhause vergessen."

Auch Esteban lacht.

Sie beschließen, in ein kleines Café zu gehen, das an der nächsten Straßenecke liegt, um ein Legendchen zu entwickeln.

---

„Was studiert Sandra eigentlich? Politik, Philosophie …", fragte Marcela als sie vor einer Stunde in das Taxi stieg, in dem Esteban auf sie wartete.

„Nicht, dass ich wüsste. Sie studiert Biochemie. Hoffe ich zumindest. Wie kommst du darauf?"

„Na, ihr Bücherregal. Die Chemiebücher habe ich vielleicht übersehen bei den ganzen Schriften von Gramsci, Luxemburg, Posadas, Marx, Bakunin und einer Menge anderer Leute, die ich nicht kenne. Wobei Bakunin und Chemie?" Marcela grinste.

„Mach keine Witze darüber. Sandra raubt mir gerade den Schlaf. Es ist absolut in Ordnung, dass sie politisch aktiv ist. Abtreibungsrecht, Mapuche, IWF, Armut, es gibt auch wirklich genug Gründe. Aber dass Sandra und ihre Freunde immer in der ersten Reihe sein müssen."

„Machst du dir Sorgen?"

„Du hast in der Sitzung mit Sergio selbst Santiago Maldonado erwähnt." Esteban machte eine Pause. „Sergio und du, ihr macht euch Sorgen, dass unsere Ermittlungen die Geister der Vergangenheit heraufbeschwören könnten. Mir bereiten eher die Geister der Zukunft Sorgen. Niemand weiß, wie sich die Zeiten entwickeln. Ich meine, schau nach Brasilien, Bolivien, Chile. Und wenn ich mir die Biografien der Anarchisten ansehe und weiß, was mit ihnen passierte, denke ich oft an Sandra."

Sie schwiegen die restliche Fahrt.

---

Außer einem gelangweilten Kellner befindet sich niemand in dem Lokal. Nachdem dieser Marcela und Esteban zwei Milchkaffees gebracht hat, setzt er sich an einen der Tische und widmet sich wieder den Chats auf seinem Handy.

Marcela und Esteban beginnen, sich eine Geschichte zurechtzulegen. Es ärgert Marcela, dass sie erst vor zwei Stunden die Namen der Anarchisten erfuhr. Hätte Esteban ihr die Informationen rechtzeitig zukommen lassen, wäre es ihr schon in Montevideo möglich gewesen, sich auf eine solche Situation vorzubereiten. Stattdessen muss Marcela jetzt improvisieren. In Sandras Wohnung hat sie die Informationen über die drei Anarchisten zwar überflogen, dabei aber keinen Wert auf familiäre Details gelegt. Ihren Laptop mit den entsprechenden Daten, hat sie in dem Apartment gelassen.

Nach fünfzehn Minuten beschließen Marcela und Esteban, zurück zu dem Haus zu gehen. Richtig überzeugt sind sie von ihrem Legendchen nicht, aber auf die Schnelle ist ihnen nichts Besseres eingefallen. Marcela gibt vor, Universitätsassistentin zu sein und die Zeit der Semesterferien zu nutzen, um ihren Onkel Carlos zu suchen. Von dessen Existenz habe sie erst nach dem Unfalltod ihrer Eltern vor vier Monaten erfahren. Die letzte ermittelbare Adresse sei das Haus gewesen. Wenn auch fünfundvierzig Jahre eine lange Zeit sei, hoffe sie doch, ihren Angehörigen zu finden.

Esteban ist etwas verstimmt. Um ihren Nachforschungen mehr Autorität zu verleihen, wollte er auch seine Identität verändern. Esteban schlug unter anderem Privatdetektiv, Sonderermittler im Auftrag der uruguayischen Botschaft oder Priester vor. Marcela war davon nicht zu überzeugen. Im Gegenteil. Marcela war, ohne dies weiter zu begründen, der Ansicht, dass Geschichtsprofessor ein Beruf sei, der perfekt zu seinem Auftreten passe. Esteban musste sich mit der unklaren Rolle des „Freundes eines Freundes der Familie“ zufrieden geben. Zudem hat Marcela ihn eindringlich ermahnt, bei künftigen Gesprächen weniger forsch aufzutreten als bei dem Treffen mit Andrés. Schließlich wollten sie die Menschen befragen und nicht verhören.

„Hoffentlich funktioniert es“, murmelt Marcela, als sie an die Tür der Martinellis klopft.

Es funktionierte. „Gut gespielt“, sagt Esteban anerkennend als sie das Haus nach vierzig Minuten wieder verlassen.

Dabei hatten sie schnell den Eindruck gewonnen, dass sie Diego und Elisa auch in ihre Wohnung gelassen hätten, wenn sie sich als Mitarbeiter von Al-Quaida vorgestellt hätten. Viel Besuch schien das alte Ehepaar nicht zu bekommen. Elisa kochte Kaffee und brachte dem unerwarteten Besuch eine Schale mit Butterkeksen.

Marcela war in ihrer Rolle durchaus glaubwürdig. Ihre Bestürzung schien echt, als sie von der Verhaftung ihres mutmaßlichen Onkels erfuhr. Was Esteban aber am meisten beeindruckte, war, dass Marcela das Kunststück vollbrachte, im richtigen Moment ein paar Tränen über ihre Wangen rollen zu lassen.

Sie erfuhren auch einige nützliche Dinge. Die Wohnung der Anarchisten lag im Erdgeschoss, rechts zur Straße hin. Es sei die Wohnung, aus der gerade die Möbel gebracht würden, erklärte ihnen Elisa. Die Besitzer wären aber erst vor wenigen Jahren eingezogen. Diego zeigte ihnen alte Fotos und erklärte auch, wie sich das Haus seit den siebziger Jahren verändert hatte. Früher beherbergte es nicht wie heute sechs Wohnungen, sondern acht. Manche hatten damals auch noch kein Bad. Die Toiletten und der Wasseranschluss befanden sich im Hinterhof und der Anbau, der heute als Schuppen dient, war bewohnt.

Mithilfe des Ehepaars konnten Marcela und Esteban eine Liste mit den Namen der damaligen Bewohnerinnen und Bewohner des Hauses erstellen und bekamen auch Hinweise, wohin einige von ihnen möglicherweise gezogen seien. Nur bei zwei Parteien waren sie sich nicht mehr sicher. Das kleine Apartment neben der Wohnung der Anarchisten wurde von zwei Brüdern bewohnt, an deren Namen sie sich aber nicht mehr erinnern konnten. Ebenso wenig an die der Frau und ihrer kleinen Tochter, die damals den Schuppen bewohnten.

„Die anderen kommen erst in zwanzig Minuten. Sollen wir noch einen Kaffee trinken gehen?“ fragt Esteban, als sie das Haus verlassen.

„Kaffee habe ich für heute genug. Lass uns ein bisschen die Beine vertreten."

Nach ein paar Metern bleibt Esteban plötzlich stehen.

„Was hast du?"

„Einen Moment."

Esteban dreht sich um und versucht, sich möglichst schnell einen Überblick über die Fenster der gegenüberliegenden Häuser zu verschaffen. Als sein Blick auf das einstöckige Haus fällt, das direkt gegenüber der Anarchistenwohnung liegt, glaubt er für einen Moment ein Fernglas oder ein Objektiv zu erkennen, mit dem sie durch den Spalt zwischen den Gardinen beobachtet werden. Dann ist der Spalt geschlossen.

„Was ist los?"

„Weiß ich noch nicht."

# Kapitel 7

„Klar kann ich mich an deinen Onkel erinnern“, beginnt Ernesto zu erzählen. „Also, genau genommen, nicht explizit an ihn. Aber an die drei Uruguayer im Erdgeschoss. Ich weiß nicht mehr, wer von denen Carlos hieß. Aber alle drei waren schwer in Ordnung. Ich war damals zehn und die haben mit mir manchmal auf der Straße gekickt. Einer hat mir sogar eine Fahne von Boca geschenkt. Tut mir leid, was mit ihm passiert ist. Entschuldigung, ich meine, vielleicht ist ihm ja auch nichts Schlimmes passiert und sie haben ihn wieder freigelassen und er lebt irgendwo glücklich und zufrieden. Das hoffe ich zumindest.“

Marcela senkt den Blick und sagt gerade noch für Ernesto und Lucía vernehmbar: „Das hoffe ich auch.“

„Hatten deine Eltern auch Kontakt zu ihm?“ will sie wissen.

„Mein Alter hatte zu jedem Kontakt. So war er. Immer ein Pläuschchen mit den Nachbarn, immer irgendeinen Vorwand, um mit anderen in die Kneipe zu gehen oder sie hierher einzuladen. Meine Mutter hat das aber ganz schön genervt.“

Marcela ist unkonzentriert. Das Bild der fußballspielenden Anarchisten geht ihr nicht aus dem Kopf. Wie waren sie wirklich? Sie muss an Andrés denken. Denn selbst wenn sie ihn bei ihren beiden Treffen durchaus sympathisch fand, entsprach er trotzdem dem Klischee, das sie von Anarchisten seiner Generation hatte. Zumindest von denen, die später keine Regierungsaufgaben übernahmen: entschlossen, politisch erfahren, prinzipientreu, kampferprobt aber, für ihren Geschmack, zu pathetisch. Und vor allem ernst. Aber woher kommt dieses Bild in ihrem Kopf? Zumindest ist es kein Produkt eigener Erfahrung, muss sich Marcela eingestehen. Kommt es aus den Romanen und Filmen, die sie kennt? Je nach Intention werden Anarchisten darin zumeist als üble Zeitgenossen oder als moralisch integre, unbeugsame Persönlichkeiten charakterisiert, trotz oder gerade wegen der bitteren Erfahrungen ihres Lebens. Aber die Zuschreibungen beschränken sich in der Regel auf politische Kategorien. Ein Anarchist ist so. Punkt. Das Private, Unklare, Widersprüchliche bleibt außen vor. Beruht das Klischee auch auf dem Selbstbild von Menschen wie Andrés? Oder zumindest auf einem Bild, das andere von ihnen haben sollten?

Marcela weiß, dass sich Andrés mit sechzehn den Anarchisten anschloss. Er war Anfang dreißig, als er verhaftet wurde. In etwa so alt, wie sie heute ist. Wie war er aber damals? Wen hatte er zurückgelassen, als er erst in den Untergrund und danach ins Exil gehen musste? War Andrés davor mit jemandem zusammen, hatte er Freunde, mit denen er sich zum Fußballspielen traf? Wen müsste sie zurücklassen, wäre sie zu einem solchen Schritt gezwungen? Marcela versucht sich ansatzweise vorzustellen, wie sie sich in einer solchen Situation verändern würde. Ihr Leben wäre komplett anders, schon allein wegen der Angst, entdeckt zu werden. Andererseits hat Marcela Zweifel, ob sie sich von einem Tag auf den anderen als Person ändern könnte. Die Erfahrungen und Erinnerungen, die sie zu der Persönlichkeit werden ließen, die sie heute ist, würden nur langsam verblassen. Zumal sie sich wohl auch an diese klammern würde.

Marcela tadelt sich im Gedanken daran, dass sie bis jetzt einem zweifelhaften Klischeebild nachgehangen ist, wenn sie sich das Leben der jungen Anarchisten in der Calle Humberto

Primero vorstellen wollte. Sie beschließt, nach ihrer Rückkehr nach Montevideo zum Memorial zu fahren und einen Fußball unter den Namen ihres erfundenen Onkels zu legen. Vielleicht käme Andrés dann auch mit.

Marcela schreckt hoch. „Entschuldigung, ich war mit meinen Gedanken woanders. Was hast du gesagt?“

„Ich habe gesagt, dass sie schon Kontakt hatten. Dein Onkel und seine Kumpel waren öfter hier oben. Wir auch bei ihnen. Wir haben uns gegenseitig ausgeholfen, wenn zum Beispiel was kaputt ging. Oder jemand Werkzeug brauchte. Mein Alter und dein Onkel und dessen Kumpel haben sich gegenseitig Bücher und Schallplatten geliehen. So Sachen halt.“

„Galt das für alle Nachbarn?“

„Nein, nicht für alle. Es gab immer welche, die hielten sich für etwas Besseres. Die Martinellis, bei denen ihr vorhin wart, wären nie zu uns gekommen.“

„Weißt du noch, was du und deine Eltern gemacht haben, nachdem mein Onkel verhaftet wurde? Wart ihr nochmal in der Wohnung unten, um die Sachen zu holen, die euch gehörten? Oder, um die Sachen meines Onkels zurückzubringen? Oder habt ihr sie behalten?“

„Keine Ahnung. Da kann ich mich nicht mehr dran erinnern. Ich denke, sie haben mich kurz danach zu meinen Großeltern aufs Land gebracht. Es war ja Ferienzeit und ich habe immer vier oder fünf Wochen dort verbracht. Meine Alten mussten ja arbeiten und wollten mich nicht unbeaufsichtigt lassen. Aber, ob sie noch mal runter in die Wohnung sind, das weiß ich nicht. Ist auch eine komische Frage. Auf was willst du raus?“

Marcela blickt erst zu Esteban, der langsam nickt und danach zu Ernesto.

Sie beginnt mit leiser Stimme zu sprechen. „Ich weiß, äh, das klingt jetzt blöd, äh, und es ist mir auch ein bisschen peinlich, euch zu fragen, aber, äh, … “

„Spuck's aus" fordert Ernesto sie auf und lächelt.

Marcela senkt ihren Blick. „Ich suche meinen Onkel, von dessen Existenz ich bis vor Kurzem nichts wusste. Ich weiß nicht einmal, wie er aussah. Ich weiß nicht, wie er lebte, nicht welche Bücher er las, welche Musik er hörte ..." Eine Träne löst sich aus ihrem linken Auge und fließt über die Wange.

Esteban muss sich zwingen, nicht zu schmunzeln.

Marcela fährt fort. „Du hast gesagt, dass ihr euch gegenseitig Dinge geliehen hattet. Da habe ich gedacht, dass deine Eltern vielleicht noch ein paar Sachen hatten, die ihm gehörten. Besser gesagt, dass ihr sie noch haben könntet. Bücher, Schallplatten, vielleicht auch Fotos, Briefe, was weiß ich. Vielleicht gibt es noch ein paar alte Kartons oder Koffer, die wir uns ansehen könnten. Ich habe einfach gehofft, irgendetwas über meinen Onkel rauszufinden. Ich weiß, dass ist ziemlich sentimental. Tut mir leid. Du hast Recht. Das war eine blöde Frage."

Ernesto blickt Lucía an und plötzlich beginnen beide lauthals zu lachen. Marcela und Esteban blicken sich ratlos an.

„Tut mir leid", stammelt Lucía. Sie hat vor Lachen Tränen in den Augen. „Es tut mir so leid, aber ich kann gerade nicht anders. Bitte sei uns nicht böse, wir wollen dich nicht beleidigen oder so. Du kannst nichts dafür. Tut mir wirklich leid."

Marcela starrt Lucía mit halbgeöffnetem Mund an.

Lucía ringt um Fassung und wischt sich die Tränen aus den Augen. „Wie soll ich's euch erklären? Ob es noch Sachen gibt von damals, einen Karton oder Koffer ..." Lucía beginnt wieder zu lachen.

Ernesto japst. „Kommt einfach mit."

---

Marcela ging in der vergangenen Woche selten in die Redaktion. Das war mit Sergio abgesprochen. Die Routinearbeiten zur Absicherung der Recherche, mit denen sie ihr Chef beauftragt hatte, konnte sie innerhalb zweier Tage erledigen. Marcela nutzte die Zeit, um die wenigen Publikationen der Anarchisten aus den siebziger Jahren, die öffentlich zugänglich waren, zu kopieren. Sie erwarb auch zwei Biographien über wichtige Personen innerhalb der anarchistischen Strukturen in dieser Zeit. Auf eigene Rechnung, wie sie Sergio unter die Nase rieb.

Für einige Tage war Marcelas Arbeitsplatz das Sofa in ihrem Wohnzimmer. Sie hatte geplant, die Tage lesend zu verbringen. Unterbrochen von längeren Pausen, die Marcela zu Spaziergängen und Einkäufen in ihrem Stadtviertel nutzen wollte. Sie liebte Goes. In dem Viertel schien die Zeit stehen geblieben zu sein. Marcela wohnte in einem der neueren Häuser in ihrer Straße. Es wurde vor über achtzig Jahren erbaut. In einer Zeit, in der Montevideo zu einem Zentrum des Art-déco wurde und einzelne Elemente des Architekturstils auch beim Entwurf einfacher Wohnhäuser Anwendung fanden.

Marcela war überrascht gewesen, dass Sergio ihren Wunsch, die Recherche von zuhause aus weiterzuführen, sofort akzeptiert hatte. Seinen Kommentar hatte sie zunächst als ironische Spitze abgetan. Ihr Chef hatte ihr erklärt, dass er hoffe, dass sie sich dort besser in die Zeit der siebziger Jahre hineinversetzen könne. Schließlich habe sich das Erscheinungsbild ihres Viertels seither nicht geändert. Als Marcela drei Tage später ihre Straße betrachtete, überlegte sie, ob Sergio dies nicht auch ernst gemeint haben könnte.

Am ersten Tag las Marcela die Dokumente und Bücher konzentriert. Später überflog sie diese nur noch. Ihre Gedanken drehten sich zunehmend um die immer gleichen Fragen: Was war die Motivation der Anarchisten, warum riskierten sie ihr Leben? Ihre Organisation umfasste in Uruguay höchstens ein paar tausend Menschen, in Buenos Aires waren sie gerade mal ein paar Hundert. Ihr Gegner war ungleich stärker. Waren sie naiv oder war es schlicht Hybris? Waren ihre Handlungen Ausdruck der Empörung, der Verzweiflung, der Verteidigung der eigenen Würde, der Hoffnung? Aber was haben sie sich erhofft? Wie waren sie wirklich?

Marcela erwog, noch einmal Andrés zu befragen. Sie entschied sich jedoch dagegen. Sie wollte sich in ihrem Urteil nicht zu sehr von dem alten Anarchisten abhängig machen. Ihr kam das Gespräch mit Sergio in den Sinn, in dem dieser insistiert hatte, dass er eine Recherche von ihr erwarte und keinen Text eines anderen, der nur ihre Unterschrift trage. Marcela wollte nicht manipuliert werden. Weder von Esteban noch von Andrés.

---

Marcela und Esteban folgen dem Ehepaar zu dem Schuppen im Hinterhof. „Entschuldigt nochmal für vorhin. Das war absolut daneben. Aber wir konnten leider nicht anders, als du gefragt hast, ob wir noch ein paar Sachen von früher aufbewahrt haben. Ein paar Kartons oder so." Ernesto beginnt wieder zu kichern. Er schließt das Vorhängeschloss des Schuppens auf und öffnet die Tür. Mit einer Handbewegung sagt er: „Nach euch."

Marcela tritt als Erste durch die Tür, macht aber instinktiv sofort wieder zwei Schritte zurück. In dem Schuppen ist es stickig und heiß.

„Was ist das?"

Ernesto geht vor, schaltet den Deckenventilator an und öffnet das Seitenfenster. „Das sind die paar Kartons und Koffer, die mir meine Alten hinterlassen haben."

Marcela und Esteban betreten den Schuppen. In zwei Drittel des Raums stapeln sich Kisten, Kartons, Koffer, Taschen und Plastiksäcke. Der Rest des Bodens ist fast vollständig mit alten Zeitschriften und Büchern bedeckt.

„Mein Alter war ein netter Kerl, aber er hat nichts wegwerfen können. Unsere Wohnung sah irgendwann so aus wie einer dieser Trödelläden in San Telmo. Meine Mutter hat ihn Anfang der Neunziger gezwungen, diesen Schuppen zu kaufen. Da wohnte schon ewig niemand mehr drin. Und da ist dann alles runtergewandert. Also wenn er etwas von deinem Onkel aufbewahrt hat, dann ist es irgendwo hier."

„Gibt es eine Ordnung? Nach Jahren oder welche Sachen sich wo befinden könnten?" fragt Esteban.

„Es gibt bestimmt eine Ordnung, aber der einzige, der sie kannte, war mein Alter. Und der ist seit fünf Jahren unter der Erde."

„Und es ist wirklich in Ordnung für euch, wenn wir die Sachen durchstöbern?" Marcela blickt Ernesto fragend an. „Schließlich sind das die Sachen deiner Eltern oder zumindest deines Vaters. Da sind bestimmt auch Sachen dabei, die Außenstehende nichts angehen."

„Die Sachen, die wichtig waren, sind hier nie gelandet. Dafür hat schon meine Mutter gesorgt. Ich wollte den ganzen Trödel schon nach dem Tod meines Alten wegschmeißen, aber meine Mutter war dagegen. Sie hat zwar immer darüber geschimpft, aber davon trennen konnte sie sich auch nicht. Eigentlich wollten wir das ganze Zeug nach ihrem Tod entsorgen lassen, aber irgendwie sind wir noch nicht dazu gekommen. Also die einzige Bedingung, die ich habe, ist, dass wir euch nicht helfen müssen. Und klar, solltet ihr einen Schatz finden, bekommen wir die Hälfte der Beute."

Ernesto schließt das Fenster und schaltet den Ventilator aus. Beim Verlassen des Schuppens fügt er noch hinzu. „Es könnte auch sein, dass ihr ein paar Sachen findet, die nicht von meinem Alten sind. Ich glaube, als der den Schuppen gekauft hat, sind schon ein paar Kisten drinnen gewesen. Ich kann mir nicht vorstellen, dass er die weggeschmissen hat."

Sie gehen zurück in den Hausflur. Ernesto wendet sich an Marcela. „Also, wenn du willst, kannst du morgen in den Schuppen."

„Gerne."

„Nur ein Tipp noch. Fang aber möglichst früh an. Ab Mittag wirst du da drin gegart."

„Ab wann kann ich kommen?"

„Lucía und ich stehen um sechs auf. Um kurz vor sieben müssen wir dann los zur Arbeit. Wenn du davor kommst, gebe ich dir die Schlüssel für den Hof und den Schuppen."

Sie verabschieden sich und Lucía und Ernesto sind schon auf dem Weg in den ersten Stock. „Eine Frage noch", ruft Esteban ihnen nach.

„Ja?"

„Die Martinellis nannten uns die Namen der Leute, die in den anderen Wohnungen lebten, als Marcelas Onkel hier wohnte. Bei zwei Parteien wussten sie es aber nicht mehr. Kannst du dich erinnern, wer damals im Apartment vorne links wohnte und wer im Schuppen?"

„Keine Ahnung. Tut mir leid."

Esteban blickt sofort in Richtung der gegenüberliegenden Wohnung, als sie das Haus verlassen. Die Gardinen schließen sich.

„Wie machst du das mit den Tränen?" feixt Esteban.

Marcela grinst, antwortet aber nicht.

„Wie ist dein Abendplan, Marcela?"

„Noch ein bisschen arbeiten, Sergio will schließlich jeden Abend eine Rückmeldung bekommen. Und dann früh ins Bett. Holst du mich morgen früh ab?"

„Klar, um kurz nach sechs?"

„Ok. Und was machst du heute noch?"

„Ein paar Sachen für morgen besorgen. Außerdem muss ich nochmal die urbansoziodemographischen Untersuchungsergebnisse durchgehen."

# Kapitel 8

„So, letzte Runde. Ich kann bald nicht mehr." Marcela trinkt einen großen Schluck Wasser. „Jetzt ist es fast schon drei und hier drin sind es bestimmt vierzig Grad", stöhnt sie und öffnet einen Karton.

„Ich weiß." Auch Esteban klingt erschöpft. „Ich bin auch platt, aber mit etwas Glück sind wir in einer halben Stunde fertig."

„Hoffentlich. Ich will nur noch unter die Dusche", sagt Marcela hörbar genervt. „Wenn wir wenigstens was gefunden hätten. Warum machen wir das eigentlich allein? Du hättest doch zwei oder drei deiner Studenten mitbringen können."

„Daran dachte ich gestern sofort, als ich den Schuppen sah. Aber ich fand es zu riskant."

„Hast du plötzlich Skrupel gegenüber deinen Studierenden, Señor *Patrón*?"

Esteban wirft ihr einen bösen Blick zu.

„Ich fand es zu riskant, weil ich denen nicht sagen wollte, nach was wir wirklich suchen. Dann hätten wir ja gleich eine Anzeige schalten können: Fahne gesucht. Zuletzt gesehen 1969 im Historischen Museum zu Montevideo. Um Diskretion wird gebeten."

„Stimmt schon. Du hast ja Recht. Außerdem", Marcela kichert, „hätte wohl deine Autorität ziemlich gelitten, wenn sie dich in diesem Aufzug gesehen hätten."

„Wer im Glashaus sitzt ..." Beide lachen.

---

„Wo hast du denn das her? Willst du jemanden sezieren?" Marcela war halb amüsiert und halb entsetzt, als Esteban am frühen Morgen seine Sporttasche öffnete und zwei lindgrüne Operationsschürzen zum Vorschein kamen. Dazu zwei Paar Operationshandschule und für beide einen Mundschutz.

„Das ziehe ich nicht an. Woher hast du die Sachen überhaupt. Bist du in ein Krankenhaus eingebrochen?"

„War nicht nötig. Ein Kollege aus der Medizinischen Fakultät hat sie mir überlassen. Die haben so viel davon, da fällt gar nicht auf, wenn was fehlt. Und hab dich nicht so. Die Sachen sind praktisch und der Schuppen ist voller Staub und Schimmel und was weiß ich noch."

Marcela gab nach und zog Schürze, Handschuhe und Mundschutz an. Die OP-Ausrüstung erwies sich als durchaus nützlich, und Marcela und Esteban hatten anfangs auch ihren Spaß daran, sich gegenseitig als Frau beziehungsweise Herr Doktor anzusprechen. Ihr Erscheinungsbild änderte sich mit der Zeit. Nach zwei Stunden waren Handschuhe und Schürzen von einer grauen Schmutzschicht überzogen. Darüber hinaus entschieden sie sich angesichts der steigenden Temperaturen in dem Schuppen, sich auszuziehen, und trugen unter den Schürzen nur noch ihre Unterwäsche.

Die ersten Stunden sprachen sie viel miteinander, kommentierten ihre Fundstücke und machten darüber den ein oder anderen Scherz. Sie tauschten Anekdoten ihres Berufslebens aus. Danach verstummten die Gespräche und beide durchsuchten still Kisten und Kartons.

Vor einer Stunde durchbrach Marcela das Schweigen. Sie nahm ihren Mundschutz ab. „Ich möchte dich um einen Rat bitten." Esteban unterbrach seine Arbeit und blickte zu ihr. Er nickte. Marcela erzählte ihm von ihren Gesprächen mit Sergio und Andrés über die Schwierigkeit, über etwas zu berichten, was sie selbst nicht erlebt hatte.

„Und jetzt möchte du wissen, was der allseits geachtete Historiker, Professor Esteban Ugarte, dazu meint?“ entgegnete Esteban und setzte sich in Pose.

„Lass dein arrogantes Gehabe“, fuhr ihn Marcela an. „Ich bitte dich um Rat, nicht als Freund, weil das bist du nicht, aber als Kollege.“

„Da kann ich dir nicht weiterhelfen“, bemerkte Esteban kurz.

„Sei jetzt nicht eingeschnappt!“

„Ich bin nicht eingeschnappt“, erwiderte Esteban. „Das Problem ist, du bist Journalistin und ich Historiker. Das sind genau genommen zwei Welten.“

„Zwei Welten? Wir sitzen hier zusammen in diesem Brutofen, wühlen uns durch staubige Kisten und sehen aus wie … wie …“ Marcela betrachtet die Innenseiten ihre Hände und zeigt sie dann Esteban. Die ursprüngliche Farbe der Handschuhe ist nur mehr zu erahnen. „ … wie verdreckte Psychopathen.“

„Stimmt. Aber unser Antrieb ist unterschiedlich.“

„Ich mach es als Job und du als Zeitvertreib, oder was?“ Marcela war gereizt.

„Wir machen es beide als Job, auch wenn mich Sergio nicht dafür bezahlt. Aber, sag‘ mir Marcela, was machst du, wenn du wieder in Montevideo bist, egal ob wir die Fahne finden oder nicht?“

„Mein Job ist es, aus der Geschichte eine möglichst gute Reportage zu machen.“

„Genau. Du schreibst über den Diebstahl der Fahne, über die Anarchisten, über die Repression und über die Spuren, die wir gefunden haben oder vielleicht noch finden werden. Wem gehört deine Sympathie? Den Anarchisten oder den Militärs?“

„Was für eine blöde Frage. Mein Job ist, Informationen zusammen zu tragen und aufzubereiten."

„Das nehme ich dir nicht ab", sagte Esteban provozierend.

Marcela schwieg. Daher fuhr Esteban fort: „Ich kenne dich erst seit Kurzem. Aber aus deinen Kommentaren, Arbeitsansätzen und Bewertungen kann ich auf einiges schließen."

„So? Auf was denn?" bemerkte Marcela trotzig.

„Zum Beispiel darauf, dass du zwar Vorbehalte den Anarchisten gegenüber hast, sie dir aber im Zweifel hundertmal sympathischer sind als die Militärs."

„Und weiter?"

„Versteh mich nicht falsch, es ist auch meine Sicht der Dinge. Du hast auch das Glück, für Sergio zu arbeiten. Der sieht das bestimmt ebenso. Und die Leser eurer Zeitung wahrscheinlich mehrheitlich auch, sonst würden sie ja die ... wie heißt bei euch das lokale rechte Schmierblatt gleich noch mal?"

„El País."

„Sonst würden sie die El País kaufen. Aber stell dir mal für einen Moment vor, du müsstest bei El País arbeiten oder schlimmer noch, bei einer der Zeitschriften, die bei euren Militärs ausliegen. Wie sähe dein Artikel, basierend auf den gleichen Fakten, dann aus?"

„Noch so eine blöde Frage. Warum sollte ich für die arbeiten wollen?"

„Ich weiß, aber mal hypothetisch gesprochen."

„Hypothetisch gesprochen, natürlich ganz anders. Es sei denn, ich möchte meinen Job verlieren. Aber auf was willst du raus?"

„Dass Journalisten per se vor einem prinzipiellen Problem stehen." Sein Tonfall wurde belehrender. Esteban ging Marcela immer mehr auf die Nerven. „Eure Aufgabe ist es, aus Informationen Nachrichten zu machen. Eine Zeitung, die nur trocken die Informationen wiedergibt, kauft niemand. Ob ihr wollt oder nicht, ihr müsst die Informationen transformieren, an die Bedürfnisse der Kundschaft anpassen, sie bei ihren Vorstellungen abholen. Eine Zeitung muss die aktuellen Stimmungen kennen, Emotionen bedienen und auch Stellung beziehen. Je besser ihr schreibt, desto weniger offensichtlich ist das. Aber …"

„Und du willst mit jetzt erzählen, dass es Historikern wie dir nur um die reine Wahrheit geht? Dass ich nicht lache!", fuhr Marcela ihn an.

Esteban war von der Heftigkeit von Marcelas Reaktion überrascht. „Nein. Unsinn. Das will ich nicht. Wir müssen in gewissem Sinne auch Bedürfnisse bedienen, aber im Gegensatz zur journalistischen Arbeit ist das bei uns nicht so …"

„Banal?" platzte es aus ihr heraus.

„Marcela, bitte, beruhige dich. Du hast mich doch gefragt, was …"

„Ich habe dich um einen Rat gebeten." Marcela war wütend. „Aber anstelle mir zu antworten, textest du mich mit Allgemeinplätzen zu, als wäre ich ein naives Erstsemester aus deiner Vorlesung. Hast du vergessen, dass ich seit zehn Jahren als Journalistin arbeite und dieses Metier zehnmal besser kenne als du?"

Esteban war anzumerken, dass er Marcelas Äußerungen als beleidigend empfand. Dennoch antwortete er ruhig: „Ok. Tut mir leid, wenn das bei dir so ankam. Das war nicht meine Absicht … also gut, ich probiere es nochmal … um zu deiner Frage zurück zu kommen …", Esteban suchte nach den richtigen Worten. „Ich denke, dass es da keine einfache Antwort gibt. Ok, Marcela, ich versuche mal zu beschreiben, wie ich vielleicht an deiner Stelle rangehen würde. Aber klar, du hast da mehr Erfahrung." Nach einer kurzen Pause fügt er hinzu: „Wir haben im Prinzip ja nur zwei Quellen. Dokumente aus den Archiven und Aussagen von Menschen, die in irgendeiner Weise an der Geschichte beteiligt sind. Archive sind mein Spezialgebiet ...", Esteban sah Marcela an, „Menschen offenbar nicht so."

Marcela grinste sarkastisch.

„Beiden Quellen ist nicht zu trauen, wenn du wissen willst, was wirklich passiert ist und wie die Menschen wirklich waren. Die Dokumente im Archiv drücken eine von vielen Sichtweisen von damals auf die Ereignisse und die handelnden Personen aus ..." Esteban blickte zu Marcela. Sie nickte nachdenklich.

„Ich war bei euch im Militärarchiv", fuhr er fort, „und habe die Berichte zu dem Fall der Fahne, der FAU und der PVP gelesen. Gerade die Verhörprotokolle wurden in einer kalten, menschenverachten Sprache verfasst. Was ich nicht einmal hundertprozentig weiß, ist, ob sich in dieser Sprache wirklich die Haltung des Verfassers ausdrückt oder nur das, was von ihm verlangt wurde. Aber auch wenn davon auszugehen ist, dass sie dessen Haltung wiedergeben: Was bringen die Protokolle, um sich ein Bild von den Anarchisten zu machen? Verhörprotokolle dokumentieren einen Kampf mit ungleichen Mitteln. Über die Verhörten erfährt man eher wenig, über die Verhörer fast schon mehr."

„Da hast du wohl leider Recht", murmelte Marcela.

„Dagegen sind Aussagen von Andrés und Ernesto zumindest eindeutiger. Sie drücken ihre Gedanken aus, wie sie die damalige Zeit erlebten. Aber halt auch von heute aus betrachtet."

„Das in euren Kreisen vieldiskutierte Problem der *oral history*", warf Marcela ein.

Esteban nickte und ergänzte: „Ich glaube, dass dir beide Quellen nicht viel nutzen. Um sich ein authentischeres Bild machen zu können, braucht es andere Quellen. Wobei authentisch ein blödes Wort ist."

„Weil wir umso authentischer sind, je ähnlicher wir dem Traum werden, den wir von uns selbst haben", rezitierte Marcela.

Esteban war erstaunt und lachte. „Woher kennst du die alten Almodóvar-Filme. Dafür bist du doch zu jung. Aber genau darum geht es. Was waren ihre Träume?"

Marcela dachte an den Fußball und sagte leise: „Sicherlich habe ich Andrés bislang nicht die richtigen Fragen gestellt. Das ist mir spätestens seit dem gestrigen Gespräch mit Ernesto und Lucía klar. Aber … selbst wenn ich ihn nach seinen Träumen von damals fragen würde, bekäme ich wahrscheinlich auch nur seine Sicht von heute darauf zu hören. Nicht die Träume, sondern die Rechtfertigung der Träume. Aber Träume brauchen keine Rechtfertigung. Und ich weiß nicht einmal, ob ich sie verstehen würde."

Esteban blickte Marcela an, die nachdenklich auf ihre Hände starrte. „Vielleicht bräuchtest du sie auch nicht zu verstehen, aber zumindest beschreiben solltest du sie können. Es würde natürlich nicht schaden, weitere Gespräche mit Andrés oder anderen Anarchisten zu führen. Mit anderen, persönlicheren Fragen. Aber mein eigentlicher Ratschlag an dich ist, dass du lieber nach Briefen oder anderen persönlichen Dingen der Anarchisten suchen und nicht diesem blöden Stück Stoff nachjagen solltest."

Marcela murmelte: „Ja, du hast wahrscheinlich Recht damit."

„Aber?"

„Aber ich fürchte, dass Sergio von einer solchen Änderung der Rechercherichtung nicht sehr erbaut wäre. Und ich bin mir auch nicht sicher, ob ich das wirklich will und kann. Dieses blöde Stück Stoff ist für mich eine berufliche Chance. Ein Schritt in die Richtung, um dem Traum ähnlicher zu werden, den ich von mir selbst habe." Nach einer kurzen Pause fuhr Marcela fort: „Jetzt bekommst du noch ein Zitat, für das ich deiner Meinung nach wohl auch zu jung bin: Die Philosophen haben die Welt nur verschieden interpretiert, es kommt drauf an, sie zu verändern."

Esteban blickte sie verstört an. „Äh, ja, stimmt. Aber was willst du mir damit sagen?"

„Dass wir mit dem Quatschen aufhören und weiterarbeiten. Ich will nicht ewig in diesem Ofen bleiben."

Marcela legte ihren Mundschutz an und machte sich an den nächsten Karton.

---

„Esteban, hat Ernesto eine Schwester?"

„Keine Ahnung, so genau war unsere Erhebung nicht. Warum fragst du?"

„Schau mal!" Sie reicht Esteban eine vergilbte und von Feuchtigkeitsflecken übersäte Fotografie in einem einfachen Holzrahmen. Darauf ist eine Frau in einem Sommerkleid mit Blumenmuster zu sehen. Sie dürfte damals Anfang zwanzig gewesen sein. Neben ihr steht ein drei- oder vierjähriges Mädchen. Es trägt ein Kleid mit dem gleichen Muster.

„Stecken wir es ein. Wir können ihn fragen, wenn wir die Schlüssel zurückbringen. Aber es könnte auch die Frau und das Kind sein, von denen uns heute die Martinellis erzählt haben. Ernesto meinte, dass hier auch Sachen sein könnten, die nicht seinem Vater gehörten."

Trotz der unerträglichen Hitze schaudert es Marcela. „Das möchte ich mir gar nicht vorstellen."

Ernesto blickt zu ihr.

„Dieser Raum, wie groß mag er wohl sein? Acht, höchsten zehn Quadratmeter? Hier mit einem kleinen Kind wohnen. Mit dem Wasseranschluss und den Toiletten in Hof. Keine Isolierung, nichts. Eine Tür, ein Fenster und ein Wellblechdach. Schrecklich."

Marcela öffnet eine weitere Kiste. „So, noch die letzten drei, dann bin ich durch. Wie sieht es bei dir aus?"

Esteban antwortet nicht, sondern starrt gebannt in die Holzkiste vor ihm.

„Was ist los?“ will Marcela wissen.

Esteban stammelt fassungslos. „Ich werde verrückt. Ich glaube es nicht.“

„Was glaubst du nicht?“

Esteban sieht sie mit weit geöffneten Augen an, deutet mit der Hand auf die Kiste und japst: „Eine Fahne.“

Marcela erstarrt. „DIE Fahne?“

Esteban beugt sich über die Kiste und murmelt: „Ich weiß nicht, könnte sein. Aber …“

„Was aber?“

„Aber war Lavalleja Boca-Fan?” Esteban zieht blaugelben Stoff aus der Kiste und grinst.

Marcelas Erstarrung löst sich. Sie greift in die vor ihr stehende Kiste und schleudert ein Buch in Richtung Esteban. „Idiot!“

# Kapitel 9

Nachdem sie sich umgezogen haben, verlassen Marcela und Esteban erschöpft den Schuppen. Die einzige Ausbeute ihrer neunstündigen Suche ist ein altes Foto und eine Fußballfahne, die Esteban unbedingt mitnehmen will. Aus der Wohnung, aus der gestern die Möbel gebracht wurden, dringt Lärm. Durch die geöffnete Tür sehen sie zwei Arbeiter, die die Holzverkleidung von den Wänden entfernen. Es sind dieselben wie gestern, denkt Marcela als sie das Haus verlassen. Zumindest der LKW gleicht dem vom vorherigen Tag. Darin stapeln sich heute aber keine Möbel, sondern Sperrmüll.

Esteban wendet sich an Marcela. „Ernesto und Lucía kommen in drei Stunden aus der Arbeit zurück. Sollen wir was essen gehen und warten oder nach Hause?“

Obwohl Marcela heute außer ein paar *Facturas* noch nichts gegessen hat, muss sie nicht überlegen „Mir ist egal, was du machst. Ich möchte nur unter die Dusche und dann aufs Sofa.“

Sie gehen los und Esteban wirft in den ersten Müllcontainer, auf den sie treffen, die verschmutzte OP-Kleidung.

„Soll ich dich abholen?“ will Esteban wissen. Marcela schreckt hoch. Sie war eingenickt, obwohl das Taxi nur wenige Minuten unterwegs gewesen ist.

„Äh, was?“

„Ich habe gefragt, ob ich dich später abholen soll. Du musst hier raus."

„Ja, äh, nein. Wir treffen uns um sieben dort, in Ordnung?"

Marcela zieht sich noch im Wohnzimmer aus und wirft ihre Kleidung wahllos auf den Boden. Sie duscht, ist aber zu müde, sich danach wieder anzuziehen. Sie stellt sich den Wecker ihres Handys auf sechs und lässt sich auf das Sofa fallen. Keine Minute später schläft sie.

Als Esteban um zwanzig nach sieben aus dem Taxi steigt, erwartet ihn Marcela auf dem Bürgersteig.

„Tut mir leid. Ich habe verschlafen", entschuldigt er sich.

„Kein Problem. Ich bin auch erst seit ein paar Minuten hier."

„Gut, dann bringen wir die Schlüssel zurück."

Ernesto erwartet sie schon vor der Wohnungstür. Offensichtlich ist das Haus hellhörig und er hat sie an den Schritten und Stimmen erkannt, als sie die Treppen hochstiegen. „Habt ihr was gefunden von deinem Onkel?"

„Leider nein", sagt Marcela bedrückt. „Aber dürfen wir dich was fragen?"

Esteban holt das vergilbte Foto aus seiner Umhängetasche und zeigt es Ernesto.

„Das haben wir gefunden. Ist das jemand aus deiner Familie?"

„Nein, keine Ahnung, wer das ist. Schau mal Lucía, kennst du die?"

Lucía kommt zur Tür, nimmt das Foto und betrachtet es oberflächlich. „Nie gesehen. Hier habt ihr es wieder … Haben die beiden was mit deinem Onkel zu tun?"

Marcela zuckt mit den Schultern.

Marcela und Esteban übergeben die Schlüssel und bedanken sich noch einmal beim Ehepaar Álvarez. Ernesto will gerade die Tür schließen, als Esteban am Treppenabsatz kehrt macht und ausruft: „Halt! Der Schatz!"

Alle sehen Esteban überrascht an. Er grinst. „Ernesto", beginnt er, „wir haben doch vereinbart, dass wir teilen, falls wir einen Schatz finden."

Ernesto blickt skeptisch.

„Jetzt habe ich tatsächlich etwas gefunden. Aber ich denke, wir sollten es nicht teilen. Ich schenke dir unsere Hälfte." Esteban greift in die Tasche und überreicht seinem erstaunten Gegenüber die alte Boca-Fahne.

Ernesto lacht, ist aber sichtlich gerührt.

„Wau, danke", stammelt er. „Das ist die, die ich damals geschenkt bekommen habe. Schau mal, Lucía. Was sagst du dazu."

Lucía betrachtet die Fahne und sagt kurz: „Sie stinkt!"

---

Marcela hatte keine Lust, Esteban zu erzählen, dass sie in Wirklichkeit schon viel länger auf ihn in der Calle Humberto Primero gewartet hatte. Sie war nach einer Stunde aufgewacht, und konnte partout nicht mehr einschlafen. Sie beschloss, nach San Cristóbal zu fahren und das Viertel zu erkunden.

Marcela erging es wie vielen ihrer Landsleute. Sie mochte Buenos Aires nicht besonders. Eine beeindruckende Stadt, ohne Zweifel, aber zu groß, zu laut, zu hektisch. Genau genommen kannte sie Buenos Aires jedoch nicht. Sie hatte die Metropole zuletzt vor knapp anderthalb Jahren besucht, um dort mit Magdalena ein verlängertes Wochenende zu verbringen. Wie auch bei anderen Besuchen kam sie dabei nie über die touristisch beliebten Viertel hinaus. Tagsüber die modernen Wolkenkratzer am Puerto Madero, Magdalena nannte das Viertel spöttisch „City of Phallus", das Zentrum, San Telmo, Ricoleta. Abends die Bars von Palermo.

San Cristóbal war anders, normaler, wie sie fand. Es gab weder spektakuläre Architektur noch aufwändig angelegte Plätze. Die Straßen des Viertel waren schachbrettförmig angelegt, aber darauf schien sich die Städteplanung schon zu beschränken. Die Bebauung war ein chaotischer Mix aus alten Quartieren, Gewerbegebäuden, Wohnhäusern aus den fünfziger oder sechziger Jahren und neuen, schnell hochgezogenen, billigen Apartmenthäusern. San Cristóbal gefiel Marcela. Das Viertel könnte auch im Zentrum Montevideos liegen, dachte sie.

Sie ging zu dem kleinen begrünten Platz, der an eine Autobahnüberführung grenzte. Sie wollte sich etwas ausruhen. Eine Stunde Schlaf war nach der Schufterei im Schuppen doch zu wenig. Ihr Blick fiel auf die Reste einer Ziegelmauer. An ihr war eine Gedenktafel angebracht. Sie konnte lesen, dass die Mauer Teil des Metallbetriebs Vanesa war, der in der *Semana trágica* eine Rolle spielte. „Die tragische Woche?" murmelte sie und dachte nach. Davon hatte sie schon gehört, aber sie konnte sich nicht mehr richtig daran erinnern, um was es dabei ging. Auch als Journalistin machte sie dasselbe wie alle anderen Personen in einer vergleichbaren Situation. Sie holte ihr Handy aus der Tasche und konsultierte Wikipedia.

„Wie konnte ich so etwas vergessen?" warf sie sich nach ein paar Minuten selbst vor. Bereits als sie die ersten Zeilen des Artikels überflog, begann sie sich wieder zu erinnern. Nachdem sie zu Ende gelesen hatte, wurde ihr klar, was es mit der Gedenktafel auf sich hatte. Ende Dezember 1918 wurde der Streik der Beschäftigten von Vanesa gewaltsam unterdrückt. Zwei Menschen starben. Die Gewerkschaft rief daraufhin zu Protesten auf und weitete die Streiks aus. Am 7. Januar begann die *Semana trágica*. Die Regierung Yrigoyen mobilisierte Polizei und Militär und erteilte den Schießbefehl. Auch ein Generalstreik konnte das Massaker nicht stoppen. Innerhalb einer Woche wurden siebenhundert Menschen getötet, Tausende verletzt und inhaftiert, Dutzende „verschwanden". Zur Repression gehörten auch organisierte antisemitische Pogrome gegen die „jüdisch-bolschewistische Verschwörung".

„Wie konnte ich so etwas vergessen?" wiederholte Marcela. Auch wenn die Ereignisse in Argentinien stattfanden und nicht in Uruguay. Die Geschichte beider Länder war eng verwoben.

Marcela wurde erst nach dem Ende der Diktatur geboren. Trotzdem, war sie überzeugt, sei diese immer noch in den Köpfen der Menschen präsent. Aber wie lange noch? Wie lange noch, nachdem die Anas, Diegos und Andrés' gestorben sein würden? In ihren Gedanken zeichnete sie das Bild einer Journalistin, die in ein paar Jahrzehnten an der Rambla von Montevideo sitzen würde und zunächst eine Datenbank konsultieren müsste, um sich an die Existenz der Diktatur zu erinnern.

Marcela betrachtete noch einmal die Gedenktafel. Danach drehte sie sich um und entfernte sich von der Mauer. Sie murmelte: „Nicht einmal Namen."

Sie ging in das Eckcafé, in dem sie tags zuvor ihr Legendchen erdacht hatten und aß eine *Empanada*. Danach überflog sie einige Seiten im Internet, über Yrigoyen, die *Semana trágica*. Sie las einen längeren Artikel über die anarchistische und kommunistische Gewerkschaftsbewegung, die sich im Zuge der europäischen Migration Ende des neunzehnten Jahrhunderts am Río de la Plata zu formieren begann und über die Angst der Eliten, der Funke der Oktoberrevolution könnte auch hierher überspringen. Schließlich landete bei einem Beitrag über das zeitgleiche Entstehen faschistischer Organisationen und deren Bedeutung in den später folgenden Staatsstreichen und Diktaturen, die das Argentinien des zwanzigsten Jahrhunderts prägten. Es war kurz vor sieben als sie vor das Haus in der Calle Humberto Primero kam. In Gedanken versunken, blieb sie davor stehen.

Waren die drei Anarchisten die ersten Hausbewohner, die dem staatlichen Terror zum Opfer fielen? Oder wurden schon ein halbes Jahrhundert zuvor Menschen aus diesem Haus ermordet, an die sich jedoch niemand mehr erinnern kann? Gut möglich, dachte Marcela, schließlich war San Cristóbal damals eine Hochburg der Anarchisten und Kommunisten.

„Und habt ihr gefunden, wonach ihr gesucht habt?"

Marcela erschrak. Sie war so in Gedanken, dass sie die beiden Arbeiter nicht bemerkt hatte, die den LKW verschlossen hatten und im Wegfahren begriffen waren. Einer der Arbeiter grinste Marcela vom Beifahrersitz des LKWs an.

„Und, habt ihr was gefunden?" rief er ihr kichernd zu.

„Was meinst du damit?"

„Na du und dein Typ. Ihr wart ja den halben Tag in dem Schuppen zugange. Heißes Outfit übrigens, das du da angehabt hast." Er pfiff und sein Kollege lachte.

„Idiot", rief Marcela. Der Fahrer ließ den Motor an. „Aber halt! Wartet mal! Vielleicht könntet ihr mir helfen."

„Stets zu Diensten, Frau Doktor", bekam sie von dem Beifahrer zu hören.

„Lass den Blödsinn", erwiderte Marcela, um dann höflich fortzufahren: „Ich weiß, ihr wollt gerade los. Aber wäre es möglich, dass ich kurz in die Wohnung kann, die ihr gerade ausräumt?"

„Was willst du denn da drin?" wollte der Beifahrer wissen.

Marcela fiel kein Vorwand ein. „Äh, ich möchte nur …"

„Ist ja egal. Da ist eh nichts mehr drin. Komm mit!" Der Beifahrer stieg aus dem LKW, öffnete die Eingangstür und schloss die Wohnung auf. „Wenn du gehst, zieh einfach die Tür zu. Ist ein Schnappschloss. Viel Spaß noch, Frau Doktor."

Er verließ die Wohnung und Marcela hörte kurz danach das Geräusch des losfahrenden LKWs. Marcela ging langsam durch die Räume und berührte die Wände. Dann setzte sie sich auf den Boden im Wohnzimmer und starrte gedankenverloren vor sich hin. Marcela versuchte sich vorzustellen, wie sich das Leben in der Wohnung vor fünfundvierzig Jahren abgespielt haben könnte. Wo waren die Betten gestanden, was hatte auf dem Herd gekocht? Um was hatten sich die Alltagsgespräche gedreht? Nach fünf Minuten stand sie auf und verließ das Haus, um auf Esteban zu warten.

# Kapitel 10

„Verschwindet von hier, sonst rufe ich die Polizei! Ja, genau du, du Penner! Und nimm‘ dein Flittchen mit! Haut endlich ab!“

Marcela zuckt zusammen. Aus dem Fenster des gegenüberliegenden Hauses geifert eine alte Frau. „Ihr sollt verschwinden, ihr perverses Pack!“

Marcela will zum verbalen Gegenschlag ausholen, aber Esteban deutet ihr mit einer Geste, dies nicht zu tun. Er lächelt und dreht sich zur Frau.

Marcela wunderte sich, warum sie sich nicht sofort von dem Haus entfernten, nachdem sie die Schlüssel und die Fahne übergeben hatten. Esteban murmelte nur: „Warte einen Moment. Ich möchte etwas ausprobieren.“ Er holte sein Handy aus der Tasche und begann zu fotografieren. Zuerst das Haus mit der Anarchistenwohnung, danach die Straße und schließlich das gegenüberliegende Haus und mehrfach die Fenster der Erdgeschosswohnung.

Marcela überlegte sich gerade einen spöttischen Kommentar zu Estebans Verhalten als die Schimpftirade begann. Esteban grinste zufrieden. Er hatte eine Reaktion erhofft.

„Verehrte Señora“, beginnt er in gestelztem Spanisch, „ich möchte Ihnen versichern, dass ein Anruf bei den geschätzten Ordnungshütern nicht von Nöten sein wird. Falls Sie sich durch unsere Anwesenheit gestört gefühlt haben, so bitte ich Sie höflichst um Verzeihung. Wir führen im Auftrag der ehrenwerten Universität von Buenos Aires eine sehr wichtige Studie durch. Gestatten Sie mir, dass ich mich vorstelle. Mein Name ist Professor Esteban Guillermo Ugarte Pérez, Doktor der historischen Wissenschaften. Darf ich Ihnen meine Karte geben … Und mit wem habe ich die Ehre, sprechen zu dürfen?"

Die Alte ist sichtlich verwirrt. Sie blickt auf die Karte und stammelt: „María … äh … María Eugenia Lorenzo Méndez."

„Sehr erfreut, Señora Lorenzo. Ein galizischer Nachname, wenn ich nicht irre? Darf ich annehmen, dass Ihre geschätzte Familie dieser Region Spaniens entstammte?"

„Äh, ja. Mein Großvater, er möge in Frieden ruhen", sie bekreuzigt sich, „ist aus einem Dorf bei Vigo." Ihr Blick wandert zu Marcela, die verständnislos die Szene beobachtet. Als sich ihre Blicke treffen, lächelt Marcela instinktiv.

Esteban bemerkt den Blickkontakt und wendet sich wieder an die Alte. „Das ist Marcela Tellado. Sie können Marcela zu ihr sagen. Sie ist eine Journalistin, die meine Arbeit porträtiert. Sie kommt aus Montevideo."

„Aus der abtrünnigen Provinz", spottet die Alte.

Esteban zwinkert und flüstert der Alten zu: „Ganz Recht. Aber sagen sie das nicht zu laut. Diese Orientalen, wie sie sich selbst nennen, mögen das nicht so gerne. Um ehrlich zu sein, das sind einfache, nette Menschen, aber keinen Sinn für die Geschichte, nicht so kultiviert wie wir beide."

Die Alte nickt und lächelt komplizenhaft.

„Wenn ich das gewusst hätte, dass Sie ein Herr Professor sind, dann hätte ich vorher nicht so …"

„Ich bitte Sie, Señora Lorenzo, das war nicht ihr Fehler. Sie waren doch vollkommen im Recht, woher hätten Sie auch wissen können, wer wir sind. Ich hätte es genauso gemacht, bei dem Gesindel, das sich heutzutage wieder auf den Straßen rumtreibt. Es herrscht keine Ordnung mehr, nicht so wie früher."

„Wie wahr!“ Die Alte seufzt.

Esteban verabschiedet sich von der Alten und geht. Nach zwei Schritten bleibt er stehen und dreht sich zu ihr um. „Señora Lorenzo, verzeihen Sie meine Dreistigkeit, aber vielleicht könnten Sie mir helfen.“

Die Alte blickt ihn verwundert an.

„Ich versichere Ihnen, das ist normalerweise nicht meine Art. Aber Sie anzutreffen, könnte sich als Glücksfall für meine Studie erweisen. Wenn sie die Höflichkeiten besäßen, mir ein paar Fragen zu beantworten. Aber dies muss nicht jetzt von statten gehen. Sie haben sicherlich viel zu tun.“

Die Gesichtszüge der Alten werden plötzlich weich. Mit trauriger Stimme entgegnete sie: „Ach nein, seit mein geliebter Mann, Bruno, er möge in Frieden ruhen“, sie bekreuzigt sich, „vor zehn Jahren von mir gegangen ist, habe ich genug Zeit. Viel zu viel Zeit.“ Sie lächelt. „Fragen Sie bitte, Herr Professor.“

„Ich untersuche die Geschichte dieses schönen Teiles unserer großartigen Stadt. Die Calle Humberto Primero interessiert mich. Schließlich geht der Name auf königlichen Ursprung zurück. Und es gab hier sicherlich auch besondere Ereignisse und …“

„Ich weiß genau, was Sie meinen, Herr Professor“, unterbricht die Alte ihn. „Das ist der schönste Tag meines Lebens gewesen. Also, nach dem Tag meiner Vermählung mit Bruno selbstverständlich. Es war 1949, im Sommer. Da hat der General, er möge in Frieden ruhen“, sie bekreuzigt sich, „die Straße besucht. Und seine wunderschöne Frau, sie möge in Frieden ruhen“, sie bekreuzigt sich, „hat ihn begleitet. Ich bin damals noch ein junges Mädchen gewesen und habe der Señora Evita Blumen geschenkt. Sie hat sich bei mir bedankt und wir haben miteinander geredet. Was für eine schöne Frau! Es gibt sogar ein Foto von uns beiden. Wollen Sie es sehen?“

„Wenn es Ihnen keine Umstände macht, gerne.“

Die Alte verschwindet vom Fenster. Nach wenigen Sekunden ist sie zurück und präsentiert Esteban stolz einen eingerahmten Zeitungsausschnitt mit einem kleinen Bild. Darauf sind undeutlich einige Personen abgelichtet.

Die Alte zeigt mit dem Finger auf das Foto. „Das ist die Señora Evita und hier bin ich." Esteban kann auf der Abbildung fast nichts erkennen. Er wendet sich wieder an die Alte. „Mit Ihrer Erlaubnis würde ich gerne ein Foto davon machen."

Sie nickt. Esteban nimmt sein Handy und fotografiert die Alte mit dem Zeitungsauschnitt.

„Das war sehr hilfreich. Danke, Señora. Ich beneide Sie für diese Erfahrung. Und, wenn Sie die Frage gestatten, gab es auch andere Ereignisse, an die sie sich erinnern können? Auch wenn sie nicht so schön waren?"

„Ich verstehe nicht, Herr Professor."

„Zum Beispiel aus der schlimmen Zeit, bevor hier wieder Ordnung herrschte?"

Der Blick der Alten verdüstert sich und sie deutet auf das gegenüberliegende Haus. „Die Terroristen, die haben da drüben gewohnt. Aber das werden Sie ja schon wissen. Sie waren ja schon in dem Haus. Ich habe das zufällig gesehen."

„Ja, wie Sie richtig bemerkten, waren wir tatsächlich dort. Unglücklicherweise waren die Informationen jedoch äußerst spärlich. Ich wäre Ihnen zu Dank verpflichtet, wenn Sie uns weitere Informationen zur Verfügung stellen könnten."

Die Alte überlegt kurz und sagt dann: „Kommen Sie rein."

„Waren wir gerade in einer Geheimdienstzentrale?" bemerkt Marcela verstört, als sie nach einer halben Stunde das Haus wieder verlassen. „Was war denn das jetzt?"

„Das, meine Liebe, war das andere Argentinien. Du solltest nie vergessen, Argentinien ist eine zutiefst autoritäre Gesellschaft. Aber ehrlich gesagt, so etwas hatte ich auch nicht erwartet. Ich möchte jetzt erst einmal nach Hause fahren, und dich dann zum Essen einladen. Schließlich gibt es was zu feiern."

„Gerne. Wo gehen wir hin?"

„Bei dir um die Ecke ist ein gutes baskisches Restaurant. Ich reserviere einen Tisch und hole dich um zehn Uhr ab. Einverstanden?"

„Einverstanden", antwortet Marcela und löscht ein Foto von ihrem Handy.

---

Die Alte hatte tatsächlich zusätzliche Informationen. Ein Regal in ihrem Wohnzimmer war komplett mit Ordnern gefüllt, auf deren Rücken Jahreszahlen prangten. Die Alte und ihr Mann hatten offensichtlich Ende der Sechziger Jahre damit begonnen, die Aktivitäten der Nachbarschaft systematisch zu dokumentieren. Die Alte kannte sich in ihrem Archiv bestens aus. Sie benötigte nur wenige Minuten, um Esteban die Aufzeichnungen zu präsentieren, die sie über die Anarchisten seit deren Einzug in das gegenüberliegende Haus angefertigt hatte. Der Bitte Marcelas, ihre Notizen fotografieren zu dürfen, kam sie bereitwillig nach. Esteban wollte zudem in Erfahrung bringen, ob sie ihr Wissen mit den Behörden geteilt hatte. Natürlich hatte sie das getan. Sie war jede Woche auf der Polizeiwache gewesen. Allerdings war sie nicht davon überzeugt, dass die Polizei ihre Hinweise auch ernst genommen hatte. An Ende erfuhren Marcela und Esteban auch noch Details zu den Personen, an die sich die Martinellis nicht erinnern konnten.

Die Brüder Ramírez hatten von 1971 bis 1979 gemeinsam in dem Apartment unten links gewohnt. Der ältere von beiden, Nelson, verstarb im Mai 1979. Sein jüngerer Bruder, José, war am 12. November 1981 um 11 Uhr zum letzten Mal in der Wohnung.

„Und was, werte Señora, wissen Sie noch über die Brüder?“ wollte Esteban wissen.

„Es ist gut, dass sie nicht mehr hier sind. Das sind keine Leute von hier gewesen. Nichtsnutze, Trinker, Diebe, wenn Sie meine Wortwahl entschuldigen. Haben keinen richtigen Beruf gehabt. Und wenn sie sich irgendwoher Geld beschafft haben, haben sie es versoffen.“

„Und die Frau und das Kind im Schuppen?“

„Das faule Luder mit ihrer Göre?“

„Sind sie das?“ Esteban zeigte ihr die Fotografie.

„Gut möglich. Auch gut, dass sie weg sind. Wahrscheinlich ist sie wieder zu ihren Schafen in den Süden.“

„Señora, Sie denken, sie stammten aus Patagonien?“

„Klar, sie ist ein richtiges Trampel gewesen, ungepflegt und vulgär. Und die blonden Haare. Wahrscheinlich so ein Abkömmling eines englischen Bastards. Sie hat auch einen komischen Namen gehabt.“ Die Alte blättert durch einen ihrer Ordner. „Einen Moment … ich habe ihn gleich … ja genau, hier ist er. Luisa María Blanco Evans.“

„Darf ich annehmen, dass Sie die Nachbarn persönlich gut kannten? Bei Ihrem einnehmenden Wesen wäre das ja zu vermuten?“

„Wo denken Sie hin. Ich und mein Bruno, er möge in Frieden ruhen“, sie bekreuzigte sich, „wir sind anständige Leute gewesen. Mit solchen Asozialen haben wir nichts zu schaffen.“

„Selbstverständlich. Wie konnte ich das nur denken. Verzeihen Sie bitte, ich dachte nur, da Sie deren Namen …“

„Ich bin immer eine gute Nachbarin gewesen. Die Faulpelze von Briefträgern sind zu blöd, die Briefe richtig in den Hausbriefkasten zu werfen. Und der Wind holt sie manchmal wieder raus. Als gute Nachbarin hebe sich sie immer auf, sonst werden sie ja schmutzig. Dabei lese ich zufällig auch mal einen Namen.“

„Das ist aber sehr zuvorkommend von Ihnen. Aber wie die Tochter von dieser Blanco Evans hieß, ...“

„Matilda. Sie hieß Matilda. Das Luder hat immer ihren Namen gerufen. Hat ja sonst nichts zu tun gehabt. Die ist immer nur zuhause geblieben und hat nichts gearbeitet.“

„Und wissen Sie, Werteste, wie lange die beiden hier lebten?“

„Habe ich gleich, hier steht es. Also, Einzug am 15. September 1975. Und der Auszug. Moment, hier steht es: Das faule Luder und die Göre steigen um 7 Uhr 10 morgens in ein Taxi. Sie haben einen großen und einen kleinen Koffer. Das war am 11. Januar 1977.“

Marcela und Esteban blickten sich in die Augen. Esteban begann sich floskelreich zu bedanken und zu verabschieden. Als sie zur Tür gingen, rief die Alte: „Moment noch! Marcela, Kleine, mach doch ein Foto von mir und dem Professor. Ist ja auch dein Job. Das Foto bringst du mir morgen vorbei. Ich bin immer zu Hause.“ Marcela nickte und machte ein Foto.

---

„Auf dein Wohl, Lara!“

„Auf dein Wohl, Indiana!“

Nachdem sie in dem Restaurant zu Abend gegessen hatten, machten sie noch einen kleinen Umweg zu einem 24-Stunden-Supermarkt und kauften die beste Flasche Whisky, die vorrätig war. Dann gingen sie in Sandras Wohnung. Sie hatten noch einiges zu besprechen und wollten ungebetene Zuhörer vermeiden.

„Kein schlechter Tag, oder?“

„Du sagst es.“ Marcela ist zufrieden. „Jetzt habe ich wohl das umfangreichste Dossier über das Alltagsleben der Anarchisten, das Außenstehende anfertigen konnten. Was für eine eklige Person.“

Auch Esteban ist zufrieden. „Und wir haben auch eine bemerkenswerte Spur. Eine Frau aus der Nachbarschaft, die am Morgen nach der Verhaftung der Anarchisten mit ihrer Tochter verschwindet, ist schon verdächtig."

„Stimmt. Aber das bekam eure Polizei bestimmt auch mit. Kann gut sein, dass sie sie geschnappt haben."

„Ja, wahrscheinlich." Esteban überlegt kurz. „Aber das ließe sich über Verhaftungsprotokolle rausfinden."

„Deine Hilfstruppen?"

„Besser nicht, sie haben ihren Job erledigt. Ihnen mehr Informationen zu geben, wäre zu riskant. Sie sind zwar devot, aber nicht blöd. Aber ich kenne Leute, die ich darauf ansetzen könnte."

Esteban trinkt einen Schluck Whisky. „Außerdem kann es durchaus sein, dass sie sich in Sicherheit bringen konnte. Vorausgesetzt, sie musste das überhaupt. Ihre Abreise am nächsten Tag könnte auch Zufall gewesen sein. Jedenfalls …"

„Denke ich nicht. Für mich sieht es danach aus, als sei sie in Panik abgereist."

„Woraus schließt du das?"

„Aus dem Bild, dem Taxi und dem Schuppen."

Esteban blickt sie fragend an.

„Ich meine …" Marcela denkt einige Sekunden nach, bevor Sie weiterspricht, „vielleicht ist es nur ein Klischee. Wie sollte ich es schaffen, mich in Luisas Situation reinzudenken, ich habe keine Ahnung, wie sie leben musste, aber …" Marcela überlegt.

„Aber?"

„Aber ich denke, dass Luisa jeden Peso zweimal umdrehen musste. Ich kann mir daher nicht vorstellen, dass die freiwillig irgendetwas in dem Schuppen zurückließ, was sie später kaufen müsste. Schon gar nicht eines der wenigen persönlichen Erinnerungsstücke, das sie wahrscheinlich besaß. Und ein

Taxi dürfte in ihrer Situation ein unbezahlbarer Luxus gewesen sein."

„Was ist deine Hypothese?"

„Dass sie vielleicht erst am Morgen danach von den Festnahmen erfuhr und dann in Panik nur das Notwendigste packte und ein Taxi anhielt, um schnellstmöglich zu verschwinden."

Esteban nickt.

„Aber Entschuldigung, Esteban. Ich habe dich unterbrochen."

„Ich wollte nur sagen, dass solche Menschen wie Luisa nicht unbedingt auf dem Radar der Sicherheitskräfte waren. Sie suchten vornehmlich nach Anarchisten, Kommunisten, *Montoneros*, Menschen aus Gewerkschaften, studentischen Organisationen, Linken aus anderen Ländern. Eine alleinstehende junge Mutter, die unter ärmlichen Bedingungen in einem Schuppen haust …"

„Könnte in übertragenem Sinne unsichtbar für euren Geheimdienst gewesen sein", vollendet Marcela den Satz. „Hoffentlich hast du Recht."

Sie schenkt sich Whisky nach und blickt fragend zu Esteban. „Aber, selbst wenn sie es geschafft hätte? Was nützt uns das? Wir wissen nicht, ob sie in Buenos Aires blieb oder vielleicht in den Süden floh, falls das Scheusal mit ihrer Abstammung Recht hatte. Wir wissen nicht einmal, ob sie noch lebt."

„Ich weiß", sagt Esteban nachdenklich. „Aber verdirbt mir nicht die Feierlaune." Nach einer Pause fügt er hinzu: „Aber ganz unmöglich ist es auch nicht, sie ausfindig zu machen."

„Hast du Kontakte zur NSA?" scherzt Marcela. „Bei dir würde mich das auch nicht wundern."

„Leider nein. Aber du hast im Prinzip Recht mit der NSA."

„Hä, womit habe ich jetzt Recht?"

„Sie und ihre Tochter hinterließen Spuren. Falls sie ihren Namen nicht änderte. Evans ist kein verbreiteter Nachname, selbst in Patagonien nicht. Es gibt zumindest für einen Geschichtsprofessor viele zugängliche Daten. Heirats- und Sterberegister, Klein-Matilda ging sicherlich auch mal zur Schule, die Katasterämter. Und dann gibt es noch die Daten der Telekommunikationsunternehmen und Energieversorger."

„Bist du übergeschnappt? Willst du dich da reinhacken."

„Nein. Aber ich wollte es nur nicht unerwähnt lassen."

„Ok, wie machen wir weiter?" beginnt Marcela nach einer kurzen Pause. „Ich bin bestimmt anderthalb Tage damit beschäftigt, die Aufzeichnungen der Alten aufzubereiten. Schließlich waren die Anarchisten fast zwei Jahre lang unter ihrer Beobachtung. Morgen muss ich aber zuerst ausschlafen und dann noch einkaufen. Dank eines hiesigen Herrn Professors habe ich nicht richtig packen können."

Esteban grinst. „Ok, das passt mir gut. Ich muss mich die nächsten beiden Tage auch an der Universität blicken lassen. Ich werde trotzdem versuchen, bis übermorgen in Erfahrung zu bringen, ob im Januar siebenundsiebzig eine Frau namens Luisa María Blanco Evans in Buenos Aires verhaftet wurde. Und ebenso, ob sie inzwischen verstorben ist. Wenn wir die Informationen haben, überlegen wir uns das weitere Vorgehen. Aber wenn du Lust hast, können wir uns trotzdem morgen Nachmittag treffen. Hier schräg gegenüber ist ein kleines Kaffee. Nicht besonderes, aber ok. So gegen fünf?"

„Einverstanden. Dann bis morgen."

Esteban ist bereits an der Tür als Marcela ihn noch einmal anspricht. „Moment, eine Sache noch. Wir müssen über Geld reden."

„Ich verstehe dich nicht."

„Seit ich hier bin, hast du fast immer gezahlt. Die Taxis, die Cafés, das Restaurant heute war auch nicht billig. Ich musste dir vorher fast Prügel androhen, damit ich den Whisky bezahlen durfte."

„Das ist schon ok. Dann lädst du mich das nächste Mal ein."

„Einverstanden. Ich mag das nur nicht, wenn Männer meinen, immer bezahlen zu müssen. Und ich will dir nicht auf der Tasche liegen. Wahrscheinlich dürfte die Krise auch an deinem Portemonnaie nicht spurlos vorbei gegangen sein."

„Da brauchst du dir keine Sorgen zu machen. Mein Professorengehalt war natürlich mal üppiger, aber ich habe noch den ein oder anderen Dollar auf dem Konto."

„Dann hoffe ich aber, dass nicht das Gleiche passiert wie vor zwanzig Jahren. Euer Staat ist schon wieder pleite und wird sich im Zweifel die Dollar holen."

„Ich bin doch nicht verrückt und bringe meine Ersparnisse auf eine argentinische Bank. Dafür hat der liebe Gott das schöne Land Uruguay erschaffen und den heiligen Juan Antonio Lavalleja entsandt, der euch Orientalen die Unabhängigkeit brachte."

Esteban grinst und fügt hinzu: „Aber erzähle das bitte nicht Sergio, sonst zieht er mich die ganze Zeit damit auf."

# Kapitel 11

Marcela klappt ihr Notebook zu und sagt zu sich selbst: „Geschafft! Sergio ist wieder auf Stand gebracht." Sie blickt aus dem Fenster und beschließt, spazieren zu gehen. Es ist noch früh und angenehm kühl. Marcela schlendert ziellos durch die Straßen und findet sich plötzlich auf dem Platz vor dem Erziehungsministerium wieder. „Noch einer dieser Protzbauten. Diese Stadt nervt", verkündet Marcela einem sichtlich irritierten Passanten.

Marcela setzt sich mit dem Rücken zu dem Gebäude auf eine Betonstele. Sie atmet tief durch. Marcela hat das Gefühl, die Eindrücke der letzten Tage sacken lassen zu müssen. Sie fühlt sich so, als drehe sie sich im Kreis. Trotz oder gerade wegen der bedeutenden Fortschritte, die sie und Esteban gemacht haben.

Marcela blickt auf den Boden und muss schmunzeln. Vor ihr liegt eine Ein-Peso-Münze. Sie hebt sie auf und betrachtet das Fundstück, um es kurz danach wieder fallen zu lassen. „Ich bin keine Schatzsucherin, sondern Journalistin", murmelt sie leise. „Daran will ich gemessen werden." Marcela muss sich eingestehen, dass sie immer noch nicht weiß, wie sie ihre Reportage angehen soll. In den vergangenen Tagen sind nur ihre eigenen Ansprüche gewachsen.

Marcela ist zudem genervt. Von Sergios doppeltem Spiel, sie einerseits mit dem Auftrag zu überraschen und sie moralisch unter Druck zu setzen, um sie dann in kalte Wasser zu stoßen. „Die Vergangenheit so beschreiben, wie sie wirklich war. Auch ohne sie selbst erlebt zu haben", hatte er zu ihr gesagt. „Na toll", denkt Marcela jetzt, „wahrscheinlich hat Sergio selbst nicht die leiseste Ahnung, wie das funktionieren soll." Marcela ist auch von sich selbst genervt. Von ihrer Eitelkeit und ihrem Ehrgeiz. Sie hätte noch in Montevideo merken müssen, dass das Thema für sie noch eine Nummer zu groß ist. Sie hätte ihre Mitarbeit unter der Federführung von Ana oder Diego anbieten können. Auch von Esteban ist Marcela genervt, von seinem Habitus im Allgemeinen, von seinem gestrigen Spruch im Besonderen.

Marcela erhebt sich von der Stele, betrachtet noch einmal kopfschüttelnd das Ministeriumsgebäude und macht sich auf den Weg zum nächsten Taxistand.

„Wohin soll es gehen?" will der Fahrer wissen.

Marcela konsultiert ihr Handy. „Einen Moment, bitte. Venancio Flores 3519. Es müsste Ecke Emilio Lamarca sein."

Der Taxifahrer stutzt kurz. „Zu Orletti? Dem alten Foltergefängnis?"

„Genau dort hin."

---

Marcela war am gestrigen Nachmittag etwas früher in das Café gegangen. Es hatte nichts von der Atmosphäre der alten Kaffeehäuser, für die Buenos Aires berühmt ist. Die Einrichtung war schlicht und funktional. Das einzig Wertvolle dürfte, ihrer Einschätzung nach, die große italienische Kaffeemaschine hinter dem Tresen sein. Als Esteban das Café betrat, musste Marcela unwillkürlich grinsen. Sein Gang war staksig, wie der eines Reihers am Ufer des Río de la Plata.

„Was ist mit dir los?" fragte Marcela Mitleid heuchelnd.

„Muskelkater. Was sonst? Hast du keinen?" bemerkte Esteban während er langsam auf den Stuhl glitt.

„Ein bisschen in den Armen vom Herumwuchten der Kisten. Ist aber nicht schlimm. Wie hast du es geschafft, einen Muskelkater in den Beinen zu bekommen?“

„Keine Ahnung. Mir tut jedenfalls alles weh. Arme, Rücken, Beine.“

Marcela schlürfte grinsend am Milchschaum ihres Cappuccinos. „Du Armer. Warst du so an der Universität?“

„Ja, leider.“ Esteban stöhnte leise, als er seine Beine unter dem Tisch ausstreckte. „Ich hatte eine Besprechung mit der Institutsleitung. Semesterplanung und solche Sachen.“

„Na ja, immerhin haben dich deine Studierenden nicht in dem Zustand zu Gesicht bekommen“, bemerkte Marcela belustigt.

„Das wäre nicht so schlimm gewesen. Die haben mich schon das eine oder andere Mal etwas derangiert gesehen, wenn es am Abend zuvor etwas zu lang wurde. Man muss nur wissen, wie man das rechtfertigt. Dann kann es auch zum Image beitragen.“

„Aha. Und was wäre eine passende Rechtfertigung für deinen jetzigen Zustand.“

„Tolle Nacht, scharfe Frau, Spitzensex. So ein Spruch kommt immer gut an.“

Esteban musste feststellen, dass der Spruch bei Marcela nicht gut ankam. Ihre gute Laune wich schlagartig aus ihrem Gesicht. „Ernsthaft jetzt?“ sagte Marcela harsch.

„Äh, ja“, stammelte Esteban verunsichert. „Was hast du? Das ist doch nur ein Spruch.“

„Aber ein ausgesprochen dämlicher. Aber auch aufschlussreich.“

„Wie, äh, warum, was findest du …?“

„Was ich aufschlussreich finde? Dass selbst ein ach so linker Bildungsbürger den breitbeinigen Macho raushängen lässt, wenn es ihm opportun erscheint.“

„Was hat das mit Macho zu tun? Das ist doch nicht gegen …"

„Esteban, lass es gut sein", unterbrach Marcela ihn betont kühl. „Ich will jetzt nicht mit dir streiten."

„Was soll das jetzt? Weil du ja nie blöde Sprüche von dir gibst! Aber mich jetzt von oben herab schulmeistern. Was ist denn so schlimm daran, ab und zu mit Klischees zu spielen? Oder willst du mir sagen, dass ich mich dir gegenüber wie ein Macho benommen habe?"

„Esteban, bitte", entgegnete Marcela gereizt, „ich bin hier mit dir, weil wir zusammenarbeiten. Was du sonst machst, ist mir, ehrlich gesagt, ziemlich egal. Aber …"

„Aber was?"

„Aber ich gebe dir einen Ratschlag. Frag' doch mal deine Tochter, was sie davon halten würde, wenn ein Professor so einen Spruch in der Vorlesung bringen würde. Vielleicht kommst du dann selbst darauf, was mich daran stört." Marcela lehnte sich zurück und wandte ihren Blick von Esteban ab.

Esteban starrte Marcela an. Er überlegte, ob er schweigen oder die Konfrontation suchen sollte, als ihn der Kellner, der kam, um seine Bestellung aufzunehmen, aus seinen Gedanken riss. Esteban bestellte schnell einen *Cortado*, ein Glas Wasser und ein Stück Apfelkuchen.

„Also gut. Wir sind hier, um zu arbeiten. Ich habe meine Kontakte in Bezug auf Luisa informiert, bislang aber keine Rückmeldung bekommen. Bis du weitergekommen?"

„Besser als ich gedacht habe." Marcela trank langsam einen Schluck Wasser. „Mit den Aufzeichnungen der Alten bin ich schon zu zwei Dritteln durch. Den Rest mache ich heute Abend oder morgen früh."

„Und? Bist du auf etwas Besonderes gestoßen?"

„Weiß ich noch nicht. Das Meiste ist ja eine Beschreibung des Alltags und damit ziemlich redundant. Das Besondere ist vielleicht, dass es nichts Besonderes gab. Alles explizit unauffällig. Am Morgen aus dem Haus, am Abend zurück. Keine laute Musik, wenig Besuche, keine Feste. Eigentlich die perfekten, unauffälligen Nachbarn. Das Scheusal hätte sie lieben müssen."

„Aber irgendeinen Verdacht musste die Lorenzo doch gehegt haben. Sonst hätte sie die drei nicht vom Beginn ihrer Aufzeichnung an als Terroristen bezeichnet."

„Keine Ahnung." Marcela zuckte mit den Schultern. „Die Alte war wahrscheinlich immer schon paranoid. Die Tatsache, dass sich drei junge Männer mit längeren Haaren eine Wohnung teilten, war wohl für sie Grund genug, die Mächte der Subversion am Werk zu sehen. Und schließlich waren es noch dazu Ausländer. Mich wundern die Zuschreibungen der Alten nicht."

„Ja, vielleicht hast du Recht."

„Das einzige Seltsame, das ich gefunden habe, ist am Tage der Festnahme passiert. Normalerweise war es doch der Geheimdienst, der ..." Marcela machte eine Pause, da der Kellner Estebans Bestellung an den Tisch brachte. Nachdem dieser außer Hörweite war, fuhr sie fort. „Also, normalerweise hat der Geheimdienst die Razzien durchgeführt, oder?"

Esteban nickte. „Zumindest waren immer welche von denen dabei."

„Dachte ich auch. Laut den Aufzeichnungen waren es aber Einsatzkräfte der lokalen Polizeistation, die die Anarchisten festnahmen. Die Lorenzo erkannte auch einige der Polizisten."

„Das ist wirklich eigenartig", bemerkte Esteban mit vollem Mund. „Ich habe die Dokumente über die Festnahme aus dem Militärarchiv gesehen und automatisch angenommen, dass die Festnahme vom Militär oder dem Geheimdienst durchgeführt wurde. Dass bei einem solchen Einsatz nur normale Streifen eingesetzt wurden, ist ungewöhnlich. Ich werde mich darum kümmern, weitere Informationen zu der Festnahme zu bekommen. Ok?"

„Alles klar."

„Was machst du morgen?"

„Mal sehen. Vielleicht gebe ich mir morgen Nachmittag frei. Nötig hätte ich es. Ab er ich will noch auf jeden Fall zu der Orletti-Gedenkstätte."

„Wieso das denn? Die Militärs, oder wer auch immer es war, hatten die Anarchisten bestimmt nicht dorthin gebracht. Soviel ich weiß, wurde Orletti nur bis November sechsundsiebzig als Foltergefängnis benutzt. Die Festnahme der Anarchisten war später und danach …"

„Ich weiß das auch", sagte Marcela nachdenklich. „Aber ich habe keinen Anhaltspunkt, wo sie hingebracht wurden. Wahrscheinlich gab es in der Region Buenos Aires ein halbes Dutzend dieser Einrichtungen …"

„Vierzehn", unterbrach Esteban sie. „In *Gran Buenos Aires* waren es vierzehn. Mindestens. Die Kasernen nicht mitgerechnet."

Marcela starrte auf die leere Kaffeetasse. „Jedenfalls ist es, zumindest für uns, unmöglich herauszufinden, wohin sie verschleppt wurden. Orletti ist für mich ein stellvertretender Ort. Bei vielen der Anarchisten, die bis heute als verschwunden gelten, konnte später nachgewiesen werden, dass sie dorthin gebracht wurden."

„Wenn du den Besuch auf übermorgen verschieben willst, könnte ich dich begleiten. Es ist bestimmt besser, zu Zweit …"

„Danke für das Angebot. Aber das bekomme ich alleine hin. Ich habe ja eine Vorstellung davon, was mich erwartet."

———

Marcela hält es nur wenige Minuten in der Gedenkstätte aus. Solche Orte riefen bei ihr schon früher klaustrophobische Zustände hervor. Dieses Mal ist es noch schlimmer. In dem Raum, der ursprünglich eine Werkstätte beheimatete, kann Marcela kaum atmen. Sie verlässt das Gebäude fluchtartig und setzt sich auf eine Steinbank auf der gegenüberliegenden Seite der Straße.

„Was war das jetzt?" fragt Marcela sich selbst. Warum hat ihr Körper so stark rebelliert, dass sie Angst haben musste, ohnmächtig zu werden? Marcela erinnert sich an Besuche in ähnlichen Orten in Uruguay. Ihre Beklemmung, so hat sie bislang vermutet, läge vielleicht daran, dass ihr Vorstellungsvermögen ausgeprägter sei als bei anderen. Sie könne sich besser hineindenken in vergangene Realitäten. Eine Selbstdiagnose, die Marcela durchaus schmeichelte. Nicht zuletzt deshalb, da sie sich dadurch für den Beruf als Journalistin prädestiniert sah. Aber jetzt war es anders. Sie war in dem Raum kurz davor, umzukippen. Die einzige Erklärung, die Marcela plausibel erscheint, ist, dass sie sich den Personen näher fühlt als früher. Tatsächlich hat sie aufgrund ihrer Recherchen unter den Bildern der rund dreihundert Menschen, die in diese Hölle gebracht wurden, über ein Dutzend erkannt. Sie hat die Bilder und Namen mit konkreten Schicksalen verbinden können. Marcelas Magen krampft, als sie den Eindruck gewinnt, jetzt zum ersten Mal ansatzweise erahnen zu können, wie es Angehörigen oder Liebenden ergehen müsse, die solche Orte besuchen.

„Alles in Ordnung mit dir?"

Marcela blickt überrascht hoch. Vor ihr steht eine Frau Anfang vierzig.

„Was, ja, geht schon, alles gut."

„Ich war auch dort drin und habe gemerkt, dass es dir nicht gut geht. Hier, trink einen Schluck." Die Frau reicht Marcela eine Flasche Mineralwasser. „Brauchst du sonst noch was?"

Marcela schüttelt den Kopf, während sie aus der Flasche trinkt.

„Darf ich?“ fragt die Frau und setzt sich, ohne auf eine Antwort zu warten, neben Marcela. „Ich bin Andrea.“

„Ich heiße Marcela.“

Sie sitzen schweigend nebeneinander und betrachten den Eingang zu der Gedenkstätte. „Scheiß Ort“ murmelt Andrea nach einer Weile. „Warum bist du hier? Kennst du jemanden, der …?“ Sie vollendet die Frage nicht.

Marcela schüttelt den Kopf. „Nein. Ich bin beruflich hier. Ich bin Journalistin.“

Andrea sieht Marcela verwundert an. „Eine Journalistin? Was gibt es denn aktuell so Interessantes zu berichten?“

„Nichts Aktuelles, ich mache eine Recherche. Es geht um Leute, die hier auch …“

„Du bist aus Uruguay, oder?“

Marcela blickt Andrea verdutzt an. „Äh, ja, woher weißt du das?“

Andrea lächelt. „Na, ja. Zum einen dein Slang. ‚Alles gut‘, sagt man hier nicht. Und zum anderen dürfte der Ort hier in der Repressionsgeschichte Uruguays eine hervorgehobenere Rolle gespielt haben als in der argentinischen. Es waren ja relativ viele deiner Landsleute hier drin, auf beiden Seiten.“

„Was meinst du mit ‚auf beiden Seiten‘?“

„Auf Seiten der Opfer und der Täter. Eure Militärs haben extra Personal hierher geschickt. Wusstest du das nicht?“

„Doch, doch. Das weiß ich auch. Die Typen sind ja bekannt, zumindest teilweise. Gerade gab es auch wieder einen Prozess gegen einen, der auch …“

„Oberstleutnant José Gavazzo, Folterer und Mörder. Erst vierundzwanzig Jahre nach der Diktatur wegen zigfachen Mordes verurteilt. Sitzt aber seit längerem nicht mehr im Gefängnis, sondern im Hausarrest.“, sagt Andrea trocken.

„Genau.“ Marcela ist irritiert. „Woher weißt du das alles? Wer bist du? Ich meine, bist du auch Journalistin oder Historikerin?“

„Wohl so ein bisschen was von beidem.“ Andrea lächelt. „Von Berufswegen bin ich aber Grafikerin.“

„Eine ziemlich informierte Grafikerin“, bemerkt Marcela anerkennend.

„Na ja, wenn du beruflich über zehn Jahre lang mit Erinnerungsarbeit in Bezug auf die letzte Militärdiktatur zu tun hast, dann bleibt auch was hängen.“

„Du arbeitest hier?“ Marcela deutet mit der Wasserflasche auf den Eingang der Gedenkstätte.

„Ja, auch. Insgesamt sind es ein knappes Dutzend Einrichtungen und Gruppen, für die ich arbeitete. Flyer, Broschüren, Ausstellungsdesign, Websites, so Sachen halt. Hier helfe ich ab und zu ehrenamtlich mit. Ich wohne praktisch um die Ecke.“

„Trotzdem beeindruckend. Ich meine, die Namen der Opfer kennen, zumindest in Uruguay, sicher noch ein paar Leute. Also nicht aller, aber zumindest einiger. Aber die Namen der Täter … Äh, außerdem danke.“ Marcela gibt der Grafikerin die Wasserflasche zurück.

„Gerne … So viele Namen sind mir auch nicht geläufig, aber dieser Gavazzo ist mir im Gedächtnis geblieben. Er war ein Beispiel in einer App, die ich gestalten sollte. Leider ist aber nichts daraus geworden.“

„Eine App über Folterer und Mörder? Die wäre wohl ziemlich umfangreich gewesen“, bemerkt Marcela bitter.

„Das war wohl auch das Problem. Diejenigen, die die App machen wollten, hatten einen Vollständigkeitsanspruch. Ich fand es trotzdem schade. Die hatten einen interessanten Ansatz, die Geschichte anders herum zu erzählen.“

„Wie anders herum? Von der Warte der Täter? Was sollte daran interessant sein? Ich meine, diese Arschlöcher verkünden seit Jahrzehnten, dass sie alles richtig gemacht haben. Was soll das bringen …"

„Nein, nein", wiegelt Andrea ab. „So war das nicht gedacht. Sie wollten … wie soll ich das erklären? Ok, ich versuche es mal konkret zu erklären. An deinem Beispiel."

„Hä? An meinem Beispiel?"

„Nicht an dir", erwidert Andrea lachend. „An dem Beispiel, an dem du gerade arbeitest. Wer sind die Personen, über die du recherchierst?"

„Es sind keine konkreten Personen", lügt Marcela. „Es geht mir um die Repression gegen die Partido por la Victoria del Pueblo."

Andrea nickt. „Die PVP. Da hatte der Gavazzo auch viel damit zu tun. Die Repression gegen sie ist ein gutes Beispiel. Ich möchte dich etwas fragen, Marcela. Denkst du, dass die PVP sechsundsiebzig eine essentielle Bedrohung für das uruguayische Regime darstellte."

„Schwer vorstellbar. Die PVP konnte den Militärs bestenfalls Nadelstiche versetzen. Und selbst die waren in erster Linie agitatorischer, nicht militärischer Art. Dazu waren sie viel zu schwach." Marcela fügt nach kurzem Überlegen schulterzuckend hinzu: „Aber keine Ahnung, was die Militärs damals als reale Bedrohung sahen. Die *Tupamaros* waren ja schon vor der Diktatur militärisch geschlagen und die Arbeiterbewegung nach dem niedergeschlagenen Generalstreik dreiundsiebzig praktisch handlungsunfähig."

„Warum denkst du also, dass das Regime so brutal gegen die PVP vorgegangen ist? Sie wollten ja nicht nur die Strukturen vernichten, sondern auch die Individuen."

„Genau kann ich dir die Frage auch nicht beantworten. Vielleicht aus Staatsräson, um ein Exempel zu statuieren, aus Prävention, aus Rache, aus einer Restangst oder aus einer Mischung der verschiedenen Motivationen."

Andrea nickt. „Wahrscheinlich eine Mischung des Ganzen. Die Leute, die die App machen wollten, sahen das ähnlich. Sie haben sich aber auf das Thema der individuellen Rache als autoritäres Reaktionsmuster spezialisiert."

„Wieso das denn?"

„Es waren hauptsächlich Psychologen in der App-Gruppe", antwortet Andrea schmunzelnd. „Aber ich fand es trotzdem ziemlich interessant, eben in Bezug auf so Typen wie Gavazzo."

„Kapier' ich nicht. Die PVP hat doch meines Wissens dem Typen nichts getan. Also persönlich. Er war ein Auftragstäter."

„Das waren fast alle der Folterer und Mörder. Vielleicht gab es ein paar unter ihnen, die persönliche Rachemotive hatten. Wenn zum Beispiel ein Angehöriger oder Kamerad bei einem Anschlag ums Leben kam. Bei der PVP war das aber wohl nicht der Fall. Und dann gab es sicherlich eine Handvoll psychopathischer Sadisten, die kein Motiv benötigten. Aber der Rest? Gavazzo hat, glaube ich, in einem Interview von sich selbst einmal behauptet, dass er nicht gern gefoltert habe. Es sei aber notwendig gewesen …"

„So ein Arschloch", entfährt es Marcela. „Warum soll das notwendig gewesen sein? Sie hätten die Leute einfach festnehmen und in Uruguay vor Gericht stellen können. Ich meine, das wäre schlimm genug gewesen. Aber Gavazzo und seine Komplizen haben Dutzende zu Tode gefoltert."

„Eben, das ‚Warum' ist die zentrale Frage. Die Psychologen von der App haben gesagt, dass … Moment … ich weiß nicht mehr, ob ich es richtig zusammen bekomme … aber ich glaube ihre Ausgangsthese war, dass Rache ein … ein, also." Die Grafikerin beginnt so zu sprechen, als würde sie langsam ein leidlich gelerntes Gedicht rezitieren: „Rache sei ein zentrales Reaktionselement autoritär determinierter Strukturen, das sich nicht nur im Sinne eines kollektiven, auf Dominanz begründeten Handlungsmusters interpretieren lässt, welches auf dem Rechtfertigungsmotiv basiert, wonach eine vorhergegangene Tat im eigenen Wertesystem als verabscheuungswürdiger betrachtet werde als die eigene Handlung, zu der man sich durch die auslösende Tat motiviert fühle, sondern darüber hinaus in dem Sinne, dass sich der konkrete Racheakt auf den Impetus der sich in den Strukturen verortenden Individuen stützen kann, da sich dadurch deren imaginierte und reale individuelle Dominanz zu manifestieren scheint." Andrea erscheint erleichtert, den Satz korrekt zu Ende gebracht zu haben. „Oder so ähnlich. Mit verständlichen Sätzen hatten es die Psychologen nicht so."

„Stimmt, klingt ziemlich verwirrend. Und was heißt das jetzt konkret? Also … so etwas wie …" Marcela sucht nach einem Beispiel.

„Was die Nazis gemacht haben", unterbricht Andrea sie. „Die waren das Beispiel, mit dem die Psychologen versucht haben, mir ihre Theorie zu vermitteln. Ihre Massaker an der Zivilbevölkerung haben die Deutschen, zumindest im Nachhinein, mit vorangegangen Partisanenaktionen gerechtfertigt. Sicher lassen sich jetzt die Morde bis zu einem gewissen Grad mit der perversen Logik der Nazis als Besatzungsmacht erklären. Aber damit allein lässt sich nicht die Frage beantworten, warum sich fast nie ein deutscher Soldat geweigert hat, Frauen und Kinder abzuschlachten. Klar, einige haben sicherlich auch aus Angst vor den Konsequenzen mitgemacht. Befehlsverweigerung konnte sie das Leben kosten. Aber offenbar fühlten sich die meisten individuell dazu verpflichtet, um ihren Status als Herrenmenschen zu verteidigen, ihr Selbstverständnis als Armeeangehöriger, ihre Treue zum Corpsgeist oder aus was für Gründen auch immer …"

„Aber was hat das mit der PVP zu tun? Sie haben keine Militärpatrouillen überfallen. Sie haben Leute …"

„Nein, nein, es geht nicht darum, was sie getan haben oder nicht. Die Rache erklärt sich nicht aus der Tat, zumindest nicht allein, sondern vor allem aus den Strukturen und den Individuen, die Rache üben."

„Ich kapiere das immer noch nicht ganz. Willst du damit sagen ..."

„Ok, dann versuch ich es mal ganz anders. Marcela, wie würdest du reagieren, wenn ich dich jetzt beschimpfen würde? Als fettes, ekliges Schwein, als debile Missgeburt, die sich verpissen solle?"

Marcela ist verwirrt. „Äh, keine Ahnung. Wahrscheinlich würde ich dir auch eine Beschimpfung an den Kopf werfen, aufstehen und gehen."

„Sehr gut, sehr zivilisiert. Und wenn ich jetzt zu dem Typen da drüber das gleiche sagen würde?" Andrea deutet auf einen etwa fünfzigjährigen Mann auf der anderen Straßenseite.

„So wie der aussieht, könntest du dir wahrscheinlich eine einfangen."

„Sehe ich genauso. Der Typ würde sich wahrscheinlich in seinem männlichen Stolz gekränkt fühlen und deshalb zuschlagen. Und wenn ich das zu einem Bullen sagen würde, dann bekäme ich ziemlich sicher das volle Programm. Denn beleidige ich einen Bullen, dann beleidige ich nicht nur den ganzen Staat als Machtstruktur. Jeder einzelne Depp in dem Machtgefüge, mit dem ich zu tun bekäme, sähe sich verpflichtet, Rache zu üben. Ich würde festgenommen werden, bekäme Prügel auf der Polizeiwache, und zwar nicht nur von dem Bullen, den ich beleidigt habe, ich würde von einem Richter verknackt, dem ich gar nichts getan habe. Hätte ich kein Geld, um die Strafe zu bezahlen, könnte ich dafür sogar in den Knast kommen. Und da würde die Scheiße erst richtig losgehen."

Marcela lächelt. „Ok, so verstehe selbst ich Psychologie. Nach dieser Theorie ist die eigentliche Tat nebensächlich. Also nicht ganz nebensächlich. Sie muss nicht unbedingt als reale

Gefährdung, aber zumindest als Demütigung wahrgenommen werden. Aus ihr erklärt sich aber nicht die Heftigkeit der Reaktion, sondern aus dem Selbstbild des Rächenden. Es gibt Menschen, normale Arschlöcher und Arschlöcher in Uniform, die dem Staat dienen."

„So in der Art habe ich es auch verstanden."

„Und du glaubst, dass sich damit besser erklären ließe, was hier gegenüber passierte?"

Andrea betrachtet lange den Eingang zur Gedenkstätte. „Vielleicht ja. Ich denke ... wie soll ich es sagen? ... Wie willst du solche Orte erklären? Für manche mögen die Militärs nur durchgeknallte Schlächter gewesen sein, andere versuchen einen Grund zu finden, der ihrer rationalen Logik entspricht. Was ist Ursache, was ist Wirkung? Aber die Reaktion der Regimes damals muss nicht Leuten wie dir und mir rational erscheinen. Nur in deren eigener Logik musste es Sinn ergeben. Da konnten die Vergehen, deretwegen sie sich berechtigt sahen, Leute zu Tode zu foltern, rein symbolische Taten gewesen sein."

„Symbolische Taten?"

„Also ... ich weiß nicht, ob ich es noch genau zusammen bekomme. Ich kann dir nachher auch die Telefonnummer von einem der App-Leute geben. Der kann das sicher besser erklären. Aber ... im Fall der PVP scheint das, zumindest teilweise, der Fall gewesen zu sein. Ich kann mich noch daran erinnern, dass sich viele der Verhöre angeblich um etwas für uns beide völlig Banales drehten. Die Militärs wollten unbedingt etwas über den Verbleib einer Fahne erfahren. Irgendein historischer Lappen, der in Uruguay gestohlen wurde. Vollkommen banal, wie gesagt. Aber für das Regime hatte das Stück Stoff hohen symbolischen Wert, und Typen wie Gavazzo zogen daraus ihre Rechtfertigung und Motivation ... Marcela, was ist los? Du bist kreidebleich."

# Kapitel 12

Esteban hat in den letzten fünfunddreißig Jahren einen großen Teil seines Lebens an der Universität von Buenos Aires verbracht. Zunächst als Student, später als wissenschaftlicher Mitarbeiter und Aushilfsdozent. Seit vierundzwanzig Jahren ist er Ordentlicher Professor für Argentinische Geschichte. Daran, dass er an derselben Universität lehrt, an der er studierte, ist nichts Ungewöhnliches. Mit über dreihunderttausend Studierenden ist die Universität von Buenos Aires die mit Abstand größte Hochschule der Stadt. Außerdem ist Esteban seit jeher der Meinung, dass Buenos Aires die einzige „wirkliche" Stadt Argentiniens sei. Ein Leben in Córdoba, Rosario oder Mendoza kann und will er sich nicht vorstellen. Darüber hinaus ist er fachlich gut und ehrgeizig. Bereits vor seiner Berufung hatte er sein erstes Buch veröffentlicht, dem ein Dutzend weitere folgen sollten. Es hat Esteban auch nie gestört, dass es in den Anfangsjahren seiner Karriere spöttische Kommentare gab, die seinen beruflichen Aufstieg hauptsächlich auf die Tatsache zurückführten, dass seine Eltern bereits an der Universität lehrten.

Esteban genießt den Status, den er sich an der Universität erarbeitet hat. Lästige Tätigkeiten kann er delegieren. Die Prüfungen legen die Studierenden, zumindest in den ersten Semestern, bei jüngeren Kolleginnen und Kollegen ab. Von Verwaltungsarbeit bleibt er weitgehend verschont. Er hat genug Zeit für Forschung und publizistische Aktivitäten. Während andere ihre Arbeit an der Universität schon vor drei Wochen wieder aufnahmen, würde sein Arbeitsalltag erst mit dem Vorlesungsstart am 1. April beginnen.

Ganz fernbleiben kann er der Universität in der Semesterpause jedoch auch nicht. Esteban hat die letzten anderthalb Tage mit Besprechungen und Vorbereitungsveranstaltungen für künftige Studierende verbracht. Er ist im Begriff, eines seiner Einführungsseminare zu beenden, als sein Telefon signalisiert, dass er eine Textnachricht erhalten habe. Die Anwesenden kichern. Schließlich hat Esteban zu Beginn seiner Ausführungen pathetisch erklärt, dass es für die historischen Wissenschaften mehr bedürfe als eines modernen Handys und Internetanschlusses, und die Zuhörenden aufgefordet, ihre Mobiltelefone zumindest stumm zu schalten.

Das Gekicher bricht abrupt ab, als Estebans Gesicht kreideweiß wird und er zum Ausgang rennt. Dabei ruft er: „Danke, das war's für heute. Wir sehen uns. Schönes Wochenende." Esteban hält sein Handy in der Hand, als er den Saal verlässt. Auf dem Display ist eine Nachricht von Marcela. „Hilfe! Café gegenüber Sandra. Schnell!"

---

Marcela verabschiedete sich eilig von der Grafikerin. Sie behauptete, dass ihr Unwohlsein nicht schlimm sei, sie aber trotzdem nach Hause fahren wolle. Andrea rief ihr ein Taxi.

Marcela fröstelte in dem Taxi. Sie starrte auf ihr Handy. Wen wollte sie anrufen? Esteban war an der Universität beschäftigt und mit Sergio sollte sie nur verschlüsselt kommunizieren. Marcela blätterte durch die Kontaktliste. Magdalena? Ihre Eltern? Ihren Bruder? Leute aus dem Freundeskreis? Marcela bezweifelte, dass sie ihr helfen könnten. Vielleicht Andrés? Aber dann hätte sie eingestehen müssen, wie unglaublich naiv sie bislang gewesen war.

Marcela dachte an das erste Gespräch mit Esteban. In dem Café in Montevideo hatte er den Diebstahl der Fahne als politische Folklore bezeichnet. Auch Marcela bewertete ihn im Prinzip bislang ähnlich. Eine anarchistische Räuberpistole vor fünfzig Jahren, überlagert von den tragischen Ereignissen, die folgten. Eine bizarre Anekdote der Geschichte, der als Ausgangspunkt für ihre Recherche diente. Zwar hatte Marcela schon in Montevideo in Erfahrung bringen können, dass in einigen Verhören erfolglos versucht worden war, von inhaftierten Anarchisten Informationen über den Verbleib der Fahne zu erhalten. Sie hatte dies bis vor ein paar Minuten jedoch nur als einen Nebenaspekt in den Vernehmungen bewertet. Marcela wurde jetzt klar, wie falsch sie mit dieser Einschätzung gelegen hatte. Sie verstand plötzlich das Manifest der Anarchisten, vor allem das ganze Pathos: Der Diebstahl sollte die maximale Demütigung der Autoritäten sein. Eine Aktion, die die Militärs niemals verzeihen konnten.

Marcela verspürte das erste Mal, seit sie den Auftrag übernommen hatte, einen Anflug von Angst. Die Fahne den Autoritäten zurückzugeben, war für Marcela jetzt keine Option mehr. Aber wenn Estebans Einschätzung richtig war, dass die uruguayischen Militärs bis heute den Diebstahl der Fahne als Schmach wahrnahmen, was würde passieren, wenn sie die Fahne finden sollte, und die Militärs davon erfuhren?

Das Taxi hielt vor dem Haus, in dem sich Sandras Wohnung befand. Marcela war schon im Begriff die Eingangstür aufzusperren, als sie sich umentschied. Sie ging in das Café schräg gegenüber.

Marcela trank den Whisky in einem Zug und deutete dem überraschten Kellner, dass sie einen weiteren wolle. Ihr war immer noch kalt. Der zweite, langsam getrunkene Whisky erfüllte seinen Zweck. Marcela fühlte sich etwas besser. Allerdings spürte sie schon etwas den Alkohol. Sie bestellte ein Sandwich und einen Kaffee. Nachdem sie gegessen hatte, bezahlte sie. Marcela wollte sich gerade auf den Weg machen, als sich ein Mann zu ihr an den Tisch setzte.

„Hallo Marcelita. Es ist besser für dich, wenn du noch einen Moment sitzen bleibst.“

---

Esteban springt aus dem Taxi und stürmt in das Café. Er blickt um sich und entdeckt Marcela im hinteren Bereich sitzen. Sie sieht mitgenommen aus.

„Ich bin so schnell gekommen, wie ich konnte. Was ist passiert? Wie geht es dir?“

„Geht schon wieder. Danke, dass du gekommen bist. Ich wusste nicht, was ich machen sollte. Ich habe dir die SMS geschickt, weil ich Panik bekam. Das war so … eklig.“

„Was ist passiert?“

„Ich erzähle es dir. Aber nicht hier. Ich will hier raus. Gehen wir in die Wohnung.“

Zwei Minuten später sind sie in Sandras Wohnung. Marcela schließt die Tür von innen ab und setzt sich zu Esteban auf das Sofa.

„Also, von vorne“, beginnt sie langsam.

Marcela fasst kurz die Ereignisse des Tages zusammen. Ihr Besuch in der Gedenkstätte, das Gespräch mit der Grafikerin und das Essen im Café bis zu dem Moment, als sich der Mann zu ihr setzte. Dann sah sie Esteban direkt in die Augen. „Er wusste alles! Wirklich alles! Von deinen Archivbesuchen in Montevideo, von meiner bisherigen Arbeit in der Redaktion, von den Anarchisten, er kannte ihre Namen, von dem Haus in San Cristóbal, dem Schuppen, selbst von den OP-Klamotten. Er wusste alles! Nach zehn Minuten ist er dann aufgestanden und seelenruhig aus dem Café gegangen.“

„Hat er dich bedroht?"

„Wie würdest du das nennen, wenn jemand zu dir sagt, ‚Marcelita', dieses Arschloch hat mich immer ‚Marcelita' genannt, ‚Marcelita, Kleines, ich will doch nicht, dass dir was passiert. Es soll ja schon in der Vergangenheit vorgekommen sein, dass Uruguayern in unserer schönen Stadt das Schicksal übel mitspielte und manche gar schon in jüngen Jahren tragisch zu Tode kamen. Marcelita, wir wollen doch nicht, dass dir etwas zustößt. Also, warum fährst du nicht einfach in dein schönes *Paisito* zurück?"

„Wie sah der Typ aus?"

„Eklig. Alt, so Ende sechzig, Anfang siebzig würde ich schätzen. Klein, aufgedunsen, so, so … Fleisch mit Augen." Marcela überlegt einige Sekunden und ergänzt: „Weißt du, was das Allerschlimmste war? Dass ich mir vor Angst fast in die Hosen gemacht hätte. Vonwegen professionelle Journalistin. Ich hätte abgeklärter reagieren müssen, vorbereiteter. Sergio hatte uns gewarnt, dass wir Ärger bekommen könnten. Und ich dachte, ich sei darauf vorbereitet."

Esteban geht ihn die Küche und kehrt mit zwei Gläsern und der halbvollen Flasche Whisky zurück. Er hebt die Flasche etwas in Richtung Marcela. Sie nickt.

„Ich kapiere es immer noch nicht", knüpft Esteban an das Gespräch an, während er den Whisky einschenkt. „Du weißt, dass ich damals Sergios und deine Besorgnis nicht nachvollziehen konnte. Ich nahm sie bis vor einer Stunde auch nicht ernst. Ich verstehe einfach nicht, was die Militärs heute daran stört, dass wir solche Nachforschungen machen. Wobei …", er macht eine Pause und nippt an seinem Glas, „es kann sein, dass der Typ aus dem Café etwas mit dem Verschwinden der Anarchisten zu tun hatte. Sein Alter könnte passen. Aber trotzdem …"

„Vielleicht", unterbricht Marcela ihn, „sind es auch nicht argentinische Militärs, ehemalige Geheimdienstleute oder was immer, die uns nachstellen, sondern der Auftrag kommt von uruguayischer Seite."

„Du meinst, wegen dem, was die Grafikerin gesagt hat?"

„Nein. Oder besser gesagt, ich weiß es nicht. Aber … jedenfalls gäbe es jenseits davon noch einen anderen Grund." Marcela trinkt einen Schluck Whisky und fährt fort: „Für euch in Argentinien spielt das Schicksal der drei Anarchisten keine hervorgehobene Rolle. Sie sind drei von unendlich vielen, die ermordet wurden. In Uruguay ist das komplizierter. Die drei sind offiziell in Buenos Aires verschwunden. Wir wissen beide, was das heißt: Sie wurden ermordet."

Esteban nickt.

„Aber wo wurden sie ermordet? Trägt der argentinische oder der uruguayische Staat die Verantwortung für ihren Tod? Es spricht viel dafür, dass die Anarchisten hier festgenommen und danach dem uruguayischen Militär überstellt wurden."

„Der berühmte *Plan Cóndor* der lateinamerikanischen Diktaturen. Sie machten die Linke gemeinsam fertig, aber jedes Regime sollte selbst darüber entscheiden, was mit ihren Staatsbürgern passiert."

„Exakt. In Uruguay gab es etwa zweihundert Verschwundene. Unser Militär will nur von gut dreißig etwas wissen. Über das Schicksal der anderen behaupten sie, nichts zu wissen. Obwohl es Belege dafür gibt, dass Gefangene nach Uruguay gebracht wurden. Verschwunden sind sie mit ziemlicher Sicherheit bei uns."

„Und du denkst, dass euer Militär, oder wer auch immer, verhindern will, dass wir über die Anarchisten nachforschen, weil sie befürchten, wir könnten herausfinden, dass sie nach ihrer Verhaftung nach Uruguay gebracht wurden?"

„Keine Ahnung, ist auch alles Spekulation. Ich möchte nur gern wissen, wer hinter uns her ist." Marcela trinkt den Whisky aus und schenkt sich nach. Sie blickt auf das Glas und murmelt. „Ist schon das vierte. Egal, heute arbeite ich eh nicht mehr."

Auch Esteban schenkt sich nach und geht im Zimmer auf und ab.

„Was ist?"

„Ich denke nur nach. Wer? Warum? Wie? Wir können nur spekulieren, wer hinter uns her ist und warum. Bleibt das Wie? Der Typ aus dem Café hatte Informationen von beiden Seiten des Río de la Plata. Er wusste, was ich in den Militärarchiven suche. Er muss die Information direkt bekommen haben. Auf dem kurzen Dienstweg. Ich denke, der *Plan Cóndor* mag Geschichte sein, aber die Menschen sind dieselben geblieben. In den höheren Rängen gibt es heute jede Menge Personen, die ihre Militärlaufbahn während der Diktatur begonnen haben." Esteban muss an den Mayor denken, der ihm bereitwillig den Termin im Militärarchiv arrangierte. Auf dem kurzen Dienstweg.

„Du denkst, dass …" Marcela holt ihn aus seinen Gedanken zurück.

„Dass die alten Seilschaften immer noch funktionieren. Sie funktionieren auch ohne Befehl von ganz oben. Vielleicht handeln sie sogar ohne das Wissen ihrer Vorgesetzten." Er setzt sich wieder und sagt: „Aber das erklärt nicht, dass sie über den Schuppen und unsere eigenwillige Bekleidung Bescheid wissen."

„Das Scheusal? Die Nachbarn? Die Handwerker in der Anarchistenwohnung?"

Ernesto zuckt mit den Schultern.

„Wahrscheinlich wurden wir beschattet und haben es einfach nicht bemerkt. Ich sage es ja: Ich, eine professionelle Journalistin? Pah, dass ich nicht lache." Marcela ist angetrunken. Sie schenkt sich den in der Flasche verbliebenen Whisky in ihr Glas. „Entweder wurden wir bespitzelt oder es gab Denunzianten. Ich hätte da auch eine Favoritin. Weil sonst … Ich habe niemandem was erzählt. Und die Emails sind verschlü …"

„Scheiße! Scheiße! So eine verdammte Scheiße!" Esteban springt auf und holt sein Handy aus der Tasche und entfernt den Akku.

„Was ist los?" Marcela starrt ihn an und wirkt, als sei sie schlagartig nüchtern geworden. Sie holt ihr Handy und kappt auch dessen Energieversorgung.

„Das darf doch nicht wahr sein! So eine Scheiße, die haben mein Handy angezapft."

„Ich verstehe nicht."

„Ich habe gestern mit Sandra telefoniert und ihr von dem Schuppen und unserem Outfit erzählt."

„Sie weiß Bescheid?" ruft Marcela entsetzt.

„Nein, natürlich nicht. Ich sagte ihr nicht, was wir suchten. Ich wollte sie ein bisschen aufheitern, mit einer Anekdote aus dem Historikerleben ihres Vaters."

Esteban setzt sich und fährt frustriert fort. „Das war es dann wohl mit unserer Schatzsuche, Lara. So eine verdammte Scheiße. Die wissen, wonach wir suchen und wir haben, nein ICH Idiot habe ihnen die Spuren geliefert. Euere *Milicos* werden sich freuen … und der Whisky ist auch leer. Ich hole noch eine Flasche. Ich habe Lust, mich zu betrinken!"

„Gute Idee."

Esteban kehrt nach fünf Minuten mit einer neuen Flasche zurück und will sie öffnen, als Marcela sagt: „Lass die Flasche zu."

Esteban blickt ihr überrascht in die Augen und setzt sich zu ihr.

„Während du einkaufen warst, habe ich versucht, zu rekonstruieren, was der Typ im Café gesagt hat. Die Fahne erwähnte er nicht, da bin ich sicher."

„Jetzt kapiere ich gar nichts mehr. Ich meine, ich bin kein Spezialist in diesen Dingen, aber wenn sie mein Handy hacken konnten, dann hätten sie über das Mikro mithören können. Und wir redeten dauernd über die Fahne." Esteban nimmt sein akkuloses Handy und spricht in das Mikrofon: „Faaaahne!"

„Lass den Unsinn", fährt Marcela ihn an. „Vielleicht haben sie nicht dein Handy geknackt, vielleicht können sie nur die Gespräche mithören."

„Nur? Ich weiß nicht, wie kompliziert es, ist ein Handy zu klonen. Wahrscheinlich gibt es da irgendwelche Apps, die heimlich installiert werden. Über Internet, Bluetooth, was weiß ich."

„Gibt es", murmelt Marcela.

„Aber Zugriff auf die Telekommunikationsnetze zu haben, das ist schon eine andere Nummer."

„Beruhige dich bitte." Marcela überlegt eine Weile und sagt dann leise: „Der Typ im Café wollte uns in Panik versetzen. Es scheint ihm gelungen zu sein. Aber wir sollten versuchen, nicht paranoid zu werden."

„Und nun?"

„Und nun? Ich mache meinen Job. Der verlangt, dass ich eine Reportage schreibe. Dafür muss ich so viele Informationen wie möglich sammeln. Ich kann jetzt nicht aufhören. Zumindest nicht bevor wir wissen, was mit Luisa passierte."

„Und der Typ im Café?"

„Die Informationen über den Schuppen? Das Naheliegendste ist doch, dass er uns gefolgt ist. Nachdem wir weg waren, befragte er die Leute. Er hatte sicher einen wichtig aussehenden Ausweis, der ihm Autorität verschaffte. Du hast ja selbst gesagt, wie einfach das funktioniert. Das erscheint mir jedenfalls logischer als eine länderübergreifende Spionageattacke auf dein Handy."

„Das habe ich nicht gemeint. Sondern die Drohungen."

Marcela blickt Esteban fest in die Augen und sagt langsam: „Ich weiß, was du gemeint hast. Und du solltest eigentlich wissen, dass ich ehrgeizig bin. Ich höre nicht auf. Nicht wegen eines Arschlochs, über dessen Identität wir nur spekulieren können. Ich mache jedenfalls weiter. Und du?"

Esteban überlegt lange und sagt schließlich: „Tut mir leid. Das geht so nicht."

„Verstehe", antwortet Marcela enttäuscht.

„Nein, das meine ich nicht so, ich meine den Whisky." Esteban öffnet die neue Flasche und gießt sein Glas halbvoll. Er bietet Marcela die Flasche an. Sie schüttelt den Kopf.

„Ich brauche noch einen Schluck", sagt er und steht auf. Esteban läuft im Zimmer auf und ab. Er bleibt abrupt stehen und wendet ich zu Marcela.

„Ok. Ich mache weiter. Unter drei Bedingungen. Wir müssen vorsichtiger werden. Wir müssen herausfinden, wer das Arschloch ist. Und wir brauchen Hilfe."

„Alles klar, Indiana." Marcela lächelt und schenkt sich Whisky ein.

# Kapitel 13

Teresa sitzt neben Marcela auf dem Sofa und macht sich Notizen. Die Anwältin kam vor zwanzig Minuten in Begleitung Estebans in Sandras Wohnung und forderte Marcela auf, ihr noch einmal detailliert zu erzählen, was vor sechs Stunden in dem Café passiert war.

Marcela spürt den Whisky, aber die Anwältin versteht es mit gezielten Nachfragen ihre Erinnerung zu schärfen. Nachdem Teresa ihre Befragung beendet hat, überfliegt sie ihre Notizen.

„Ok", beginnt sie und blickt zuerst zu Esteban und danach zu Marcela. „Ich denke, dass es sich bei dem Mann um einen ehemaligen Geheimdienstmitarbeiter handelt. Auftreten, Rhetorik, die Informationen, die Drohung, alles sprich dafür. Dass er noch aktiv ist, glaube ich nicht, sonst …"

„Aber woher hat er dann die Informationen über meine Arbeit aus den Archiven?" unterbricht Esteban sie.

„Dass er im Ruhestand ist, bedeutet weder, dass er zwangsläufig allein agiert, noch dass er keine Kontakte zu aktiven Kollegen besitzt. Alte Seilschaften, die Gefälligkeiten austauschen, gibt es überall im Staatsapparat. Das wird auch an der Universität nicht anders sein, oder Herr Professor?"

„Aber woraus schließt du, dass er nicht mehr aktiv ist?" will Marcela wissen.

„Weil …", Teresa überlegt kurz, „hätte der Geheimdienst euch einschüchtern wollen, dann wärest du nicht von einem

Siebzigjährigen angesprochen worden. Ich versichere dir, die haben furchteinflößendere Typen."

„Hattest du mit solchen Typen schon zu tun?"

„Ja, leider", sagt die Anwältin nachdenklich. „Mehr als einmal."

---

Nachdem Esteban sich für eine Weiterarbeit mit Marcela entschieden hatte, trank er seinen Whisky aus und brachte sein Glas und die angebrochene Flasche in die Küche.

„Gut, dann mache ich weiter. Ich komme heute Abend zu dir, einverstanden?" sagte er zu ihr, während er sein Handy wieder zusammensetzte und in die Tasche steckte.

„Yes, Sir!" Marcela leerte ihr Glas und ließ sich rücklinks auf das Sofa fallen. Der Alkohol wirkte wieder.

Esteban hatte viel zu erledigen. Er musste die Wogen an der Universität glätten. Das überstürzte Ende seiner Vorlesung war sicherlich schon in aller Munde. Außerdem wollte er den Stand der Nachforschung über den Verbleib Luisa María Blanco Evans' abfragen und – das war das Dringendste – Hilfe organisieren.

Esteban fuhr trotzdem zuerst nach Hause, wusch sich das Gesicht und putze sich die Zähne. Er wollte nicht mit einer Alkoholfahne an der Universität auftauchen. Außerdem brauchte er etwas Zeit zum Nachdenken. Esteban wusste, dass die Drohungen, die der Mann gegen Marcela ausgesprochen hatte, auch ihn betrafen. Esteban machte, was er in Stresssituationen oft getan hatte. Er kochte einen starken Espresso, holte seine – wie er sie nannte – Notration an Zigaretten, ein Feuerzeug und einen Aschenbecher aus der Schreibtischschublade und öffnete das zum Hinterhof gelegene Fenster seiner Küche.

Die Ellenbogen auf das Fensterbrett gelehnt trank er einen Schluck Espresso und zündete sich eine Zigarette an.

Esteban betrachtete rauchend den Hinterhof. Im Gegensatz zu den aufwändig gestalteten Fassaden der Bürgerhäuser im Zentrum der Stadt, wirkten die Rückseiten der Gebäude heruntergekommen. Der Eindruck wurde noch durch die zum Trocknen aus den Fenstern gehängten Kleidungsstücke und die zahllosen Ventilatoren der Klimaanlagen verstärkt, die in den vergangenen Jahrzehnten zumeist in Eigenregie angebracht wurden. Esteban mochte den Ausblick, er war für ihn ein Sinnbild der Schattenseiten seiner Stadt, deren Bewohnerinnen und Bewohner – zumindest in den wohlhabenden Vierteln – viel Wert auf zur Schau gestellten Glanz legten. Den Blick aus seinem Küchenfenster hatte Esteban in der Vergangenheit oft als Allegorie in seinen Vorlesungen benutzt, wenn er die Studierenden zu einem Blick hinter die Fassaden offizieller Geschichte ermuntern wollte. Schließlich, so war er der Meinung, sagten die Kleidung und die Klimaanlagen mindestens so viel über die Geschichte der Stadt aus wie eherne Eingangspforten.

Esteban wusste, dass der Platz am Fenster zum Hinterhof auch seinen Status wiedergab: Es gab kaum einen luxuriöseren Ausblick auf die „Schattenseiten". Estebans Wohnung war geräumig und hell. Mit hohen Stuckdecken und Parkett, fünf Zimmern und zwei Bädern. Sein Gehalt als Professor hätte nie ausgereicht, eine solche Wohnung zu erwerben. Esteban hatte sie, zusammen mit einem beträchtlichen Barvermögen, kurz vor Sandras Geburt von seinen Großeltern geerbt. Seine soziale Position erlaubte ihm nicht nur ein ökonomisch sorgenfreies Leben, er fühlte sich zudem vor staatlicher Willkür und anderen Bedrohungen geschützt. Sowohl im Privaten als auch im Beruflichen. Zumindest solange er sich sicher war, seine selbstdefinierten „Regeln des Spiels" zu befolgen. Bis vor einer Stunde dachte er noch, dass er dies tue.

Die erste dieser Regeln besagte, dass Esteban es vermied, sich in politischen Fragen zu exponieren. Seine Ansichten behielt er im öffentlichen Leben weitgehend für sich. Auch in seiner wissenschaftlichen Arbeit ging er vorsichtig ans Werk. Sein Spezialgebiet war die Sozialgeschichte Argentiniens in der ersten Hälfte des zwanzigsten Jahrhunderts und seine Publikationen beschränkten sich fast ausschließlich auf diesen Zeitraum. Esteban hatte es, im Gegensatz zu vielen seiner Mitstudierenden, am Anfang seiner Karriere bewusst vermieden, sich mit Arbeiten über die letzte Diktatur profilieren zu wollen. Er wollte nicht in eine Schublade gesteckt werden. Esteban hatte befürchtet, dass dadurch seine weitere Arbeit beinträchtigt werden könnte. Er war im Rückblick davon überzeugt, eine gute Entscheidung getroffen zu haben. Sein Forschungsschwerpunkt lag zeitlich noch nahe genug an den siebziger Jahren, um mit der Darstellung von Entwicklungslinien, Kontinuitäten und Brüchen die akademische Interpretation der späteren Ereignisse beeinflussen zu können. Andererseits schien er weit genug entfernt, um nicht in die öffentliche Auseinandersetzung über deren politische und juristische Konsequenzen hineingezogen zu werden.

In diese hatte Esteban nur indirekt eingegriffen. Er hatte auf Anfrage zwar sein Wissen über diese Zeit bereitwillig zur Verfügung gestellt, die öffentliche Bewertung der Fakten in der Regel jedoch Anderen überlassen. Esteban hatte zudem in den vergangenen Jahren manchmal Menschenrechtsorganisationen dezent Informationen über die Diktatur aus Militärdokumenten zukommen lassen, zu denen sie selbst keinen Zugang gehabt hatten. Esteban war dabei immer höchst behutsam vorgegangen. Die Veröffentlichung der Dokumente sollte nicht mit seiner Person in Zusammenhang gebracht werden. Nicht weil ihm deshalb strafrechtlicher Konsequenzen gedroht hätten – die Dokumente waren schließlich nicht geheim, sie waren lediglich schwer zu aufzufinden. Esteban hatte seine Vorsicht immer damit begründet, dass sein nahezu unbegrenzter Zugang zu allen Archiven nicht nur essentiell für seine berufliche Tätigkeit, sondern auch für sein politisches Selbstbild als „wissenschaftlicher Informant der Linken“ sei.

Esteban drückte die Zigarette aus und zündete sofort eine neue an. Er schüttelte den Kopf, als ihm Sergios Ermahnung während der Redaktionssitzung wieder in den Sinn kam: „Bist du so naiv, oder tust du nur so?“ „Nein“, antwortete er im Gedanken seinem Freund, „ich war nicht naiv. Es ist schlimmer. Ich war dumm.“ Esteban ließ noch einmal das Gespräch mit Marcela Revue passieren. Sollten ihre Vermutungen zutreffen und ihre Arbeit den Argwohn zumindest von Teilen des Militärs auf sich gezogen haben, so bliebe das nicht ohne Konsequenzen für seine zukünftige Arbeit.

Esteban ärgerte sich über sich selbst. Er war unvorsichtig gewesen. Er hätte sich besser auf die Recherche vorbereiten müssen. Für ihn schien die Geschichte des Fahnendiebstahls unverfänglich. Nur eine Anekdote der Geschichte. Im Nachhinein wurde Esteban klar, dass er spätestens im Militärarchiv von Montevideo hätte bemerken müssen, dass es in dem Fall immer noch offene Rechnungen gab. Und warum hatte er Sergios Warnungen bedenkenlos ignoriert? Zumal es das erste Mal war, dass er für ihn zu diesem Themenkomplex Nachforschungen anstellen sollte und er im Umgang mit dem uruguayischen Militär bislang kaum Erfahrung hatte.

Normalerweise, bestätigte sich Esteban selbst, hätte er die Finger von einer solchen Recherche gelassen. Wäre es jedoch unabdingbar gewesen, Informationen zu erhalten, hätte er sorgsam die notwendigen Nachforschungen in einem scheinbar unverfänglichen Kontext versteckt. Aber Esteban hatte das Gegenteil gemacht. Nicht nur, dass er in den Militärarchiven auf beiden Seiten des Río de la Plata ausschließlich Akten über die Repression gegen die Anarchisten angefordert hatte, er beauftragte auch Studierende, ihm bei der Recherche zu helfen. Menschen, von denen er nicht wusste, wem sie darüber berichteten.

Esteban versuchte zu ergründen, warum er das getan hatte. Sicherlich hatte es auch mit Marcelas und Sergios Metier zu tun. Zeit ist Geld. Hätte er die Recherche sorgfältig getarnt, so hätte er die Wohnung sicher nicht in einer Woche ausfindig machen können. Aber was wäre so schlimm daran gewesen, wenn er erst in drei oder vier Monaten das Ergebnis hätte präsentieren können? Schließlich war die Fahne schon seit über fünfzig Jahren verschwunden. Wollte er Sergio beeindrucken? Gut möglich, musste sich Esteban eingestehen. Er war zwar mit ihm gut befreundet, aber das bedeutete nicht, dass ihre Freundschaft ohne Konkurrenzgehabe auskam. Das Gegenteil war der Fall. Ihre gegenseitige Wertschätzung, war sich Esteban sicher, beruhte zu einem großen Teil auf den zahllosen Debatten, die sie in der Vergangenheit geführt hatten. Er respektierte Sergios Standpunkte, auch wenn er sie mitunter für falsch hielt. Sergio war intelligent und ein guter Beobachter. Am meisten schätzte Esteban jedoch an seinem Freund, dass dieser, so wie er selbst auch, ihre inhaltlichen Differenzen nie persönlich genommen hatte, obgleich die Dispute zwischen ihnen oft polemisch ausgetragen worden waren. Im Grunde waren sie beide in das eigene Wissen verliebte Bildungsbürger, diagnostizierte Esteban im Gedanken, Sergio vermochte es nur besser zu verbergen.

„Wollte ich auch Marcela beeindrucken?“ überlegte er während er die Zigarette ausdrückte. Esteban verneinte im Gedanken seine Frage. Er sah keinen Grund dafür, schließlich würde er nur bei dieser Recherche mit ihr zusammenarbeiten. Es stand auch nicht zu erwarten, dass sich daraus ein freundschaftliches Verhältnis entwickeln könnte. Im Gegenteil. Marcela begann, ihn zu nerven. Ihre Stimmungsschwankungen störten Esteban zunehmend. Zwischen gut gelaunt, gedankenverloren, professionell abgeklärt und aggressiv lagen manchmal nur wenige

Augenblicke. Und ihre verbalen Angriffe auf ihn im Schuppen und im Café ärgerten Esteban noch immer.

Trotzdem fühlte sich Esteban gegenüber Marcela verpflichtet. Nach der Bedrohung im Café mehr als zuvor. Seiner Meinung nach wäre es das Vernünftigste, wenn sie nach Montevideo zurückkehren würde. Aber das war nicht seine Entscheidung. Esteban hatte keine Zweifel daran, dass Marcela auch ohne ihn die Recherchen fortführen würde. Ob er wollte oder nicht, er musste mit ihr weiter arbeiten. Ihm blieb nur zu versuchen, das Risiko für sie beide zu minimieren.

Esteban schloss das Fenster. „Ok, an die Arbeit!" sagte er zu sich selbst und holte sein Handy aus der Tasche. Er überlegte, ob es besser sei, die Rechtsabteilung der Universität oder seinen Familienanwalt zu kontaktieren, um über das weitere Vorgehen zu beraten. Er entschied sich gegen beide Optionen. Esteban ging ins Arbeitszimmer und schaltete den Computer ein. Nach wenigen Minuten hatte er die Adresse und die Telefonnummer von Teresas Kanzlei in Erfahrung gebracht.

Esteban kannte Teresa nur flüchtig. Die Anwältin vertrat Menschen aus Sandras Umfeld. Obwohl Teresa fast fünfzehn Jahre älter war als Estebans Tochter, hatte er den Eindruck, dass sie auch privat befreundet seien. Zumindest war sie einmal in Sandras Apartment, als er sie spontan besuchte. Von Sandra wusste Esteban auch, dass die Anwältin in einer Organisation mitarbeitete, die Fälle von staatlicher Repression und Überwachung dokumentierte. Teresa erschien Esteban in diesem Fall als Beistand geeigneter als seine üblichen Rechtsberater.

Esteban war im Begriff, die Anwältin anzurufen, steckte das Handy jedoch wieder in die Tasche. Marcelas Argumente in Bezug auf sein Handy waren einsichtig. Eine Abhöraktion per se auszuschließen, wäre aber fahrlässig gewesen. Esteban ging zu dem Taxistand in der Nähe seiner Wohnung und stieg in den ersten Wagen ein.

„Wieder nach San Cristóbal?"

Esteban blickte erstaunt in das Gesicht des Taxifahrers, der sich lächelnd zu ihm umgedreht hatte. „Was?" stammelte er.

„Da habe ich dich doch vor zwei Tagen hinkutschiert", antwortete der Taxifahrer „Typisch, an die Taxifahrer erinnert sich niemand. Ich stehe immer hier und du bist bestimmt schon ein Dutzend Mal mit mir gefahren. Aber so ist es halt, immer auf das Handy …"

„Villa Crespo, nimm die Calle Sarmiento", unterbrach Esteban den Redeschwall.

„Alles klar, Chef." Der Taxifahrer drehte sich um und fuhr los.

Esteban ließ den Taxifahrer einen Umweg fahren. Während der Fahrt vergewisserte er sich mehrmals, dass sie nicht verfolgt wurden. Er stieg zwei Straßen von Teresas Kanzlei entfernt aus und ging die restliche Strecke zu Fuß. Esteban drehte sich immer wieder um. Er war nervös.

Esteban musste zwanzig Minuten warten, bis sich die Gelegenheit bot, mit Teresa zu sprechen. Er erzählte ihr nur das Nötigste, von Marcela, dem Vorfall im Café und dass sie über den Verbleib von uruguayischen Verschwundenen forschten. Teresa hakte nicht nach. Sie verabredeten, sich um sieben Uhr abends vor Sandras Wohnung zu treffen.

---

„Viel ist es ja nicht, was wir haben." Teresa schüttelt den Kopf. „Männliche Person, zwischen fünfundsechzig und fünfundsiebzig. Etwa eins sechzig bis eins fünfundsechzig groß, übergewichtig. Graue oder braune Bekleidung. Dickliches, aufgedunsen Gesicht, Brille, nach hinten gekämmte, graue Haare. Sonst erinnerst du dich an nichts? Trug er einen Ring, eine Uhr, wie sahen seine Hände aus, wie …"

„Grün!", rief Marcela plötzlich aus. „Sie waren grün!"

Teresa und Esteban blicken Marcela überrascht an.

„Nein, nicht die Hände. Die Augen. Er hatte grüne Augen. Da bin ich mir sicher. Also nicht grasgrün. So ... braungrüngelb ... oder so ... glaub ich zumindest ... Ach Scheiße! Das Arschloch saß mir zehn Minuten gegenüber und ich kann mich nicht einmal an seine beschissene Augenfarbe richtig erinnern."

„Mach dich nicht verrückt", sagt die Anwältin und drückt sanft Marcelas Hand. Dann steht sie auf. „Ich kann in dem Café nachfragen, ob vom Personal jemand den Vorgang beobachtet hat oder ob sie eine Überwachungskamera haben. Vielleicht gibt es ein Bild von dem Typen. Aber wir sollten zuerst entscheiden, wie es weitergeht. Willst du Anzeige erstatten, Marcela?"

Marcela zuckt mit den Schultern.

„Ich würde es an deiner Stelle nicht machen", rät Teresa. „Erstens wird nicht viel dabei herauskommen." Sie macht eine Pause und überlegt.

„Und zweitens?"

„Zweitens, Esteban, kann ich mir nicht vorstellen, dass ihr im Moment unbedingt die Bullen oder andere Uniformträger um euch haben wollt."

Marcela blickt zuerst die Anwältin an und danach fragend Esteban.

Teresa bemerkt Marcelas Überraschung und lächelt. „Keine Angst. Esteban hat nur sehr vage angedeutet, was ihr hier macht. Aber wenn ihr meine Mitarbeit wollt, wäre es hilfreich, ein bisschen mehr zu erfahren. Zum Beispiel, warum wart ihr in dem Schuppen, von dem der Mann im Café sprach? Ich mache euch einen Vorschlag. Ich gehe jetzt runter ins Café und versuche mehr über den Typen in Erfahrung zu bringen und komme dann wieder. In der Zwischenzeit könnt ihr euch überlegen, was ihr mir erzählen wollt und was nicht. Einverstanden?"

Fünfzehn Minuten später erzählt Marcela die zurecht gelegte Geschichte. Sie entspricht fast der Wahrheit. Nur die Fahne lässt sie unerwähnt.

„Mir gefällt dein Ansatz, nach persönlichen Dingen der Anarchisten zu suchen, sie als Menschen zu porträtieren und nicht nur, wie soll ich sagen, als Märtyrer. Gut, dann machen wir weiter. Ich werde mir jetzt eure Handys genauer ansehen. Sicher ist sicher."

Während die Anwältin die Mobiltelefone mit Analysesoftware scannen lässt, wendet sie sich an Marcela. „Nur aus Neugierde. Warum betreibst du diesen Aufwand? Nach fast fünfundvierzig Jahren?"

„In den nächsten Jahren dürften die Opfer der Diktatur wieder medial präsenter sein. Es jährt sich alles zum fünfzigsten Mal."

„Das meinte ich nicht. Ich wollte wissen, was dich persönlich antreibt. Du willst unbedingt weitermachen, obwohl du mehr oder weniger deutlich mit dem Tod bedroht wurdest. Nur weil der Typ aus dem Café nicht mehr aktiv beim Geheimdienst ist, bedeutet das ja nicht, dass er harmlos ist. So etwas machst du doch nicht allein aus beruflichen Gründen, oder?"

Marcela überrascht die Frage. So direkt wurde sie ihr noch nie gestellt. Sie antwortet nicht stringent. Sie reiht Versatzstücke aneinander, die Erinnerungskultur in Uruguay, ihre Wut auf die Straflosigkeit und die unangetasteten Privilegien der Militärs, ihre Beklommenheit bei Gesprächen mit Opfern der Diktatur, die Unterhaltungen mit Sergio, Andrés und der Grafikerin, die Scham über die Erinnerungslücken in Bezug auf die *Semana trágica*. Sie artikuliert die Fragen und Zweifel, um die ihre Gedanken kreisen, seit sie den Auftrag angenommen hat. Am Ende sagt sie: „Klar, letztendlich geht es mir auch darum, als Journalistin ernst genommen zu werden. Du wirst nicht glauben, wie viele Vollidioten, die in Uruguay als wichtige Personen angesehen werden, ich in den letzten zehn

Jahren interviewen musste. Typen, es waren fast ausschließlich Männer, so dumm wie Stroh, die aber immer mit dem Habitus auftraten: ‚Jetzt pass' mal auf Kleines, jetzt erklär' ich dir mal etwas, da lernst du was'. Die dreistesten von ihnen hielten sich dann noch für so was von unwiderstehlich. Ich habe diese Typen einfach satt. Ich möchte … wie soll ich es sagen …ich möchte, dass sie sich irgendwann nicht mehr trauen, mit mir so umzugehen. Ich möchte in der Position sein, dass das, was ich schreibe, irgendwie eine Relevanz hat. Dass ich Themen setzen kann und ihnen nicht immer nur hinterher hetzen muss … Schon klar, das klingt jetzt bescheuert pathetisch und ich bin auch nicht naiv. Ich weiß, dass ich meinen eigenen Ansprüchen wahrscheinlich niemals gerecht werden kann." Sie blickt zu Esteban und lächelt: „Aber ich will dem Traum ähnlicher werden, den ich von mir selbst habe." Danach fährt sie leise fort: „Ich kenne auch die Grenzen meines Metiers. Bei den Verschwundenen wird es nicht anders sein als bei anderen Menschen. Sie bleiben in Erinnerung, solange sich Menschen an sie erinnern können. Die Personen, die sie kannten, werden irgendwann sterben …" Marcela macht eine kurze Pause und ergänzt nachdenklich: „Ich musste gerade an ein Plakat denken, das ich vor ein paar Jahren auf einer Kundgebung in Montevideo gesehen habe. ‚Wenn wir die Opfer vergessen, haben die Täter gewonnen', stand darauf. Ich will nicht, dass die Täter gewinnen. Natürlich nicht. Aber … ich meine, guten Journalisten kann es gelingen, das Schicksal der Opfer auch in Zukunft im öffentlichen Bewusstsein zu halten. Zumindest für eine Zeit lang. Vielleicht gehöre ich einmal auch zu diesen Journalisten. Aber … da mache ich mir nichts vor … denkt doch an die Opfer der *Semana trágica*. Niemand kennt mehr ihre Namen, niemand weiß mehr, wer sie waren. Wie lang können Leute wie ich denn verhindern, dass die Opfer vergessen werden? Ich meine … letztendlich endet die Erinnerung an Opfer und Täter als diffuser Schatten in Estebans Welt. In geschlossenen Archiven und Büchern, die kaum jemand liest."

Teresa und Esteban schweigen. Marcela blickt nachdenklich zur Anwältin und fragt sich, wie diese Frau es schafft, ihr solche Aussagen zu entlocken. Schließlich kennen sie sich erst seit einer Stunde.

Teresa bemerkt Marcelas Blick nicht. Sie ist in Gedanken versunken und murmelt: „Wenigstens das. Die meisten sind doch per se unsichtbar."

„Wie meinst du das?"

„Wie soll ich das erklären, ohne dass ihr es in den falschen Hals bekommt?" Sie überlegt lange und erzählt schließlich: „Mein Cousin ist Geschichtslehrer. Er arbeitet in einem Armenviertel im Süden von *Gran Buenos Aires*. Wenn er von der Repression während der Diktatur erzählt, was sagen dann die Jugendlichen? Sie sagen, das sei so wie heute. Und ich kann es ihnen nicht verübeln. Wisst ihr, wie viele Personen während der Macri-Regierung von Bullen getötet wurden? Fast zweitausend! Mehr als die Hälfte davon in Polizeigewahrsam und in Gefängnissen. Bei vielen Toten fanden sich Folterspuren." Sie blickt Esteban direkt in die Augen. „Unter den von manchen so geschätzten Kirchners waren es auch nicht wesentlich weniger."

„Ich weiß, aber trotzdem kannst du es nicht gleichsetzen, die Diktatur und ..." interveniert Esteban.

„Will ich auch gar nicht." Die Anwältin macht eine beschwichtigende Handbewegung. „Aber, Esteban, du bist Historiker, kennst die Dokumente. Was war denn die offizielle Rechtfertigung der Militärs für Ihre Taten?"

„Die Aufrechterhaltung der öffentlichen Ordnung, gegen subversive Aktionen. Ich weiß nicht, auf was du rauswillst? Die bewaffneten Gruppen, die Überfalle gab es selbstverständlich. Aber erwiesenermaßen waren sie nur die mediale Rechtfertigung für die brutale Repression. Es ging darum, Leute auszuschalten, deren einziges Verbrechen darin bestand, links zu sein."

„Das sehe ich auch so", erwidert Teresa. „Aber ich könnte deine Worte auch auf eine andere Realität anwenden. Es geht auch heute mutmaßlich um die Aufrechterhaltung der öffentlichen Ordnung. Die Waffen, die Kriminalität gibt es selbstverständlich. Aber erwiesenermaßen sind sie nur die mediale Rechtfertigung für die brutale Repression. Es geht darum, Leute auszuschalten, deren einziges Verbrechen darin besteht, arm zu sein."

„Auf was willst du raus?" Marcelas Stimme klingt halb fragend, halb gereizt. „Dass es privilegierte Ermordete gibt, derer gedacht wird, und unterprivilegierte, die vergessen werden?"

„Ja, äh, nein. Natürlich gibt es einen Unterschied, entsprechend dem Selbstbild einer Gesellschaft. Aber darauf wollte ich nicht hinaus. Ich denke …", die Anwältin macht eine lange Pause. „Demokratie, so wie wir sie kennen, und Diktatur wohnen im selben Haus. Die Bullen, die heute Leute aus Armenvierteln foltern und töten, werden das genauso auch mit Linken machen, wenn es Ihnen befohlen wird. Das ist keine Kritik an dem, was du machst. Nein, ich finde es großartig. Es ging mir nur durch den Kopf, als ich dir zuhörte." Sie überlegt und sagt leise: „Ob dir das weiterhilft? Keine Ahnung."

Bevor sie die Wohnung verlässt, fasst Teresa zusammen: „Also, eure Handys sind sauber. Trotzdem der Rat, sie nicht mitzunehmen, wenn ihr sie nicht unbedingt braucht. Vor allem, wenn niemand erfahren soll, wo ihr seid. Wenn ihr was von mir braucht, schreibt es mir mit ‚Signal', ok? Und noch was. Marcela, besorge dir Pfefferspray, falls der Typ wieder auftaucht. Für seine grünen Augen. Auf jeden Fall solltest du nicht allein hierbleiben. Du ziehst besser in Estebans Wohnung. Dort gibt es im Eingangsbereich eine Videoüberwachung. Außerdem hat er viel Platz, seitdem Sandra und seine Frau ausgezogen sind."

Esteban schließt sichtlich verunsichert die Tür, nachdem die Anwältin die Wohnung verlassen hat.

„Was ist, Esteban?"

„Ich kenne die Frau flüchtig. Aber sie scheint viel zu viel von mir zu wissen. Ich meine, die Spitze über die Universität, über meine politische Einstellung und zum Schluss auch noch über mein Privatleben und sie kennt die Sicherheitsvorkehrungen in dem Gebäude, in dem ich wohne. Woher weiß sie das?"

„Sandra?"

„Das hoffe ich mal."

Marcela schließt ihr Notebook. „So! Meine Nachricht an Sergio ist versendet."

„Hast du ihm von dem Typen im Café geschrieben?"

„Ja, habe ich. Zumindest erwähnt. Am Rande."

„Wie? Am Rande? Du warst den halben Tag völlig durch den Wind und hast eine halbe Flasche Whisky geleert, nur um dich zu beruhigen."

„Stimmt. Aber ich habe trotzdem versucht, es Sergio gegenüber herunter zu spielen. Außerdem komme ich in dieser Version professioneller rüber, abgeklärter." Marcela lächelt.

„Ich finde das nicht zum Lachen. Der Typ ist gefährlich. Hast du nicht gehört, was Teresa gesagt hat?"

„Natürlich habe ich das gehört", antwortet Marcela ernst. „Aber, was hätte ich schreiben sollen? Dass er mich mit dem Tod bedrohte? Sergio würde mich sofort zurück beordern."

„Vielleicht wäre das doch nicht das Schlechteste", murmelt Esteban.

„Was soll das jetzt heißen?" fährt Marcela ihn an. „Ich habe dich vor ein paar Stunden gefragt, ob du weiter mit mir arbeiten willst. Und jetzt? Bist also einer Meinung mit dem Arschloch aus dem Café, dass ich wieder nach Montevideo zurückfahren soll?"

„Nein, Marcela, nein. Ich stehe zu dem, was ich gesagt habe. Aber verdammt, ich habe Schiss. Aus mehreren Gründen. Aber vor allem, weil wir es mit Leuten zu tun haben könnten, die in einer ganz anderen Liga als wir spielen oder zumindest gespielt haben. Du gehst mir zu schnell zur Tagesordnung über. Wir sind nicht Lara Croft und Indiana Jones. Leider!"

„Ich habe auch Schiss. Aber ich muss auch versuchen, irgendwie zur Tagesordnung zurückzukehren. Wie soll ich sonst arbeiten? Ich meine, die Anwältin und du, ihr habt Recht. Wir müssen vorsichtiger werden. Ich bin jetzt deshalb zu dir in die Wohnung gezogen. Obwohl, das kannst du mir glauben, ich lieber einen Ort hätte, an dem ich alleine sein könnte. Aber soll ich mich hier in diesem Luxuskäfig verkriechen, und hoffen, dass die Informationen von alleine zu mir wandern. Wie stellst du dir das vor?"

„Ich meinte nur …"

„Esteban, ich habe es dir schon vorher zu erklären versucht. Aber ich sage es gerne noch einmal: Wenn mich ein kleiner, fetter Rentner so weit bringt, dass ich davonlaufe, dann sollte ich meinen Job aufgeben."

Marcela geht wortlos in Estebans Gästezimmer und beginnt ihre Kleidung in den Schrank zu räumen. „Apropos Sergio", ruft sie ins Wohnzimmer.

„Was ist mit ihm?"

Marcela kehrt ins Wohnzimmer zurück. „Wir müssen mit ihm klären, wie wir Teresas Honorar bezahlen. Meine Spesenkasse ist immer noch gut gefüllt, aber Sergio kalkulierte keine Anwaltskosten ein. Teresa wird nicht umsonst für uns arbeiten."

„Sicher nicht. Aber das ist gerade meine geringste Sorge. Das klären wir später mit ihm. Vielleicht kann ich es über die Universität abrechnen. Ich habe gute Kontakte in unsere Rechtsabteilung. Da schulden sie mir einen Gefallen."

Marcela blickt ihn entgeistert an. Sie schüttelt den Kopf und murmelt: „*Porteño.*“

Esteban geht nicht auf Marcels Bemerkung ein. Stattdessen fragt er sie: „Sollen wir essen gehen?“

„Nein, keine Lust. Ich mag nicht mehr unter Leute. Wir können, wenn du willst, eine Pizza bestellen und danach irgendeinen Film anschauen. Einen alten Almodóvar-Film zum Beispiel.“

„Klingt gut.“

„Ich gehe jetzt unter die Dusche“, sagt Marcela, geht ins Badezimmer und schließt die Tür.

Esteban hört sie noch rufen: „Aber der Whisky bleibt zu.“

Als Marcela das Badezimmer verlässt, sieht sie Estebans enttäuschten Gesichtsausdruck. Er hält sein Handy in der Hand.

„Was ist los?“

„Neuigkeiten über den Verbleib von Luisa María Blanco Evans.“

„Und?“

„Lies selbst.“ Esteban reicht ihr das Handy.

Marcela liest die Textnachricht: „Festnahme: 15. Januar 1977, Freilassung: 16. Januar 1977. Tod: 11. April 2011. Details morgen per Kurier.“

# Kapitel 14

„Ich verstehe immer noch nicht, was du hier willst", sagt Esteban zu Marcela, während sie durch den Friedhof von Avellaneda spazieren.

„Ich will Luisas Grab sehen."

„Wozu? Willst du ein Foto davon in deiner Reportage unterbringen? Mit der Bildunterschrift: ‚Hier ruht die letzte Person, die Auskunft über den Verbleib der Fahne der 33 Orientalen hätte geben können. Sie nahm ihr Geheimnis mit ins Grab'."

„Vielleicht. Ich weiß nicht. Aber auf jeden Fall würde ich es nicht so pathetisch formulieren. Außerdem mag ich Friedhöfe."

„Du magst Friedhöfe?"

„Ja, hier habe ich meine Ruhe. Ich bin während der Mittagspause oft im Zentralfriedhof von Montevideo. Der ist nur ein paar Straßen von der Redaktion entfernt. Dort kann ich in Ruhe meine Gedanken ordnen." Sie setzt sich auf eine Steinbank und blickt zu Esteban. „Ich kann Ruhe gebrauchen. Buenos Aires ist mir zu hektisch. Und außerdem …" Sie schweigt.

„Was außerdem?"

„Außerdem geht mir die Geschichte mehr an die Nieren als ich dachte.

„Das kann ich verstehen. Das Arschloch …"

„Nein, das ist es gar nicht. Zumindest nicht primär. Natürlich kann ich die Bedrohnung nicht einfach ausblenden. Aber mir macht vor allem die Geschichte, zu der wir recherchieren, zu schaffen. Das ist das erste Mal, dass ich intensiv zu den Verbrechen der Diktatur arbeite. Bisher ging es bei meinem Job um Geldwäsche, Korruption, Veruntreuung. Aber nicht um so etwas."

Esteban setzt sich neben Marcela.

„Klar, über das Schicksal der Verschwundenen wusste ich vorher schon grob Bescheid. Es ist immer noch präsent in Uruguay. Zumindest in meinem Umfeld. Ich gehe auch jedes Jahr am zwanzigsten Mai zu dem Schweigemarsch, den die *Familiares* organisieren. Da werden Fotos der Verschwundenen hochgehalten und deren Namen verlesen. Aber jetzt? Nach den Nachforschungen hier und in Montevideo ist das anders. Ich meine, die Dokumente, die Gespräche, die Orte, die Notizen des Scheusals, die haben … wie soll ich es ausdrücken … für mich bekommt das Leben der Anarchisten langsam Konturen. Je konkreter ich mir das vorstellen kann, desto …" Marcela überlegt lange. „Am Anfang kannte ich nur ihre Namen. Langsam werden aus den Namen Menschen. Menschen, die ermordet wurden."

Beide starren schweigend auf die Grabstätten. Nach einer Weile wendet sich Marcela an Esteban: „Wie gehst du damit um?"

Estebans Gesichtsausdruck ist zu entnehmen, dass er die Frage nicht verstanden hat.

„Ich meine, du hast sicherlich schon oft zu einem solchen Thema gearbeitet. Wie bist du damit umgegangen? Kannst du das Schicksal der Menschen einfach ausblenden?"

Esteban blickt Marcela überrascht an. Er hat nicht erwartet, dass er von ihr eine solche persönliche Frage gestellt bekommt. Esteban überlegt einige Sekunden und antwortet: „Nein, einfach ausblenden kann ich es auch nicht. Aber mein Metier macht es einfacher, damit umzugehen."

„Die zwei Welten?"

Esteban nickt. „Darauf wollte ich im Schuppen eigentlich raus, bevor du mich so angegangen bist. Wenn du willst, kann ich noch einmal versuchen, es zu erklären."

„Wenn du nicht wieder den allwissenden Universitätsprofessor raushängen lässt, dann gerne."

„Auf was ich rauswollte, ist Folgendes: Damit du als Journalistin einen guten Job machen kannst, brauchst du andere Fähigkeiten als ein guter Historiker. Wir beide beschreiben Geschichte, aber aus einem anderen Blickwinkel und mit einer anderen Herangehensweise. Das heißt aber nicht, dass ich deine Arbeit weniger legitim oder gar banal finde. Im Gegenteil. Beide sind notwendig und im besten Fall können sie sich zu einem Gesamtbild ergänzen."

„Geht es auch ein bisschen weniger abstrakt?"

Esteban lächelt. „Ich versuche es. Zum einen musst du kompakter arbeiten als ich. Du hast feste Termine. Sergio wird dich nicht ewig recherchieren lassen und hoffen, dass irgendwann etwas Brauchbares dabei rauskommt."

Marcela lacht. „Mit Sicherheit nicht. Wobei ich da im Gegensatz zu den meisten meiner Kollegen ein bisschen mehr Freiraum habe. Aber Prinzip hast du Recht."

„Und zweitens hast du Vorgaben, wie umfangreich deine Artikel sein dürfen. Du musst das Material komprimieren. Aber nach welchen Kriterien? Was ist wesentlich, was ist vernachlässigbar? Was würde von unseren Recherchen in deinen Artikel einfließen, wenn du ihn jetzt sofort schreiben müsstest?"

Marcela antwortet nicht sofort. „Buhhh … gute Frage. Ich müsste mir das Material vor dem Schreiben jedenfalls noch einmal in Ruhe ansehen. Ein paar Dinge müssten aber auf jeden Fall rein. Klar, die geschichtlichen Rahmendaten sind unerlässlich. Auch den meisten unserer Leser dürfte das Thema der geklauten Fahne nicht mehr geläufig sein. Ebenso etwas über die Repression gegen die Anarchisten. Dann natürlich die Informationen von Andrés, eine Beschreibung des Hauses.

Dann würde ich versuchen, aus den biographischen Daten und den Gesprächen mit den ehemaligen Nachbarn und den Aufzeichnung der Alten ein möglichst lebendiges Bild des Lebens der Anarchisten zu zeichnen. Schließlich noch die Spur zu Luisa, die mit ihrem Tod versandet ist. Und sicherlich noch etwas darüber, was Andrés in Bezug auf die Gedenkkultur gesagt hat … was die Frau an der Gedenkstätte, Teresa, Sergio und auch du dazu gesagt haben, würde wohl eher rausfallen. Ebenso der größte Teil dessen, was du in den Archiven ausgegraben hast." Lächelnd fügt sie hinzu: „Nimm's nicht persönlich."

„Kein Problem. Das ist eben dein journalistischer Blickwinkel."

„Und was wäre dein historischer Blickwinkel? Was würdest du schreiben, aufbauend auf dem selben Material."

„Na ja. Erst einmal eine kritische Würdigung des bisherigen Forschungsstands, angereichert mit einem Wulst an Information aus den Archiven und den bisherigen Publikationen zu dem Thema. Und dann das Neue. Der Hinweis von Andrés und eine Beschreibung, anhand welcher Quellen es uns gelungen ist, die Wohnung und damit die Identität der Anarchisten zu bestimmen. Dann deren Daten, also Namen, Alter, Herkunft, sowie der Zeitraum, in dem sie in dem Haus lebten, und was über deren Verhaftung gekannt ist. Ließen sich die von Andrés angedeuteten Exilstrukturen noch anderwärtig verifizieren, dann wäre ein Verweis auf Luisa als mögliche Vertrauensperson gerechtfertigt. Und vielleicht etwas darüber, was die Frau an der Gedenkstätte in Bezug auf die Bewertung des Fahnendiebstahls innerhalb des Militärapparats zu dir gesagt hat, aber dazu bedürfte es in jedem Fall noch umfangreicher Recherchen zu dem Forschungsansatz der Psychologen und dessen empirische Absicherung. Also eher nicht. Dazu kommt dann ein umfangreicher Anhang mit Quellenverzeichnis, Literaturangaben und so weiter und so fort. Nach sechs Monaten wäre ich vielleicht damit fertig und das Ganze hätte wohl mindestens zweihundert Seiten." Esteban schmunzelt und fügt hinzu: „Ich bin ein bisschen pedantisch, wenn es um meine Veröffentlichungen geht."

Esteban hat erwartet, dass Marcela lacht oder zumindest einen spöttischen Kommentar abgibt. Stattdessen betrachtet sie schweigend ihre Hände.

„Was ist mit dir?"

Marcela sieht zu Esteban: „Alles gut. Ich habe nur versucht, mir vorzustellen, was ich von so einem Buch halten würde. Ich meine, nach allem, was ich jetzt über die Ereignisse weiß. Es würde nach meiner Meinung etwas Entscheidendes fehlen."

„Und das wäre?"

„Die konkreten Menschen. Deren Persönlichkeit. Spielen sie eine so geringe Rolle in deiner Arbeit?"

Esteban antwortet nicht und blickt gedankenverloren auf eines der Gräber. Er überlegt, ob und wie er Marcelas Frage beantworten soll. Esteban erinnert sich daran, was ihm Marcela über ihr zweites Gespräch mit Andrés erzählt hat. Er versteht Andrés' Kritik an der Form des Gedenkens in Bezug auf seine Genossen und seinen Wunsch, sie als Subjekte gewürdigt zu wissen. Ebenso kann er auch Marcelas Ansatz nachvollziehen, möglichst genau beschreiben zu wollen, wer die Anarchisten waren. Aber ist das seine Aufgabe? Esteban kommt eine Diskussion in den Sinn, die er mit Sandra vor einigen Monaten über die Notwendigkeit führte, den Opfern der Diktaturen „ein Gesicht und eine Stimme" zu geben. Er ging damals seine Tochter schroff an. Vor allem nachdem sie die These vertrat, dass es, sollte er nicht nur ein „Salonlinker" sein, seine primäre Aufgabe sei, die Schicksale der Unterdrückten zu dokumentieren. Esteban erwiderte, er sehe seine primäre Aufgabe darin, Geschichte zu dokumentieren, die Mechanismen und das wechselseitige Verhältnis von Herrschaft und Unterdrückung und nicht das Leben von Individuen. Er warf ihr vor, die Aufgaben der Erinnerungsarbeit mit denen der Geschichtswissenschaften zu verwechseln. Die Beziehung zwischen beiden Bereichen sei zwar durchaus osmotisch, argumentierte Esteban, aber eine begriffliche Trennung trotzdem notwendig. Erinnerungsarbeit sei für ihn eine gesamtgesellschaftliche Aufgabe, die von einer möglichst breiten Basis getragen werden sollte, um ein kollektives Erinnern zu etablieren. „Salonlinke" wie er trügen dazu auch bereitwillig bei. Allerdings müsse sich Erinnerungsarbeit, um der Heterogenität der Gesellschaft Rechnung zu tragen und so hegemonial werden zu können, weitgehend auf die Formen und die Quantität der Unterdrückung beschränken. Als Historiker müsse er aber auch deren Wesen und Qualität erforschen. „Und außerdem, wie stellst du dir denn das praktisch vor?" provozierte Esteban seine Tochter. „Allein während der letzten Diktatur gab es in Argentinien rund dreißigtausend Ermordete. Du sagst, meine Aufgabe besteht primär darin, deren Schicksale zu dokumentieren. Ich weiß nicht, ob du eine Vorstellung davon hast, wie viele „Salonlinke" wie ich es in den historischen Wissenschaften gibt, aber ich versichere dir, wir würden die nächsten Jahrzehnte damit beschäftigt sein." Esteban lächelt, als er sich an den Gesichtsausdruck seiner Tochter erinnert, den seine Ausführungen hervorriefen.

„Was ist mit dir? Hat es dir die Sprache verschlagen?" reißt Marcela ihn aus den Gedanken.

Esteban lächelt noch immer, als er Marcela anblickt: „Nein. Aber ich fürchte, dass, würden wir jetzt über dieses Thema anfangen zu reden, kämen wir nie zu Luisas Grab."

„Ok", bemerkt Marcela überrascht. „Ich würde trotzdem gerne noch ein bisschen hier sitzen bleiben. Einverstanden?"

Esteban nickt.

Marcela blickt auf die Gräber gegenüber der Steinbank. Nach ein paar Minuten sagt sie leise: „Es mag makaber klingen. Wenn ich auf die Gräber und Pantheons blicke, die ganzen unbekannten Namen lese, lenkt das meine Gedanken von den ganzen Ermordeten ab. Klingt irgendwie bescheuert, oder?"

Esteban antwortet nicht sofort. Er betrachtet die Gräber. Mit bitterer Miene sagt er schließlich: „Da hast du dir aber den falschen Friedhof ausgesucht."

Marcela blickt Esteban irritiert an.

Esteban bemerkt ihren Blick und ergänzt: „Um es mit Teresas Worten zu sagen, die Demokratie, so wie wir sie kennen, und die Diktatur leben nicht nur im gleichen Haus, sondern liegen auch auf dem gleichen Friedhof."

Marcela stammelt nur: „Was?"

„Kennst du nicht die Geschichte dieses Friedhofs?"

„Welche Geschichte? Das ist der städtische Friedhof von Avellaneda."

„Nach dem Ende der Diktatur wurden hier geheime Massengräber entdeckt. Insgesamt waren es die Überreste von hunderten Menschen, die als verschwunden galten. Viele wurden von den Militärs ermordet und hier verscharrt. Aber nicht alle. Das erste Massengrab wurde fünfundsiebzig angelegt. Ein Jahr vor dem Putsch. Über fünfzig Tote."

„Ich habe den Eindruck, dass es in deiner bescheuerten Stadt kaum einen Ort gibt, der nicht mit Staatsverbrechen verbunden ist", bemerkt Marcela frustriert.

„Wenn du lange genug sucht, wohl kaum. Aber mach dir keine Illusionen, in deinem beschaulichen Montevideo ist es nicht viel besser."

Marcela steht auf. „Gehen wir zu dem Grab."

Fünf Minuten später stehen Sie vor einem einfachen Urnengrab. „Luisa María Blanco Evans. 17.3.1954 bis 11.4.2011", liest Marcela laut die Inschrift und bemerkt: „Sie ist nicht alt geworden." Sie macht ein Foto und bleibt mit gesenktem Kopf vor Luisas Grab stehen.

„Betest du?" fragt Esteban spöttisch. „Ich dachte ihr Orientalen seid alle Atheisten. Zumindest in Montevideo."

„Ich bete nicht, ich denke logisch nach. Bekanntlich hat das eine mit dem anderen nichts zu tun. Ich versuche mir vorzustellen, wie Luisa … " Marcela dreht sich um und geht los. „Gehen wir zu ihrer Tochter. Vielleicht muss sie samstags nicht arbeiten und ist zu Hause."

„Falls sie überhaupt noch dort wohnt", bemerkt Esteban und folgt ihr.

---

„Das ist eigenartig", sagte Esteban während er die Dokumente las. Ein Kurier hatte sie vor fünfzehn Minuten in seine Wohnung gebracht. Esteban hatte seinen Kontakt explizit instruiert, die Dokumente nicht an die Mailadresse zu senden, die er über sein Handy abruft. Er bedauerte die Entscheidung, denn sie mussten den halben Vormittag warten, bis die Papiere eintrafen.

„Du denkst, weil sie nur einen Tag lang festgehalten wurde?"

„Ja. Wäre sie die, wie nannte Andrés die Leute noch, die Vertrauensperson, für die wir sie halten und hätte die Polizei etwas bei ihr gefunden, dann wäre sie für Jahre im Gefängnis gelandet. Wenn ihr nicht sogar Schlimmeres wiederfahren wäre."

Wahrscheinlich hatte sie die Fahne zuvor entsorgt. Die Polizei hätte ihr dann nichts nachweisen können."

„Trotzdem hätten sie sie länger verhört. Sie ist einen Tag nach der Verhaftung der Anarchisten abgehauen. Das machte sie verdächtig. Es musste einen Grund geben, warum die Polizei sie so schnell gehen ließ."

„Wir müssten herausfinden, was mit ihrer Tochter passierte. Aber wir kennen nicht einmal ihren vollen Namen. Matilda unbekannt unbekannt Blanco, da würde uns nicht einmal die NSA helfen können." Marcela wirkte frustriert.

„Eine kleine Chance gibt es noch. Die Adresse auf dem Totenschein. Vielleicht hat die Familie die Wohnung übernommen."

„Blieb sie in Buenos Aires?"

„Fast. In Avellaneda. Das gehört zu *Gran Buenos Aires*, ein paar Kilometer südlich von hier. Ich suche, wo die Straße ist." Esteban zückte sein Handy und gab die Adresse ein.

Marcela schmunzelte. „Du scheinst schnell dein Vertrauen zur Telekommunikationstechnik wieder gefunden zu haben."

Esteban hielt kurz inne, setzte aber die Suchabfrage fort. „Gut, da ist es. Fahren wir los!"

„Fahren wir los! Aber ich möchte zuerst noch zu Luisas Grab."

---

Marcela und Esteban beschließen, vom Friedhof zu Fuß zu der Adresse zu gehen, die auf dem Totenschein stand. Sie streifen durch ein Viertel, das Marcela erstaunlich vertraut vorkommt. Kleine baumgesäumte Straßen, in denen es kaum Verkehr gibt. Die meisten Häuser sind einfach und gedrungen, weder von Reichtum zeugend noch ärmlich. Mehr als zwei Stockwerke wurden selten gebaut. Manche der oberen Etagen, so urteilt Marcela, dürften in Eigenregie aufgestockt worden sein. Nach und nach wurde in den vergangenen Jahrzehnten die ursprüngliche Bebauung ersetzt. Es gibt nur noch vereinzelt die alten, an südeuropäischen Vorlagen orientierten Häuser mit Gesims, hohen Eingangstüren und Fenstern. Die Mehrheit der Häuser zeugt von individuellen Vorlieben und begrenzten finanziellen Mitteln.

„Geht doch", murmelt Marcela.

„Was geht?“ fragt Esteban während er auf seinem Handy die Wegbeschreibung kontrolliert.

„Na, das hier. Ein ganz normales Wohnviertel. Ruhig, grün und kein Protz. Es ist mir schon in San Cristóbal aufgefallen. In Buenos Aires gibt es schöne Gegenden, die aussehen, als wären sie in Montevideo.“

„Erstens“, antwortet Esteban halb im Scherz, halb ernst, „ist das hier nicht Buenos Aires, sondern Avellaneda. Zweitens“, Esteban dreht sich einmal um die eigene Achse, „ist das hier nicht schön, sondern langweilig. Und drittens glaube ich kaum, dass es etwas Vergleichbares bei euch gibt. Allein in den Vorstädten Richtung Süden wohnen ungefähr dreimal so viele Menschen wie in deinem beschaulichen Hafenstädtchen.“

Marcela antwortet nicht. Esteban deutet ihr Schweigen als Einladung und beginnt über die Geschichte des Viertels zu referieren. Marcela ignoriert seine Ausführungen. Sie betrachtet die Häuser. Marcela beginnt zu lachen, als sie im Augenwinkel bemerkt, dass Esteban, ohne dass es seinem Tonfall anzumerken wäre, unablässig die Straßennamen mit der Karte auf seinem Handy abgleicht.

„Was ist daran so lustig? Hier ist ein wichtiger …“, reagiert Esteban.

„Du bist lustig. Sag‘ mir ehrlich, wie oft warst du schon hier? Ich meine nicht hier in der Straße, sondern hier in dem Viertel.“

„Noch nie“, antwortet Esteban verdutzt. „Warum sollte ich auch?“

„Gratulation. Wieder ein Beweis für deine These von den verschiedenen Welten, in denen Journalisten und Historiker leben“, bemerkt Marcela lächelnd.

„Wie bitte?“

„Na, als gute Journalistin sollte ich zumindest einmal an den Orten gewesen sein, bevor ich andere darüber belehre. Bei Historikern scheint das anders. Wobei, vielleicht hat das auch nichts mit dem Berufsstand zu tun, sondern mit einer anderen … Kleinigkeit."

Esteban will gerade antworten, als Marcela ergänzt. „Vergiss' es. Wir sind am Ziel."

Esteban blickt verdutzt auf sein Handy und dann auf das einstöckige, mit Klinkersteinen verputzte Haus, vor dem Marcela stehengeblieben ist. „Provinzjournalistinnen können offenbar auch besser einen Stadtplan lesen als Metropolenhistoriker", bemerkt Marcela spöttisch und drückt die Klingel.

Die Tür öffnet sich einen Spalt. Marcela und Esteban sehen nur eine Hand und einen Teil des Kopfes einer Frau mittleren Alters. „Verzeihen Sie, Señora, sind Sie die Tochter von Luisa María Blanco Evans?" will Marcela wissen.

„Äh, ja. Bin ich. Was wollen Sie von mir?"

„Fantastisch." Marcela ist erleichtert. „Schön, dass wir sie antreffen. Ich heiße Marcela Tellado. Ich bin Journalistin aus Montevideo. Das ist Esteban Ugarte. Er ist Historiker."

„Und was wollen eine Journalistin aus Montevideo und ein Historiker von mir?" fragt die Frau ungläubig, ohne die Tür weiter zu öffnen.

„Wenn es Ihnen nichts ausmacht, würden wir Ihnen gerne ein paar Fragen stellen über die Zeit, als sie mit Ihrer Mutter in San Cristóbal lebten. Ich weiß, sie waren damals noch ein Kind, aber vielleicht …"

„Wir haben nie in San Cristóbal gelebt."

Marcela und Esteban erstarren.

„Äh", bricht Esteban stammelnd das Schweigen. „Sind sie sich da sicher?"

Die Frau lacht: „Ja, Herr Historiker, da bin ich mir sicher. Das ist das Haus meiner Großeltern väterlicherseits. Nach deren Tod sind wir hierhergezogen. Das war Anfang der neunziger Jahre. Davor lebten wir in Nueva Pompeya." Sie interpretiert Marcelas verständnislosen Blick falsch und erklärt: „Das ist ein Stadtviertel in Buenos Aires, Frau Journalistin aus Montevideo, südwestlich von San Cristóbal."

„Aber, aber..." Marcela versucht ihre Gedanken so sortieren. „Sie heißen doch Matilda?"

Die Frau lacht erneut: „Nicht, dass ich wüsste. Ich heiße María. Sonst noch was? Ich muss jetzt weitermachen. Einen schönen Tag noch, Frau Journalistin aus Montevideo und Herr Historiker."

„Noch eine Frage bitte", sagt Esteban eilig und holt die alte Fotografie aus seiner Tasche und reicht sie der Frau. „Wir dachten, dies sei ein Foto von Ihnen und Ihrer Mutter. Können Sie es sich bitte ansehen, und lassen Sie sich ruhig Zeit. Es ist sehr, sehr wichtig. Haben Sie eine Idee, wer das sein könnte."

„Die Zwei kenne ich nicht", antwortet die Frau.

Marcela seufzt enttäuscht.

„Jedenfalls sind das nicht ich und meine Mutter, Herr Historiker." Sie will das Bild schon Esteban zurückgeben, überlegt es sich aber noch einmal. Sie betrachtet es mehrere Sekunden lang und sagt danach leise: „Ich meine, die Frau auf dem Bild und meine Mutter sind derselbe Typ. Schmales Gesicht, blonde Haare. Aber das ist schon alles. Die Augen, die Nase, das Kinn sind verschieden."

„Hatte ihre Mutter Schwestern?"

„Ja, Herr Historiker, Tante Olga. Sie war vier Jahre jünger. Ist vorletztes Jahr gestorben. Aber das auf dem Bild ist sie auch nicht. Sie hatte auch keine Tochter."

„Hatte ihre Mutter Cousinen?"

„Da fragen Sie mich zu viel, keine Ahnung."

„Wer könnte das wissen?"

„Am ehesten noch Onkel Carlos, der müsste noch leben. Er ist drei oder vier Jahre älter als meine Mutter."

„Wohnt er auch in Avellaneda?"

„Nein, in Comodoro. In Patagonien. Ich habe seit Jahren keinen Kontakt zu ihm. Aber wenn es Ihnen so wichtig ist, kann ich Ihnen die Adresse aufschreiben." Die Frau verschwindet ins Haus zurück und kommt mit einem kleinen Papierzettel zurück, den sie Esteban durch den Türspalt reicht. „Ich habe auch seine Telefonnummer dazugeschrieben. Keine Ahnung, ob die noch stimmt."

„Vielen Dank und entschuldigen sie die Störung." Marcela zögert einen Moment, wagt aber doch ihre Frage zu stellen: „Verzeihung, eine Frage noch. An was ist ihre Mutter gestorben? Sie war ja noch nicht alt."

„Herzinfarkt. Hat sich totgeschuftet. Arme Menschen werden nicht alt. Das sollten Sie eigentlich wissen, Frau Journalistin aus Montevideo. Aber ich muss jetzt an die Arbeit."

„Und jetzt?" fragt Esteban nachdem sie zu seiner Wohnung zurückgekehrt sind.

„Wie jetzt? Nichts jetzt. Die Spur ist versandet. Offensichtlich hatte die Polizei damals auch nur die falsche Luisa ausfindig machen können. Das erklärt zumindest, warum sie sie so schnell wieder freiließen. Vielleicht fanden sie auch später die richtige. Dass es kein Protokoll von der Festnahme gibt, muss auch nichts heißen. Gut möglich, dass sie in einem der beschissenen Massengräber endete."

„Wir könnten ja noch bei Luisas Bruder anrufen. Vielleicht gab es ja Cousinen?"

„Wozu sollte das gut sein?" Marcelas Stimme klingt müde. „Ich habe eh nicht kapiert, warum du die Frau nach Luisas Verwandtschaft gefragt hast. Die beiden Luisas hatten nichts miteinander zu tun. Sie hatten nur zufällig den gleichen Namen."

„Das heißt, wir hören jetzt auf?"

„Sieht so aus. Ich wüsste nicht, wo wir sie suchen sollten, selbst wenn die richtige Luisa noch lebt? Wenn das überhaupt ihr Name war, vielleicht hat sich das Scheusal auch geirrt. Wir haben keinen Ansatzpunkt … "

„Wenn du willst, könnten wir auch weitersuchen. Wir haben ja noch die Liste der Martinellis. Vielleicht lebt noch einer der ehemaligen Bewohner des Hauses. Und vielleicht weiß er …"

„Vielleicht, vielleicht, vielleicht. Sei doch ehrlich, für wie groß hältst du die Wahrscheinlichkeit, dass die wissen könnten, was mit Luisa passierte? Ich meine, die Martinellis konnten sich an fast alles erinnern. Aber an eine arme Frau mit Kind im Schuppen? Die war wahrscheinlich unsichtbar für Leute, die meinten, etwas Besseres zu sein. Auch Ernesto konnte sich nicht an sie erinnern. Offenbar gehörte sie nicht zu den Menschen, die sein ach so geselliger Vater nach Hause eingeladen hätte. Warum sollte es bei den anderen anders sein? … Luisa ist verschwunden und damit auch die Spur zur Fahne. Punkt. Auch wenn es mir gegen den Strich geht, werde ich morgen zurückfahren und mich an die Reportage setzen. Dafür werde ich schließlich bezahlt. Außerdem hat es auch einen Vorteil, wenn ich verschwinde. Du brauchst dir wenigstens keine Sorgen wegen des Arschlochs mehr zu machen. Der Typ bekommt, was er wollte."

Esteban betrachtet Marcela lange. „Kopf hoch, Marcela. Ganz mit leeren Händen fährst du auch nicht zurück. Du hast die Aufzeichnungen der Lorenzo und zumindest wissen wir jetzt, wo die Fahne war. Das ist mehr als andere Journalisten bisher heraus gefunden haben. Deine Reportage wird bestimmt gut … Das sollten wir auch feiern. Ich lade dich heute Abend ein. Wir gehen in die beste *Parrillada* der Stadt, ok? Wenn dir danach ist, können wir darüber reden, wie …"

Marcela steht wortlos auf und geht in die Küche.

Esteban hört, wie die Küchenschränke geöffnet und geschlossen werden. „Was suchst du?

„Wo ist die verdammte Whiskyflasche?"

# Kapitel 15

Comodoro Rivadavia, Patagonien, März 2020

„Sergio ist ein Geizkragen", schimpft Esteban. „Das Hotel gegenüber sieht wesentlich komfortabler aus. Wahrscheinlich gibt es hier nicht einmal Kabelfernsehen und WLAN."

„Reg' dich wieder ab. Ich arbeite nicht für die *New York Times*, hast du das vergessen? Wir können froh sein, dass Sergio sein Einverständnis dazu gegeben hat, dass ich hierher fliegen konnte. Das Hotel ist doch ok. Die Matratzen auch. Es sind auch nur zwei oder drei Nächte." Sie geht zum Heizkörper und legt vorsichtig die Hand darauf. „Und die Heizung funktioniert auch. Wenn es dir nichts ausmacht, würde ich jetzt als erste ins Bad gehen. Ich bin müde und wir haben morgen einiges zu erledigen. Das hoffe ich zumindest. Wann treffen wir uns mit Luisas Bruder? Um zehn?"

Esteban nickt und nimmt die Fernbedienung des Fernsehers. Es gelingt ihm jedoch nicht, diesen einzuschalten. „Na prima", grummelt er.

Nachdem sie aus dem Bad kommt, geht Marcela direkt ins Bett. „Und warum regst du dich über das WLAN auf? Wir haben nichts dabei, um ins Internet zu gehen. Und außerdem war nicht ich es, die unbedingt hierher wollte." Sie dreht sich auf die Seite und sagt leise: „Gute Nacht."

---

Es war vor allem einem Umstand geschuldet, dass Marcela nicht nach Montevideo zurückkehrte, sondern mit Esteban 1.500 Kilometer Richtung Süden flog: Sie entschied sich am Nachmittag dazu, keinen Whisky zu trinken. Sie fand zwar die Flasche und öffnete diese. Aber bevor sie ihr Glas füllte, hielt sie plötzlich inne und murmelte: „Und wenn sie gar nicht so hieß?"

Marcela rannte in das Gästezimmer und startete ihr Notebook. „Und wenn sie gar nicht so hieß?" Esteban kam zu ihr ins Zimmer und wollte sie fragen, was los sei. Mit einer Geste deutete Marcela ihm, dass sie jetzt nicht gestört werden wollte. Esteban trollte sich, ging in die Küche und genehmigte sich einen Whisky.

Nach zehn Minuten kehrte Marcela ins Wohnzimmer zurück und verkündete dem überraschten Esteban, dass sie am nächsten Tag doch nicht nach Montevideo fahren werde. Esteban blickte sie fragend an.

„Wir haben falsch herum gedacht. Wir glaubten, dass die Frau im Schuppen Luisa María Blanco Evans hieß."

„Das hat zumindest die Lorenzo so gesagt."

„Aber sie hatte die Namensinformation nur durch Postsendungen, die an die Adresse gingen. Das heißt noch lange nicht, dass die Frau im Schuppen tatsächlich so hieß. Soweit klar?"

Esteban überlegte kurz, ob er begriffsstutzig oder Marcela übergeschnappt sei, antwortete aber lediglich: „Äh, ja."

„Was machten wir als aller Erstes, nachdem wir den Namen erfahren hatten?"

„Wir gingen essen und tranken Whisky."

„Stimmt, ja, nein, ich meine, als wir uns am nächsten Tag an die Recherche machten."

„Wir googelten nach ihr."

„Und was fanden wir?"

„Na, nichts! Ich hatte dir schon gesagt, dass Evans ein relativ seltener Nachname in Argentinien sei. Dass Luisa einen Facebook-Account hätte, stand auch nicht zu erwarten."

„Genau. Nichts. Wir dachten, das sei eine schlechte Nachricht. Aber sie ist gut, sehr gut sogar."

Esteban kam zu dem Schluss, dass er nicht begriffsstutzig sei, sondern Marcela vollkommen übergeschnappt. Er sagte aber lediglich: „Äh, ja?"

„Ich habe es gerade noch einmal überprüft. Null Treffer. Klar, auch für die allmächtige Datenkrake sind viele Menschen unsichtbar. Je ärmer, umso weniger sichtbar. Angenommen, es gibt in *Gran Buenos Aires* ein halbes Dutzend, vielleicht auch ein Dutzend Frauen mit diesem Namen. Aber wie wahrscheinlich ist es, dass zwei dieser Frauen ungefähr gleich alt sind, aus derselben Region kommen, beide eine Tochter haben, sich zumindest entfernt ähnlich sehen und nur zwei oder drei Kilometer voneinander entfernt leben. Null, die Wahrscheinlichkeit ist NULL!"

Esteban dämmerte es, dass er begriffsstutzig und Marcela nicht übergeschnappt sei. Er sagte aber lediglich: „Äh, ja."

„Ich denke, dass die richtige und die falsche Luisa sich kannten. Die eine lieh der anderen ihre Identität."

„Aber warum sollte sie das tun?" Estebans Artikulationsfähigkeit kehrte zurück.

„Ich weiß es nicht", sagte Marcela nachdenklich. „Warum leiht jemand einer anderen Person die Identität? Oder warum braucht jemand eine geliehene Identität? Musste die falsche Luisa sich verstecken?"

Beide zuckten mit den Schultern.

„Ich weiß nicht, ob das interessant ist …", sagte Esteban nach einer Weile. „Also ich habe einen älteren Bruder. Knapp zwei Jahre sind zwischen uns. Er sieht mir auch etwas ähnlich. Früher haute ich ihn manchmal an, ob er mir seinen Ausweis borgt. Ich war erst siebzehn und wollte in Filme, die ab achtzehn … Verdammt, das ist es!" Esteban holte die Fotografie aus seiner Tasche und gab sie Marcela.

„Was denkst du, Marcela? Wie alt dürfte sie auf dem Foto sein?“

„Schwer zu sagen, das Foto ist ziemlich vergilbt. Anfang zwanzig, vielleicht einundzwanzig oder zweiundzwanzig. Sie hat ihr Kind jedenfalls jung bekommen.“

„Und wann zog sie laut der alten Lorenzo in den Schuppen?“

„Moment.“ Marcela sichtete ihre Unterlagen, die sich auf dem Notebook befanden. „Am 15. September 1975.“

„Zu diesem Zeitpunkt war die richtige Luisa, also die Luisa, die damals in Nueva Pompeya wohnte, einundzwanzig. In Argentinien war jemand damals erst volljährig. Sie senkten das Alter erst vor zehn Jahren auf achtzehn. Wenn fünfundsiebzig die falsche Luisa noch unter einundzwanzig war, konnte sie keine Wohnung mieten.“

„Du denkst, Luisa Pompeya lieh Luisa Cristóbal ihre Identität, damit Luisa, also Luisa Cristóbal den Schuppen mieten konnte? Klingt nach einem Motiv. Nicht schlecht.“

„Aber trotzdem bräuchten wir einen Namen, um …“, setzte Esteban an.

„Nicht unbedingt. Zumindest nicht, um die Suche zu beginnen.“

„Äh, ja?“

„Wem hättest du deine Identität geliehen als du in Luisas Alter warst? Ich meine die Luisa aus San Cristóbal, nein aus Pompeya … Mist, ich komme durcheinander. Wir sollten der Luisa Cristóbal einen anderen Namen geben.“

„Nennen wir sie doch ‚das Phantom‘.“

„Ernsthaft?“

„Ist ja auch egal. Ich weiß, auf was du hinauswillst. Wem hätte ich mit einundzwanzig meine Identität geliehen? Meinem Bruder, klar. Personen aus meinem Freundeskreis? Die Mitstudierenden kannte ich nicht gut genug, um so etwas zu machen.

Vielleicht für José, mit dem ich auf der Schule war. Ich bin mir nicht sicher. Es ist ja über dreißig Jahre her. Und du?“

Marcela überlegte kurz und antwortete: „Magdalena. Für sie hätte ich das gemacht.“

„Ok. Das heißt, das Phantom könnte entweder Luisas Verwandte oder Luisas Magdalena sein.“ Esteban dachte nach und holte sein Handy.

„Wen rufst du an?“

„Luisas Bruder“, antwortete Esteban triumphierend.

Carlos war tatsächlich unter der Nummer zu erreichen, die ihnen Luisas Tochter gegeben hatte. Aber Marcela und Esteban müssten das Foto des Phantoms per Post senden oder vorbeibringen. Er hatte keine E-Mail-Adresse und hörbar keine Lust, in seinem Bekanntenkreis nach Leuten zu suchen, die sich mit diesem „unnötigen Quatsch“, wie er es nannte, auskennen könnten.

„Sollen wir wirklich nach Patagonien fliegen? Ich meine, wir haben ja nur eine vage Spur. Und nicht einmal das. Bestenfalls eine sehr vage Vermutung“, rief Marcela Esteban hinterher. Er war bereits auf dem Weg in sein Schlafzimmer, um eine Reisetasche zu packen.

Esteban drehte sich um. „Viel mehr hatten wir vor drei Wochen auch nicht. Aber ich finde, wir sind trotzdem ein gutes Stück weitergekommen.“

„Aber trotzdem. Was machen wir, wenn er die beiden auf dem Foto auch nicht kennt? Ans Ende der Welt fliegen, …“

„Wenn unsere vage Vermutung, wie du es ausdrückst, zutrifft, dann sind jedenfalls die Chancen, etwas über die Identität unseres Phantoms herauszufinden, in Patagonien ungleich höher als hier.“

Marcela nickte. „Ich brauche aber auf jeden Fall Sergios ok. Er muss das schließlich bezahlen.“ Sie begann, eine E-Mail an ihren Chef zu schreiben.

Esteban war bereits im Schlafzimmer und rief: „Es ist Samstag nachmittag. Sergio wird nicht in der Redaktion sein."

„Ich denke schon. Seit er Chefredakteur ist, wohnt er praktisch dort." Sie versandte die Nachricht und ging in Estebans Schlafzimmer. „Noch etwas Wichtiges. Wir sollten Teresas Ratschläge ernst nehmen. Die Handys und mein Notebook sollten wir nicht mitnehmen."

Marcela hatte Recht behalten. Sergio war noch in der Redaktion. Fünf Minuten nach dem Absenden ihrer Mail bekam Marcela seine Antwort.

„Was schreibt er, Marcela?"

Sie überflog den Text und antwortete: „Er ist nicht glücklich darüber. Er will, dass ich endlich etwas abliefere. Würde ich an seiner Stelle auch so sehen. Aber er gibt sein Einverständnis. Ich darf die Kreditkarte des Verlags benutzen. Allerdings stellt er auch Bedingungen." Marcela schmunzelte.

„Und die wären?"

„Lies selbst", sagte Marcela und drehte das Notebook in Esteban Richtung.

Esteban las: „Bedingungen! Erstens. Buche den Flug und das Hotel im Internet. Dort ist es billiger. Zweitens. Kein teures Hotel! Doppelzimmer! Auch wenn Esteban dir das ausreden will. Drittens. Du bist übernächsten Montag wieder in Montevideo. Viertens. Ich will eine Postkarte."

---

„Also", beginnt Luisas Bruder bedächtig, nachdem er eine Minute lang das Foto betrachtet hat, „die Frau ist nicht aus meiner Verwandtschaft. Irgendwie kommt sie mir trotzdem bekannt vor. Ich kann mich aber auch täuschen. Ist fast fünfzig Jahre her, dass Luisa fortzog."

„Warum ging sie weg?" fragt Esteban interessiert.

„Die Familie ihres Mannes kam ursprünglich aus der Gegend von Buenos Aires. Dessen Eltern zogen Ende der vierziger Jahre hierher. Da gab's Jobs hier. Sie bauten sogar eine Gaspipeline nach Buenos Aires. Die Stadt war reich. Ab Mitte der sechziger Jahre war Schluss mit dem Boom. Anfang der Siebziger sind sie wieder nach Norden und Luisa ging mit."

„Aber Sie blieben immer hier?"

„Eine große Stadt ist nichts für mich. Comodoro ist nach meinem Geschmack auch schon viel zu groß. Zweihunderttausend Menschen leben hier. Als ich geboren wurde, waren es nicht einmal dreißigtausend. Was sollte ich in Buenos Aires? Ich hatte einen Job. Ich war beim Militär. Im Norden, hinter dem Flughafen, ist der Stützpunkt."

„Beim achten Infanterie-Regiment, nehme ich an?" will Esteban wissen. Luisas Bruder bejaht die Frage stolz.

Marcela bemerkt, dass sich Estebans Gesichtsausdruck verändert hat. Er gleicht dem Ausdruck, den er hatte, als er auf der Steinbank im Friedhof von Avellaneda saß und von den Massengräbern berichtete. Sie wechselt das Thema: „Kann es sein, dass die Frau eine Freundin ihrer Schwester war? Während der Schulzeit? Wir denken, dass sie ein oder zwei Jahre jünger als sie war."

Carlos betrachtet noch einmal das Bild und sagt leise: „Kann sein. Luisa hing damals immer mit einer aus der Schule rum. Sie waren ein paar Jahre lang unzertrennlich, die andere war auch oft bei uns zuhause. Sie lebte in der Nachbarschaft und war, glaube ich, eine Klasse unter ihr. Irgendwas war mit ihr, ich erinnere mich nicht mehr daran. Sie war irgendwann weg. Sie brach die Schule ab oder zog weg. Ich weiß es nicht mehr."

„Können sie sich an ihren Namen erinnern? Oder zumindest, wo sie wohnte?"

„Keine Ahnung. Das ist zulange her."

# Kapitel 16

Der alte Mann erwartet sie bereits vor seinem Haus. „Ihr seid bestimmt die beiden aus dem Norden, die mit mir sprechen wollen.“ Er zieht an seiner Zigarette und streckt Marcela seine Hand entgegen. „Ich bin Pedro.“

„Sehr erfreut. Ich bin Marcela und das ist Esteban“, erwidert Marcela, während sie sich von dem unangenehm festen und zu langen Händedruck befreit. Pedro und Esteban nicken sich zu.

„Also zeigt mal her. Carlos hat gesagt, ich soll mir ein Bild anschauen.“

Pedro betrachtet ein paar Sekunden lang die Fotografie und sagt, ohne die Zigarette aus dem Mundwinkel zu nehmen: „Ja, das könnte die Nervensäge sein, die die ganze Zeit mit Luisa rumhing. Die hat immer gestört, wenn ich mit Carlos‘ kleiner Schwester allein sein wollte. Die war damals zwar erst vierzehn, aber ziemlich scharf, wenn ihr versteht, was ich meine.“

„Erinnerst du dich an ihren Namen?“ will Esteban wissen.

Pedro überlegt angestrengt. „Andrea? Ana? Irgendwas mit „A“. Oder mit „I“. Ich müsste ihn lesen. Dann würde er mir wahrscheinlich wieder einfallen.“ Er zieht ein letztes Mal an seiner Zigarette bevor er die Kippe auf die Straße schnippt. „Aber das lässt sich einrichten.“

---

Bevor sich Esteban und Marcela am Vortag von Luisas Bruder verabschiedeten, hatten sie sich noch die Adresse geben lassen, unter der sich das Haus seiner Eltern befunden hatte. Dort hatte Luisa bis zu ihrem Umzug nach Norden gelebt. Esteban unterbreitete Marcela den Vorschlag, in der Nachbarschaft nachzufragen. Vielleicht hätten sie Glück und jemand könnte sich an Luisa und ihre Freundin erinnern. Zumindest sei es Sonntag und die meisten Nachbarn zuhause.

Obwohl Marcela von den Erfolgsaussichten des Unterfangens nicht überzeugt war, stimmte sie zu. Sie hatte keine andere Idee, wie sie ihre Suche fortsetzen könnten.

„Das bringt so nichts", urteilte Esteban nach einer Stunde frustriert. „Wir müssen uns etwas anderes einfallen lassen." Marcela und Esteban hatten zwar tatsächlich zwei Nachbarn ausfindig machen können, die sich vage an Luisa erinnern konnten. Über die Frau auf der Fotografie wussten sie allerdings nichts zu berichten.

„Welche Möglichkeiten gibt es denn noch? Ich meine, ich fand die Idee, hierher zu fliegen …"

„Es gibt noch Alternativen. Auch in Comodoro gibt es Archive. Wir könnten in das Katasteramt gehen, um die Namen der Familien zu ermitteln, die damals in der Nachbarschaft lebten. Das müsste morgen geöffnet sein. Wir hätten dann eine Liste von Namen. Falls die Familie der falschen Luisa Eigentümerin eines der Häuser war, stünde sie darauf. Danach könnten wir zur Schulbehörde, dem Geburtenregister oder noch ein paar anderen Archiven, um diese Liste gegenzuchecken. Statistisch gesehen könnten wir damit die Zahl der möglichen Namen auf eine Handvoll eingrenzen."

Marcela sah Esteban anerkennend an. „Wie lange denkst du, dass wir dafür brauchen? Ich meine, du hast nur mich als Unterstützung und nicht dein gewohntes Fußvolk."

„Schätzungsweise drei oder vier Tage. Vorausgesetzt, die Archive sind gut organisiert und sie lassen uns überall rein."

„Gut, dann probieren wir es. Ich habe noch eine Woche Zeit, bevor Sergio mich wieder zurückerwartet. Und nach Buenos Aires zurückzufliegen bringt auch nichts."

„Aber es gibt noch ein Problem", bemerkte Esteban ernst. „Das müssen wir als Allererstes lösen, wenn unsere Suche erfolgreich sein soll."

Marcela blickte Esteban irritiert an. „Und das wäre?"

„Wir müssen zwingend in ein anderes Hotel."

Marcela und Esteban beschlossen, den restlichen Tag zu nutzen, um die Stadt zu Fuß zu erkunden. Esteban hatte sichtlich Vergnügen daran, während des Spaziergangs über die Geschichte Comodoro Rivadavias zu referieren. Marcela ließ ihn gewähren, auch wenn sie den Eindruck hatte, dass sie die meisten Informationen auch bei Wikipedia hätte abrufen können. Aber sie hatte ihr Handy in Buenos Aires gelassen. Sehr viel Interessantes über die Stadt zu berichten wusste Esteban nicht, weshalb er des Öfteren in allgemeine Ausführungen zur Nationalgeschichte abschweifte. Die Stadt verdankte ihre Existenz vornehmlich den Öl- und Gasvorkommen in der Region, die am Anfang des vergangenen Jahrhunderts entdeckt wurden. Davor waren es wohl nur eine Handvoll europäische Siedler, angeblich Waliser, die hier einen kleinen Hafen errichteten, um landwirtschaftliche Produkte zu verschiffen. „Comodoro Rivadavia ist eine Stadt der Arbeit. Sie war der einzige Grund, warum sich Menschen inmitten dieser menschenfeindlichen Umwelt niederließen", schloss Esteban seinen Vortrag.

„Das gilt wohl für die meisten Städte", kommentierte Marcela schnippisch. „Aber ich verstehe, was du meinst."

Comodoro Rivadavia war schmucklos. Auch an den breiten Hauptstraßen waren die älteren Gebäude niedrig und gedrungen. Zwar unterschied sich deren Baustil nicht grundlegend von dem der alten Häuser im Norden, allerdings vermittelten sie hier den Eindruck, als wollten sie sich unter dem permanenten

Wind hinweg ducken. Und selbst die modernen Hochhäuser, die das Hafenviertel dominierten, änderten den Charakter der Stadt nicht. Diese mögen zwar funktional sein, befand Marcela, aber in erster Linie seien sie hässlich.

„Das ist aber trotzdem eigenartig", murmelte Marcela. „Die Stadt war angeblich mal ziemlich reich. Wesentlich reicher als heute. Und verglichen mit anderen Städten scheinen die Menschen, die hier leben, immer noch etwas Geld zu haben. Zumindest macht es den Eindruck."

„Aber?"

„Aber auch wenn es eine Stadt der Arbeit war, irgendwo müsste sich der vergangene Reichtum doch ausdrücken. Die alten Häuser sind ok, aber auch nicht mehr. Aber hast du irgendeinen Platz gesehen oder auch nur ein paar alte Gebäude, die darauf hindeuten, dass es hier so etwas wie ein kulturelles Leben gab? Gut, es gibt das eine alte Theater an der Straße zum Hafen. Aber sonst? Das alte Hafengebäude, der Bahnhof und das Militärgebäude scheinen noch Repräsentationsbauten aus der Gründungszeit zu sein, die Kathedrale kam später mit dem Ölboom. Der Hafen und die Eisenbahn waren wichtig. Klar. Aber exerzieren und beten hat etwas mit Machtkult zu tun, aber nichts mit Kultur, wie ich sie verstehe. Wo blieb der Müßiggang? Was ist mit … Warum lachst du?"

„Nichts. Ich bewundere nur deine orientalische Sicht der Dinge. Die Kirche von der Kultur zu trennen, damit würdest du in Argentinien …"

„Was kann ich dafür, dass wir Laizismus haben und ihr einen Papst", gab Marcela grinsend zurück. „Aber ich meine etwas Anderes. Auch wenn ich das Zentrum von Buenos Aires nicht besonders mag, ist es trotzdem beeindruckend, was es dort an Orten gibt, an denen das Leben genossen wurde. Also natürlich von der Oberschicht. Für die Hafenarbeiter wurden die großen Parkanlagen, die Theater und Kaffeehäuser wohl kaum erbaut. Aber wo sind hier diese Orte?"

„Da bin ich auch überfragt. Vielleicht gab es die am Hafen, dort wo jetzt die Hochhäuser stehen. Auf der anderen Seite wäre es aber auch möglich, dass es sie nie gab. Die Stadt war klein. Die Oberschicht, die von dem Ölboom profitierte, lebte ja nicht hier. Woher glaubst du denn, kam das Geld, mit dem damals all die schönen Dinge in meiner Heimatstadt finanziert wurden? Bestimmt nicht von Ölfeldern in Ricoleta, Rinderherden in Palermo und Erzminen in Montserrat. Es gibt schon einen realen Hintergrund, warum die Leute in den Provinzen uns *Porteños* genauso lieben wie ihr Orientalen." Nach einer Weile fügte Esteban nachdenklich hinzu: „Das hat vielleicht auch einigen Menschen das Leben gerettet."

„Manchmal sprichst du in Rätseln."

„Während der letzten Diktatur flohen nicht Wenige aus Buenos Aires nach Patagonien. Hier konnten sie besser untertauchen. Nicht in den Städten wie Comodoro, da war auch das Militär, aber in den Dörfern und Weilern. Die Leute dort verrieten sie in der Regel nicht."

„Wieso das denn? Sympathisierten die Leute mit der Linken?"

Esteban lacht. „Das ganz bestimmt nicht. Aber sie hatten auch keinen Grund, die Militärs zu unterstützen. Wahrscheinlich ist es den Meisten in den Dörfern bis heute egal, wer in Buenos Aires regiert. Zumindest solange der Staat sich nicht in ihre Privatangelegenheiten einmischt oder ihre wirtschaftliche Existenz gefährdet. Aber ob es jetzt Militärs, Konservative, Neo-Liberale oder Sozialdemokraten sind, die in der *Casa Rosada* das Sagen haben? Für diese Leute ist das in erster Linie ein Problem der *Porteños*, mit denen sie nichts zu tun haben wollen."

„Aber die Militärs? Haben die nicht versucht, die Leute aufzuspüren? In Uruguay war es praktisch unmöglich, dass sich …"

„Das ist hier nicht die Provinz von Buenos Aires und auch nicht Uruguay. Bei euch gibt es auch fast menschenleere Gegenden, aber das Land ist überschaubar. Aber hier? Allein die Provinz, in der wir gerade sind, ist anderthalbmal so groß wie dein *Paisito*. Aber es leben nur ein paar hunderttausend Menschen hier, die meisten in drei oder vier Küstenstädten. Vor fünfzig Jahren waren es noch weniger Leute. Du kannst hier stundenlang durch die Gegend fahren, ohne eine Menschenseele zu treffen. Es war für die Militärs damals unmöglich, so ein Gebiet flächendeckend zu kontrollieren."

„Dann wäre es doch naheliegend, dass die falsche Luisa nach Patagonien floh. Ich meine, hier hatte sie wahrscheinlich noch Angehörige oder Freunde, die ihr helfen konnten, sich zu verstecken. Nicht in Comodoro, aber in einem der Dörfer. Ich an ihrer Stelle hätte jedenfalls nicht versucht, in Buenos Aires unterzutauchen, sondern wäre … Wobei …"

„Wobei was?"

„Ich musste gerade an den Schuppen denken. Ich sollte mit der Formulierung ‚ich an ihrer Stelle' vorsichtiger sein. Ich war niemals in einer Situation wie sie, und werde es auch hoffentlich nie sein."

Als Marcela und Esteban ins Hotel zurückkehrten, überreichte ihnen der Portier einen Umschlag und erklärte, dieser sei für sie von einem alten Mann vor einer Stunde abgegeben worden.

Esteban öffnete den Umschlag und überflog einen handgeschriebenen Brief. Nachdem er damit fertig war, wandte er sich an Marcela: „Planänderung. Wir gehen morgen nicht ins Archiv. Das ist ein Brief von Luisas Bruder. Offenbar schien ihm unser Gespräch keine Ruhe gelassen zu haben. Er rief Leute aus seinem damaligen Freundeskreis an. Er schreibt, wir sollten uns morgen um neun mit einem gewissen Pedro Torres treffen. Die Adresse steht in dem Brief."

---

Die Schuldirektorin blickt verständnislos zu Marcela, Esteban und Pedro, die unbedingt zu ihr vorgelassen werden wollten. „Seht ihr nicht, dass ich keine Zeit für euch habe? Das Schuljahr hat gerade begonnen und auf meinem Schreibtisch türmt sich die Arbeit. Kommt in ein paar Tagen wieder, nein, besser in ein paar Wochen."

„Es tut uns wirklich leid, Sie zu belästigen, Señora. Aber es ist wirklich wichtig. Ich bin Journalistin und arbeite für eine Zeitung in Montevideo. Einen Moment bitte … ich habe ihn gleich … hier ist mein Presseausweis. Wir wollen nur schnell einen Blick in die Jahrbücher von Ende der sechziger Jahre werfen. Es dauert nur ein paar Minuten. Versprochen."

Die Schuldirektorin betrachtet überrascht Marcelas Ausweis. „Eine Journalistin aus Uruguay, die unsere Jahrbücher sehen will? Wieso das denn?"

„Es geht um eine Reportage, in der eine ehemalige Schülerinnen ihrer Schule eine wichtige Rolle spielen könnte."

Die Schuldirektorin lacht. „Eine Schülerin von hier? Eine wichtige Rolle? Für eine Reportage in Uruguay? Weiß die Frau, dass ihr über sie Nachforschungen anstellt?"

„Nein."

„Aber sie lebt noch?"

„Wissen wir nicht."

„Und von wann bis wann ging sie auf diese Schule?"

„Wissen wir nicht genau."

„Aber wie sie heißt, das wisst ihr schon?"

„Nein."

Die Schuldirektorin schüttelt lachend den Kopf. „Für was für eine Zeitung arbeitest du denn? Das ‚Tagblatt der Unwissenden'? Und warum ist sie dann wichtig für deine Reportage, oder weißt du das auch nicht?"

„Äh … doch. Also, das ist kompliziert. Wir denken, dass sie, äh, …"

„Es geht um eine historische Betrachtung einiger Vorkommnisse in den siebziger Jahren in Buenos Aires", springt Esteban Marcela bei. „Gestatten Sie, dass ich mich vorstelle. Ich heiße Esteban Ugarte und bin Professor für Geschichte an der Universität von Buenos Aires. … Hier haben Sie meine Karte … Ich versichere Ihnen, dass die Untersuchungen, in deren Verlauf wir auf eine ehemalige Schülerin ihrer Einrichtung aufmerksam geworden sind, seriös und …"

Die Schuldirektorin lacht auf. „Das wird ja immer toller. Erst eine unwissende Journalistin aus Montevideo, jetzt ein affektierter *Porteño*-Professor. Und wer bist du?" Sie wendet sich an Pedro. „Ein geheimnisvoller Schriftsteller aus Chile?"

„Nein. Ich bin nur …", setzt Pedro an.

Die Schuldirektorin lässt ihn mit einer Handbewegung wissen, dass er nicht zu antworten brauche. Sie lehnt sich nach hinten und mustert Marcela, Esteban und Pedro mit einem strengen Gesichtsausdruck, der auch eine tobende Schulklasse zum Verstummen gebracht hätte. Nach einigen Sekunden gibt sie Marcela deren Presseausweis zurück. „Ok, meinetwegen. Aber danach verschwindet ihr." Danach schreit sie schrill: „Gooomeeeez!"

Nach wenigen Sekunden antwortet die laute Stimme eines Mannes: „Komme schon!" Allerdings vergeht noch etwas Zeit, bis der Gerufene das Büro der Schuldirektorin betritt. Gemächlich schlurft er durch die Bürotür. Sein grauer Arbeitskittel verrät, dass es sich bei ihm um den Hausmeister der Schule handeln dürfte.

„Was gibt's jetzt schon wieder? Ich habe das Waschbecken doch repariert", sagt der Hausmeister mit hörbarem Unmut. „Haben die Monster schon wieder was kaputt gemacht?"

„Ich möchte, dass du die drei Witzbolde ins Archiv begleitest und ihnen die Jahrbücher zeigst. Die müssten in dem Schrank hinten rechts stehen."

„Hier hat alles seine Ordnung", sagt der Hausmeister, als er ein dünnes Buch aus dem Schrank zieht. Auf dem Buchdeckel ist „Schülerinnen 1968" zu lesen.

„Zeig mal her", sagt Pedro während er dem Hausmeister das Buch aus der Hand nimmt. „Dann sehen wir mal nach. Luisa müsste in diesem Jahr in der achten Klasse gewesen sein ... Genau. Hier ist sie: Luisa María Blanco Evans. Die Nervensäge dürfte ein Jahr jünger gewesen sein. In der siebten Klasse waren, Moment ..." Pedro fährt mit dem Zeigefinger die Zeilen hinab und liest die Namen leise vor. Plötzlich stoppt sein Finger. Er blickt zu Marcela und Esteban und zeigt ihnen den Eintrag. „Das ist sie. Adela Paula Sáenz Durán."

„Adela Sáenz?" fragt der Hausmeister ungläubig.

„Kennst du sie?"

„Klar, das ist die Hexe."

# Kapitel 17

Sie fahren seit fast einer Stunde. Die Landschaft ist eintönig. Grau, steinig, karg, kleine Büsche. Esteban sitzt am Steuer. Er ist gut gelaunt.

„Gib es zu, dass ich Recht hatte. Wäre es nach deinem Willen gegangen, hätten wir den billigsten Wagen der Autovermietung genommen. Auf dieser Schotterpiste wäre das kein Spaß, da hätte es unsere …"

„Ist ja gut, Esteban. Du kannst jetzt damit aufhören. Nach dem vierten Mal nervt es", reagiert Marcela pampig. Sie blickt auf die Landschaft. „So habe ich mir Patagonien nicht vorgestellt. In den Reiseprospekten zeigen sie immer nur Berge, Gletscher und Seen. Aber das hier ist ja sowas von dröge. Von was leben die Menschen hier jenseits der Öl- und Gasförderung? Von Schafen? Ich habe, seit wir losgefahren sind, vielleicht ein halbes Dutzend Schafe gezählt. Ist ja auch kein Wunder in dieser Halbwüste."

„Manche leben hier gut von der Schafzucht. Die Flächen müssen nur groß genug sein. Benetton gehören in Patagonien neuntausend Quadratkilometer …"

„Das meine ich nicht", unterbricht Marcela ihn. „Sondern von was leben Menschen wie Adela Sáenz in dieser Ödnis? Ich kann mir nicht vorstellen, dass sie neuntausend Quadratkilometer besitzt."

„Ein paar Schafe, vielleicht ein kleiner Gemüsegarten, falls sie Zugang zu genügend Wasser besitzt. Aber ehrlich gesagt, kann ich mir auch nicht vorstellen, wie die Hexe hier überlebt."

„Hör mit dieser beschissenen Bezeichnung auf. Das klingt nach Inquisition, nach europäischem Mittelalter", fährt Marcela ihn an.

„Passt doch auch. Hier ist Mittelalter. Bürgerliche Rechte hin oder her, wer sich gegen den Großgrundbesitz stellt, riskiert sein Leben. Ob es Mapuche sind oder Landarbeiter. Wusstest du, dass …"

„Hör bitte auf", sagt Marcela traurig. „Weitere Berichte von Massakern verkrafte ich im Moment nicht." Sie blickt nach hinten und sagt leise: „Einen Vorteil hat die Ödnis aber."

„Welchen?"

„Wir können uns sicher sein, nicht verfolgt zu werden. Sollte das Arschloch, oder wer auch immer, versuchen uns zu folgen, könnten wir die Staubwolke auch in zehn Kilometer Entfernung sehen."

„Er könnte unsere aber auch sehen", bemerkt Esteban besorgt und blickt in den Rückspiegel.

---

„Wohnt sie weit weg?" begann Esteban den Hausmeister zu befragen, nachdem sie aus dem Archiv zurückgekehrt waren.

„Die Hexe? Was heißt schon weit weg in dieser Gegend? Da ist alles weit weg. Luftlinie dürften es vierzig oder fünfzig Kilometer sein, vielleicht auch etwas mehr."

„Und du bist dir da absolut sicher, dass die Hexe und Adela Paula Sáenz Durán ein und dieselbe Person sind?"

Er blickte ihn verständnislos an. „Zumindest zu neunundneunzig Prozent. Sie hat keinen Allerweltsnamen. Sie heißt ja nicht Ana María Pérez. Und das Alter kann auch hinkommen. Wie wahrscheinlich ist denn, dass es zwei Frauen etwa im selben Alter, die in der …"

„Ich habe es verstanden", unterbrach Esteban ihn. „Ich bin nicht begriffsstutzig. Ich wundere mich nur, dass Adela Sáenz in Comodoro zu Schule ging und sie jetzt …"

Der Hausmeister zuckte mit den Schultern. „Am wahrscheinlichsten ist, dass ihre Eltern einige Zeit lang hier gelebt haben, und danach dorthin gezogen sind. Freiwillig haben sie das aber sicher nicht getan. Ich meine, wer lebt da draußen schon aus freien Stücken. Vielleicht haben sie was ausgefressen."

„Wie lang braucht man zu ihr?"

„Pah. Keine Ahnung. Da draußen gibt es fast nur Schotterpisten. Wahrscheinlich zwei oder drei Stunden. Ich war noch nie dort."

„Und woher weißt du, dass Adela Sáenz dort lebt?"

„Von Elena. Eine Cousine von mir. Sie und ihr Mann haben da draußen einen kleinen Laden. Nichts Großes, sie verkaufen Nudeln, Salz, Mehl, Klopapier, Seife und solche Sachen. Sie beliefern die Gegend. Und sie sind das Postamt für die Handvoll Menschen, die dort außerhalb der großen Landgüter wohnen. Die kommen auch zum Telefonieren zu ihnen."

„Warum nennst du sie die Hexe?" mischte sich Marcela in das Gespräch ein.

„So nenne nicht nur ich sie. Alle sagen das. Die Bezeichnung kommt von Elenas Mann. Als er und meine Cousine den Laden aufgemacht haben, also vor zwanzig Jahren, ist er zu dem Haus der Hexe gefahren, um sich vorzustellen. Er war noch nicht einmal richtig bei dem Haus, da ist sie mit einem Messer in der Hand auf ihn zugelaufen und hat geschrien: ‚Verpiss dich oder ich schneide dir die Eier hab!'. So hat er es jedenfalls erzählt. Muss wohl wahr sein, er weigert sich ich bis heute, da hin zu fahren. Elena erledigt das."

Er sah zu Esteban und grinste. „An deiner Stelle würde ich jedenfalls der Hexe nicht zu nahe kommen."

Marcela und Esteban ließen sich von dem Hausmeister eine Wegbeschreibung zu Elenas Laden geben. Sie beschlossen, umgehend ein Auto zu mieten. Es war noch früh genug, um Adelas Haus zu suchen und wieder zurück zu fahren, bevor es dunkel wurde. Allerdings müssten sie noch eine Stunde warten, ließ sie die Angestellte wissen, bis der gewünschte Wagen zur Verfügung stünde.

Esteban hatte zum Unmut Marcelas darauf bestanden, nicht den Kleinwagen zu mieten, mit dem sie sofort hätten losfahren können. Ihre Einwände gab sie jedoch angesichts eines einsichtigen Arguments auf. Für Esteban wäre es unüberlegt gewesen, sofort loszufahren. Schließlich hätten sie bislang nur zwei *Medialunas* zum Frühstück gegessen und es dürften mindestens fünf oder sechs Stunden vergehen, bis sie wieder zurück wären. Außerhalb der Stadt, das bestätigte auch die Angestellte, gäbe es aber praktisch keine Möglichkeit der Verpflegung.

Allerdings waren die meisten Restaurants um diese Uhrzeit noch geschlossen. Marcela und Esteban mussten sich mit einem Schnellimbiss in der Nähe der Autovermietung begnügen. Nachdem Esteban zwei Kaffee und zwei Hamburger an den Tisch gebracht hatte, wandte sich Marcela zögerlich an ihn.

„Ganz etwas anderes. Was war das gestern bei Luisas Bruder? Was hat es mit diesem achten Infanterie-Regiment auf sich? Dein Gesichtsausdruck war plötzlich ..."

„Willst du es wirklich wissen?" erwiderte Esteban. Er trank einen Schluck Kaffee und fuhr fort: „Na gut, auch dort wurden während der Diktatur ..."

Marcela hörte nicht zu, als Esteban ihre Frage beantwortete. Ihre Gedanken blieben an seiner Gegenfrage haften. „Willst du es wirklich wissen?" Sie dachte, „Warum habe ich ihn danach gefragt? Was bringt es mir, von den Gräueltaten in dieser Kaserne zu erfahren? Als hätte ich in den vergangenen Wochen nicht schon genug von anderen erfahren. Vielleicht sogar mehr als ich verkraften kann. Also warum interessiert mich, was in dieser scheiß Kaserne passierte? Wissen über Geschichte, klar. Ein weiteres Puzzlestück im Gesamtbild, ok. Aber verstehe ich deshalb mehr, fühle ich anders? Empörung wächst nicht proportional mit der Zahl der Opfer. Am Anfang schon. Es macht für mich einen Unterschied, ob ein Mensch oder hundert umgebracht wurden. Bei hundert hat das Verbrechen Methode. Und wenn es mehr sind? Steigt dann meine Empörung? Oder stumpfe ich ab? Hundert Menschen kann ich mir noch vorstellen: Namen, Lebensläufe, Geschichte. Hundert, das war ungefähr ein Jahrgang in meiner Schule. Aber Tausende? Ab welcher Zahl sind die Opfer nur noch eine Masse? Ab welcher Zahl fallen hundert mehr oder weniger nicht mehr ins Gewicht? Ab welcher Zahl sehe ich die Opfer nicht mehr als konkrete Menschen, sondern nur als abstrakte Zahl?" Marcela blickte zu Esteban, der immer noch referierte und fragte ihn in ihren Gedanken: „Esteban, über wie viele Ermordete hast du in deiner Laufbahn geschrieben? Kannst du dich noch empören, wenn du von einem weiteren erfährst?"

---

„Laut Elenas Wegbeschreibung müsste es das Haus dort sein." Esteban bremst. „Ich warte hier." Er stellt den Motor ab.

Das Haus liegt hundertfünfzig Meter von der Piste entfernt. Es gibt keine Zufahrt. Sie hätten es fast übersehen. Das Haus wurde vor fast hundert Jahren aus grauen Steinen gebaut. Dasselbe Grau wie das der Landschaft.

Marcela öffnet die Tür des Wagens. „Du willst wirklich, dass ich nicht mitkomme?" fragt Esteban.

„Wir wollen doch beide nicht riskieren, dass dir nachher etwas fehlt." Marcela blickt grinsend auf Estebans Schritt. Sie holt ihre Tasche vom Rücksitz und steigt aus. „Bis gleich."

Marcela ist zehn Meter von dem Haus entfernt, als eine alte, ausgemergelte Frau auf sie zukommt. „Verschwinde. Du hast hier nichts verloren. Hau ab." Die Alte bleibt stehen und nimmt einen faustgroßen Stein in die Hand. „Ich habe gesagt, du sollst verschwinden."

Marcela tritt instinktiv zwei Schritte zurück und hebt eine Hand schützend vor das Gesicht. „Señora Sáenz, ich möchte nur mit Ihnen sprechen. Bitte lassen Sie den Stein fallen. Ich habe nur ein paar Fragen an Sie. Dann verschwinde ich. Versprochen."

„Du verschwindest jetzt sofort. Ich werde nicht mit dir reden. Wer bist du überhaupt? Hau endlich ab."

„Marcela. Ich heiße Marcela. Ich möchte Ihnen etwas zeigen. Einen Moment, bitte." Sie holt die Fotografie aus ihrer Tasche und hält sie hoch.

Die Alte erstarrt. Der Stein fällt aus ihrer Hand. Sie geht langsam auf Marcela zu und nimmt die Fotografie. Sie bricht weinend zusammen.

Marcela kniet sich neben die Alte auf die Erde. Sie berührt deren Schulter. Die Alte fährt hoch und schlägt Marcelas Hand weg. Danach steht sie schweigend auf und geht zurück ins Haus. Das Foto presst sie an ihren Körper, als würde sie es umarmen. Marcela folgt ihr.

# Kapitel 18

„Das ist sie falsche Richtung. Nach Comodoro geht es nach links“, bemerkt Esteban.

„Ich weiß. Aber wir sollten trotzdem nach rechts fahren.“

„Wo willst du hin?“

„Ich will nirgendwo hin. Wir sollten nur ein paar Kilometer mehr auf dem Tacho haben, bevor wir das Auto zurückbringen.“

Esteban sieht sie fragend an und biegt rechts ab.

„Wir sind heute zuerst zu Elena gefahren. Ihr Laden liegt auf der Strecke zu Adela. Es war kein Umweg.“

„Ja und?“

„Wenn wir direkt nach Comodoro zurückfahren, ließe sich theoretisch anhand des Tachostands ermitteln, wohin wir gefahren sind. Klar, es gibt einige Straßen und Pisten hier. Aber so viele sind es auch nicht. Früher oder später würden sie auf Adelas Haus kommen. Die Gegend ist fast menschenleer.“

„Verstehe.“ Nach einer Weile fügt Esteban nachdenklich hinzu: „Aber sie werden sie trotzdem finden. Sie müssen ja nur mit dem Hausmeister reden. Oder mit Pedro. Wir selbst haben dafür gesorgt, dass er sich jetzt an den Namen erinnern kann. Aber … wie hätten wir es anders angehen können … Wir haben die Spuren freigelegt. Das Arschloch oder wer auch immer braucht ihnen nur zu folgen.“

„Ich weiß.“ Marcelas Stimme klingt frustriert. „Wahrscheinlich können wir nicht verhindern, dass er Adela ausfindig macht. Aber ich möchte es ihm so schwer wie möglich machen. Ich möchte Adela … irgendwie … beschützen. Aber das kann ich nicht. Halt an."

„Was ist los?"

„Ich muss mal."

Marcela verlässt das Auto und verschwindet hinter einem flachen Hügel.

Esteban blickt ihr hinterher. Im Gedanken fragt er sich, ob Marcela wirklich austreten muss. Oder geht sie hinter den Hügel, um sich zu übergeben? Oder wollte sie nur für ein paar Minuten allein sein? Er hätte beides verstanden.

---

Nach einer Stunde verließ Marcela Adelas Haus und kehrte zum Wagen zurück. Sie stieg grußlos ein. Ihr Blick war leer. Sie murmelte leise: „Fahr los."

Nach fünf Minuten wagte Esteban, das Schweigen zu durchbrechen. Vorsichtig wandte er sich an Marcela: „Ist sie die Frau aus dem Schuppen?" Marcela nickte und drehte ihr Gesicht zu Esteban. Ihr Blick verriet, dass sie nicht in der Verfassung war, Fragen zu beantworten.

Sie hatten bereits die Hälfte des Rückwegs nach Comodoro zurückgelegt, als Marcela plötzlich sagte: „Halt an." Esteban bremste. Marcela holte tief Luft und begann: „Ja, Adela lebte in dem Schuppen. Ja, sie war die Vertrauensperson von Ramón. Er war der Verantwortliche. Ja, sie hatte einen Koffer von ihm. Und nein, der Koffer ist nicht mehr hier."

„Was ist los mit dir?" wollte Esteban vorsichtig fragend wissen.

„Was mit mir los ist? … Du hättest sie sehen sollen. Die Frau ist fünfundsechzig. So alt wie mein Vater. Der ist gesund. Aber sie sieht aus wie fünfundachtzig. Vollkommen abgemagert, nur noch ein paar Zähne im Mund." Marcela drehte sich um und blickte in die Richtung, aus der sie gekommen waren. „Sie lebt in diesem Loch, seit sie aus Buenos Aires geflohen ist."

„Warum ging sie nicht nach Comodoro zurück?"

„Adela, ihre Mutter und ihr jüngerer Bruder hatten schon hier draußen gelebt, bevor sie nach Buenos Aires ging. Ich weiß nicht genau, warum … ich meine, Adela hat nicht wirklich mit mir gesprochen. Sie saß die ganze Zeit apathisch auf dem Stuhl und hat sich an dem Foto festgekrallt. Wenn sie etwas gesagt hat, dann waren das Satzfragmente."

„Sie ist zu Luisa?"

„Ja. Die ersten Monate wohnte sie wohl auch bei Luisa und deren Mann. Dann wurde sie schwanger und zog mit dem Typen zusammen. Über ihn wollte sie nichts erzählen. War wohl ein ziemliches Arschloch. Fünfundsiebzig haute sie vor ihm ab. Luisa borgte ihr ihren Ausweis, damit sie den Schuppen mieten konnte." Marcela griff nach der Wasserflasche, die zu ihren Füßen lag.

„Nach Ramóns Festnahme ist sie hierher zurück." Sie trank einen Schluck. „Sie und Matilda hatten nichts dabei außer zwei Koffern und ein paar hundert Dollar."

„Aus dem Notfallumschlag, von dem Andrés sprach?"

Marcela nickte. „Aber die reichten nicht lange. Adelas Bruder war längst weg und ihre Mutter konnte sich gerade so über Wasser halten. Mit ein paar Schafen und dem Stück Land, das zu dem Haus gehörte. Aber für drei Personen …"

„Wie haben sie überlebt?"

„Adela schaffte es wohl, an ein paar Aushilfsjobs zu kommen. Wenn ich sie richtig verstanden habe, arbeitete sie auch eine Zeit lang in dem Laden, der heute Elena und ihrem Mann gehört. Sie kamen irgendwie über die Runden. Aber dann …" Marcela öffnete die Wagentür. „Ich brauche eine Pause." Sie stieg aus und starrte auf den Horizont.

Esteban verließ kurz nach ihr das Auto. Er ging ein paar Schritte und betrachtete lange die Landschaft. Danach setzte er sich auf die Erde. Marcela kam zu ihm und tat es ihm gleich.

„Anfang der achtziger Jahre ging es nicht mehr. Adelas Mutter baute ab. Sie war erst fünfzig, aber ihr Körper war von der Schufterei ausgelaugt. Adela musste drei Menschen versorgen. Sie war verzweifelt."

Marcela stand auf und ging zum Auto. Sie kehrte mit der Wasserflasche zurück, trank einen Schluck und setzte sich wieder.

„Sie machte alles, um irgendwie über die Runden zu kommen. Ich meine, wirklich alles." Sie machte eine Pause und sah Esteban mit wütendem Gesichtsausdruck an. „Die scheiß Typen hier wussten das auszunutzen. Wörtlich sagte sie mir: ‚Geholfen hat mir niemand, aber gevögelt alle'. Wahrscheinlich dieselben Wichser, die sie heute Hexe nennen." Sie schleuderte die Wasserflasche Richtung Auto.

„Sie schickte Matilda mit dreizehn zu ihrem Bruder. Der hatte auch keinen Peso zu viel. Aber Adela musste Matilda in Sicherheit bringen. Die Typen fingen an, sie zu begrabschen …" Marcela atmete mehrmals tief durch.

„Alles in Ordnung?" wollte Esteban sie beruhigen.

„Scheiße, verdammt, nichts ist in Ordnung!", schrie Marcela ihn an. „Willst du wirklich genau wissen, was sie mir erzählt hat? Gut! Womit soll ich anfangen? Mit den widerlichen Details über die Männer, denen Adela sich anbieten musste? Dass die Typen sie behandelten wie ein Stück Vieh? Willst du was über ihre Selbstmordgedanken erfahren? Oder, dass sie über den Tod ihrer Mutter froh war? Oder über die paar Peso, die ihr Matilda später monatlich zukommen ließ, damit sie sich nicht mehr prostituieren musste? Wie sie danach alle Männer angriff, die sich ihrem Haus näherten? Oder …"

Marcela sprang auf, lief einige Meter und schrie: „Wann hört diese verdammte Scheiße endlich auf!" Sie drehte sich in die Richtung Estebans. „Warum konnten die Wichser ihr nicht einfach nur helfen? Bei einem Typen hätten sie es gemacht. Aber bei einer Frau, da wollten sie ihren Spaß haben. Ihre scheiß Macht ausspielen. Um sich dann wahrscheinlich bei den anderen damit zu brüsten, was für geile Typen sie doch sind. Was soll die Scheiße? Was läuft in euren scheiß Hirnen falsch?“

Esteban wollte etwas einwenden, aber Marcela herrschte ihn an: „Halt die Klappe. Ich weiß schon, was du jetzt sagen willst. Nicht alle Männer seien so, Bla Bla. Aber sieh dich doch an! Wie war noch mal der Spruch, den du so gerne an der Universität gebracht hast? Tolle Nacht, scharfe Frau, Spitzensex? Super. Dann erklär‘ mir mal, du Klugscheißer: Warum ist dein Schwanz so wichtig für dein Selbstbild?“

Esteban schwieg. Er hatte Angst, etwas Falsches zu sagen.

„Und wenn eine Frau dieses scheiß Machtspiel nicht mehr mitmacht? Wenn sie nicht mehr in dieses perverse Raster gezwängt werden will, wird sie anders fertiggemacht. Sie ist dann die eklige Zicke, die nicht mal eine richtige Frau ist, die scheiß Lesbe, die nur einmal richtig gevögelt werden müsste, die Hexe. Was soll diese Scheiße?“

Marcela starrte noch mehrere Minuten auf den Horizont. Danach kehrte sie zu Esteban zurück und setzte sich neben ihn. „Ehrlich gesagt interessiert mich der scheiß Koffer nicht mehr“, sagte sie mit erschöpfter Stimme, „aber ich erzähle dir das wenige, was Adela zu dessen Verbleib sagte. Und dann fahren wir zurück.“

Esteban nickte.

„Sie hatte den Koffer nach Patagonien mitgenommen. Aber er ist schon seit Jahrzehnten weg. Adela sagte, dass sie ihn Matilda mitgab, um zu verhindern, dass ihn ein Freier klaut. Ist aber auch egal. Matilda ist tot.“

Esteban blickte sie entsetzt an. „Aber sie war doch noch jung?“

„Keine Ahnung, an was sie starb. Adela wollte nicht darüber reden.“ Marcela stand auf und ging zum Wagen.

–––

Als Marcela und Esteban sie die ersten Ausläufer Comodoro Rivadavias erreichen, sagt Marcela leise. „Zwei Sachen, die Adela erzählt hat, waren seltsam.“

Esteban sieht zu ihr. „Was meinst du mit seltsam?“

„Ich habe Adela das Foto von ihr und Matilda geschenkt. Und auch ein Bild von Ramón. Die haben wir auch auf dem Computer. Als ich ihr das Bild von Ramón gab, begann sie das Bild zu streicheln. Sie mochten sich wohl. Sie meinte, dass er immer respektvoll ihr gegenüber war. Dass sie mit ihm reden konnte. Ramón kam auch aus ärmlichen ländlichen Verhältnissen. Er verstand sie. Ramón machte auch das Foto von Matilda und ihr.“

„Was ist daran seltsam?“

„Ramón gab ihr den Koffer erst wenige Wochen vor seiner Festnahme. Sie traf sich mit ihm immer nur heimlich. Sie wusste, dass sie sich in Gefahr befanden. ‚Er darf uns nicht sehen, er darf nicht wissen, dass ich es bin‘, sagte sie immer wieder.“

„Wen meinte sie mit ‚er‘“?

„Keine Ahnung. Eine zweite Sache verstehe ich ebenfalls nicht. Ich zeigte ihr auch Fotos von Carlos und Javier. Über Carlos wusste sie ein bisschen zu erzählen. Als sie das Bild von Javier betrachtete, sah sie mich verwundert an und behauptete, dass sie ihn nicht kenne. Sie sagte, er habe nie in dem Haus in der Calle Humberto Primero gewohnt.“

„Vielleicht erinnert sie sich einfach nicht mehr daran.“

„Schon möglich, aber ich kann es mir nicht vorstellen. Ihre Erinnerung an Ramón schien noch sehr klar zu sein. Adela nahm auch den Koffer mit, obwohl sie wusste, dass sie sich damit in Lebensgefahr begab. Ich glaube ihr. Ich habe den Eindruck, dass sich Adela an die Erinnerungen an die Zeit in San Cristóbal festklammert, so wie vorher an das Foto. Vielleicht waren es mit Ramón die letzten schönen Momente ihres Lebens."

Esteban wartet eine Minute bevor er zu Marcela sagt: „Ich überprüfe das gerne nochmal, sobald wir wieder Buenos Aires sind. Ich kann mir aber nicht vorstellen, dass sie Recht hat. Alle Dokumente belegen, dass Javier dort wohnte … Wir müssen nach unserer Rückkehr auch überlegen, wie wir jetzt weitermachen."

„Du willst versuchen, mehr über Matilda in Erfahrung zu bringen?"

Esteban zuckt mit den Schultern.

„Ich habe keine Lust mehr, der Fahne nachzujagen. Das einzige, wonach mir im Moment der Sinn steht, ist, jedem Wichser, der Adela eine Hexe nennt, die Eier abzuschneiden."

Esteban schweigt und fährt ins Zentrum Comodoro Rivadavias.

Marcela fährt plötzlich hoch: „Hey, du bist falsch abgebogen." Sie dreht sich um und blickt nach hinten. „Wir müssen da …" Marcela verharrt eine Schrecksekunde, dann lässt sie sich tief in den Sitz fallen. „Dreh dich nicht um und fahr langsam weiter."

„Was ist los?"

„Das Arschloch."

# Kapitel 19

Buenos Aires, März 2020

„Wieviel Zeit haben wir noch?“ fragt Marcela während sie eilig Estebans Wohnung betreten.

„In spätestens zwanzig Minuten müssen wir los. Sonst schaffen wir es bei dem Verkehr nicht mehr rechtzeitig.“

Marcela geht mit mehreren Einkaufstaschen in der Hand ins Gästezimmer und schließt die Tür. Innerhalb von zwei Minuten zieht sie sich um. Als sie das Zimmer verlässt, trägt sie anstelle von Jeans, Bluse und Turnschuhen ein beiges Sommerkleid und braune Stoffsandalen. Sie geht mit einer Tasche ins Badezimmer.

Marcela stellt sich vor das Waschbecken, blickt in den Spiegel und beginnt, sich zu schminken. Sie hellt ihre Augenbrauen auf, verwendet dezent Lidschatten, Lidstrich und Lippenstift. Am Ende lässt sie ihre schwarzen, halblangen Haare unter einer Perücke verschwinden. Marcela betrachtet sich. Sie ist erstaunt, wie ein wenig Schminke und die langen, dunkelblonden Haare ihr Aussehen verändert haben. „Das könnte klappen“, denkt sie.

Marcela wirft die Schminke zurück in die Tasche. Sie hebt noch einmal den Blick zu ihrem Spiegelbild und erstarrt. Nach einigen Sekunden streckt sie ihren Kopf so weit nach vorne, dass ihre Nasenspitze fast den Spiegel berührt. Ihre Hände umkrampfen den Rand des Waschbeckens. Marcela blickt sich selbst tief in die Augen. „Wie lange hältst du noch durch?" befragt sie sich in Gedanken selbst. „Gib doch zu, dass es zu viel für dich ist. Wem willst du dich beweisen? Esteban würde es verstehen. Das hat er selbst gesagt. Sergio auch. Alle würden es verstehen. Wem willst du dich beweisen? Dir selbst? Wozu? Warum hast du das Gefühl, jemanden zu verraten, wenn du jetzt aufhörst? Wer bist du?" Marcela versucht, sich im Spiegelbild wieder zu erkennen. Nicht nur ihr Äußeres hat sich verändert. Sie atmet tief durch, verlässt das Badezimmer und ruft: „Ok, Esteban, ich bin bereit."

---

Esteban befolgte Marcelas Anweisungen. Er fuhr zwei Querstraßen weiter, bog ab und parkte.

„Bist du sicher?"

„Was soll die bescheuerte Frage? Natürlich bin ich mir sicher. Der Typ saß mir zehn Minuten gegenüber. Verdammt, was machen wir jetzt?"

Esteban überlegte und wandte sich ruhig an Marcela. „Nichts, wir machen erstmal nichts."

„Wie nichts? Das Arschloch weiß bestimmt, mit wem wir uns getroffen haben. Er stand vor der Autovermietung. Wahrscheinlich wollte er gerade einen Wagen mieten, um zu Adela zu fahren. Wir müssen etwas tun!"

„Was sollten wir deiner Meinung nach machen? Umdrehen und ihn über den Haufen fahren? Außerdem denke ich nicht, dass er heute zu ihr will. In zwei Stunden ist es dunkel. Bei Dunkelheit fährt er bestimmt nicht durch diese Halbwüste. Das wäre viel zu gefährlich." Esteban blickte in den Rückspiegel und begann zu lächeln. „Möglicherweise ist es auch gut, dass er hier ist."

„Bist du bescheuert?" schnauzte Marcela ihn an. „Was soll daran gut sein?"

Esteban antwortete ruhig: „Erstens können wir uns jetzt ziemlich sicher sein, dass das Arschloch allein arbeitet. Er ist uns gefolgt, obwohl du ihn sehen und erkennen könntest. So ist es auch passiert. Dieses Risiko wäre er nicht eingegangen, wenn er Helfer hätte. Zudem konnte er im Vorfeld nicht wissen, wohin wir fliegen. Wir haben die Tickets erst anderthalb Stunden vor dem Abflug gekauft. In unserer Maschine saß er auch nicht. Wir waren mit die letzten, die an Bord gingen und mussten ganz nach hinten. Du hättest ihn sehen müssen."

„Er war definitiv nicht in dem Flugzeug."

„Er ist uns gefolgt. Vielleicht mit der nächsten Maschine, vielleicht auch erst am nächsten Tag. Wenn wir nach Buenos Aires zurückkehren, dürfte es genauso sein. Ich habe eine Idee, wie ich Adela zumindest ein wenig Zeit verschaffen könnte. Und, wie ich mit etwas Glück herausfinden könnte, wer das Arschloch ist. Aber es gibt ein Problem: es liegt an dir."

„Wie an mir?"

„Marcela, ich bin nicht blind. Ich sehe, wie du dich in den letzten Tagen verändert hast. Du hast die Distanz verloren. Dich nimmt das Schicksal der Menschen, über die du schreiben sollst, mit. Verstehe mich bitte nicht falsch. Das ist kein Vorwurf. Im Gegenteil, das spricht für dich. Du bist noch nicht abgestumpft. Aber es macht dich fertig. Hinzu kommt die Bedrohung durch das Arschloch. Du hast selbst gesagt, dass du Schiss hast. Das verstehe ich gut, wir haben uns auf ein riskantes Spiel eingelassen. Und das Gespräch mit Adela, … fürchte ich, hat dir den Rest gegeben. Ich würde absolut verstehen, wenn du den nächsten Flieger nach Buenos Aires nehmen und auf schnellstem Weg nach Montevideo zurückkehren würdest." Esteban machte eine lange Pause. „Meine Idee kann ich aber nicht alleine umsetzen. Dazu brauche ich deine Hilfe. Es liegt an dir."

Marcela starrte über eine Minute auf den Himmel des Fahrzeugs. Dann sagte sie leise: „Erzähl mir von deiner scheiß Idee."

Esteban begann, Marcela seine Idee zu erläutern. Nach einer halben Stunde Diskussion wurde aus der Idee ein Plan. Kein besonders ausgeklügelter, wie sich beide eingestanden. Aber er könnte funktionieren. Der Plan bestand aus zwei Teilen. Im ersten Schritt wollten sie die Spuren zu Adela so gut wie möglich verwischen und provozieren, dass ihnen das Arschloch schnellstmöglich nach Buenos Aires folgen würde. Der zweite Teil war riskanter.

Nachdem Marcela und Esteban den Wagen zur Autovermietung zurückgebracht hatten, besuchten sie Pedro. Sie bedankten sich für seine Hilfsbereitschaft und ließen ihn wissen, dass der Besuch bei Adela Sáenz nicht den erhofften Erfolg gebracht hatte. Sie sei zwar die alte Schulfreundin Luisas aber nicht die Frau auf dem Foto, erklärte ihm Marcela enttäuscht. Sie seien aber weiter optimistisch, da sie noch eine weitere Spur hätten. Er möge auch Luisas Bruder und dem Hausmeister Grüße ausrichten, sagte sie zum Abschied.

Am nächsten Morgen bezahlten Marcela und Esteban die Hotelrechnung und ließen ihr Gepäck hinter der Rezeption deponieren. Vom Portier erfuhren sie den Weg zur Redaktion des „El Patagónico". Dessen Chefredakteur war von Estebans Visitenkarte beeindruckt. Er behauptete sogar, eines von Estebans Bücher gelesen zu haben. Dem Wunsch der beiden, sich in dem Zeitungsarchiv etwas umzusehen, kam er gerne nach.

„Darf ich fragen, nach was Sie suchen?"

„Uns interessieren die Ausgaben aus dem ersten Quartal 1977. Und die Todesanzeigen der Jahre 2016 und 2017."

Der Chefredakteur wies einen Angestellten an, die Ausgaben von 1977 aus dem Archiv zu holen. Er führte Marcela und Esteban in ein kleines Zimmer. Er schaltete den Computer an, der sich auf dem Schreibtisch befand und loggte sich in das Redaktionsarchiv ein.

„Die Ausgaben von 2016 und 2017 sind digital hinterlegt. Die alten Ausgaben haben sie in fünf Minuten. Wenn Sie etwas brauchen, Professor Ugarte, lassen Sie es mich wissen."

Marcela setzte sich vor den Computer und öffnete wahllos ein Dokument. Sie scrollte zu den Todesanzeigen, wartete eine halbe Minute und wechselte zum nächsten Dokument. Esteban nahm die gedruckten Ausgaben entgegen und durchblätterte diese willkürlich. Einige Artikel las er auch.

Nach etwas mehr als einer Stunde wandte er sich an Marcela: „Das müsste reichen."

Esteban bedankte sich überschwänglich beim Chefredakteur und sie verließen das Redaktionsgebäude. Marcela und Esteban fuhren mit dem Taxi zum Friedhof. Den Taxifahrer wiesen sie an, auf sie zu warten. Fünf Minuten später kehrten sie zurück und das Taxi brachte sie zum Hotel. Marcela wartete im Wagen, während Esteban eilig das Gepäck holte. Nachdem er eingestiegen war, sagte er dem Fahrer: „Zum Flughafen."

Während die Maschine abhob, flüsterte Marcela: „Glaubst du, dass er darauf reingefallen ist?" Esteban antwortete leise: „Hoffentlich. In sechs Stunden werden wir es wissen." Dann fügte er ernst hinzu: „Aber spiele nachher bitte nicht die Heldin. Du verhältst dich wie besprochen. Sobald dir irgendetwas verdächtig vorkommt, verschwindest du. Marcela, hörst du mir zu?"

Marcela antwortete nicht. Sie starrte aus dem Fenster und betrachtete die karge Landschaft.

---

Fünf Minuten nach 21 Uhr betreten Marcela und Esteban die Halle des nationalen Flughafens von Buenos Aires. Ein Blick auf die Anzeigetafel verrät ihnen, dass der Flug aus Comodoro Rivadavia vor zwei Minuten gelandet ist.

„Ok“, beginnt Esteban, „wenn er nur mit Handgepäck unterwegs ist, müsste er in den nächsten zehn Minuten rauskommen. Sonst in einer halben Stunde. Ich mache mich auf den Weg. Pass auf dich auf. Halt dich auf Distanz.“

„Mach ich“, antwortet Marcela. „Jetzt geh schon. In der Aufmachung wird er mich nicht erkennen.“ Sie blickt Esteban hinterher, als dieser das Gebäude in Richtung Taxistand verlässt. „Aber ich ihn schon“, sagt Marcela zu sich selbst. Sie holt ihr Handy aus der Tasche. Sie greift ein zweites Mal in die Tasche und ertastet die Dose mit Pfefferspray.

Esteban wartet seit fünfundzwanzig Minuten im Fond des Taxis. Der Taxifahrer betrachtet gut gelaunt das Taxameter.

„Wegen mir können wir noch stundenlang hier warten, echt. Wobei eine Beschattung … das klingt spannend. Habe ich noch nie gemacht, echt. Du gibst mir wirklich tausend Peso extra, wenn ich mich nicht abschütteln lasse? Wenn ich das meinen Kumpeln erzähle, glauben die mir das nie. Echt.“

„Ich wäre dir verbunden, wenn du das für sich behalten würdest. Einverstanden?“

„Keine Sorge, Mister Holmes. Das habe ich nur so dahingesagt. War nicht so gemeint. Echt nicht.“

Estebans Handy empfängt eine Nachricht von Marcela: „Er kommt raus.“

„Parkhaus oder Taxistand?“ tippt Esteban.

„Taxistand“, erhält er nach zehn Sekunden als Antwort.

Esteban ist erleichtert. Die Vorstellung, Marcela müsste dem Arschloch ins Parkhaus folgen, bereitete ihm Sorgen. Es wäre nötig gewesen, um dessen Auto zu identifizieren. Das Risiko, dabei von ihm entdeckt zu werden, wäre um ein Vielfaches höher gewesen als in der belebten Flughafenhalle. Ebenso wie das Risiko, dass Marcela von dem Arschloch in eine Falle gelockt werden könnte. Die Dose Pfefferspray hätte ihr im Zweifel wenig geholfen.

„Es sind noch zehn Personen vor ihm“, besagt die nächste Nachricht.

„Fahr langsam Richtung Taxistand“, weist Esteban den Taxifahrer an. Dieser nickt und fährt an. Das Taxi ist hundert Meter hinter dem Taxistand, als Esteban die nächste Nachricht erhält. „Er fährt los. Taxinummer 18023.“

„Ok. Es geht los.“ Esteban zeigt mit dem Finger nach vorne. „Siehst du das Taxi dort. Es hat die Taxinummer 18023. Denk an die tausend Peso. Verliere es …“

„18023? Echt?“

„Ja. 18023.“

Der Taxifahrer grinst und parkt seinen Wagen vor dem Flughafen.

„Was soll das? Warum fährst du nicht weiter?“ ruft Esteban entsetzt. Der Taxifahrer dreht sich zu ihm um und lächelt.

„Du gibst mir die tausend Peso doch auch, wenn ich dir nur sage, wohin das Taxi fährt? Weil, dazu muss ich nicht durch die ganze Stadt fahren, echt.“

„Äh, ja, dann auch“, stammelt Esteban konsterniert.

Der Taxifahrer dreht sich um, nimmt sein Telefon und schreibt eine Nachricht. Zehn Sekunden später erhält er eine Antwort. Er schreibt noch eine Nachricht. Kurz darauf kommt wieder eine Antwort. Der Taxifahrer nimmt einen Kugelschreiber und schreibt etwas auf die Rückseite der Visitenkarte des Taxiunternehmens. Er dreht sich um und reicht diese Esteban.

„Juan fährt die Nummer 18023. Wir sind schon ewig Kollegen, echt. Ich habe ihm gesagt, dass ich eine Pause machen will, und ob er Lust …“

Esteban hört nicht zu. Er starrt fassungslos auf die Karte.

„Hey, hallo, Mister Holmes! Alles klar bei dir? Wenn du mir nicht glaubst, zeige ich dir, was Juan geschrieben hat, echt.“

„Nicht nötig“, murmelt Esteban und gibt dem Taxifahrer den Betrag, der auf dem Taxameter angezeigt wird. Plus tausend Peso.

„Was ist passiert? Hast du ihn verloren?“ Marcela läuft auf Esteban zu. „Ich wollte gerade ein Taxi, als ich dich … Esteban, was ist los?“

„Ich weiß, wo das Arschloch wohnt.“ Er gibt ihr die Karte.

Marcela liest und stammelt: „Äh, wie?“ Sie blickt noch einmal auf die Karte, als wolle sie sich vergewissern, alles richtig gelesen zu haben. Auf der Karte steht die Adresse des Hauses in der Calle Humberto Primero.

# Kapitel 20

„José Pérez“, wiederholt Marcela und trinkt einen Schluck Kaffee. „Denkst du wirklich, dass er so heißt?“

Esteban zuckt mit den Schultern. „Keine Ahnung. Der Name steht so in den Erhebungen meiner Studenten. Außer dem alten Martinelli wohnt niemand in dem Haus, der in dem Alter ist. José Pérez, oder wie immer er wirklich heißen mag, wohnt im Erdgeschoss neben der Anarchistenwohnung.“

„Du fährst jetzt dorthin?“

Esteban nickt. „Ich beehre jetzt Señora Lorenzo mit meinem Besuch. Ich nehme auch das Foto von Javier mit. Mal sehen, ob sie sich an ihn erinnern kann. Von Adelas Behauptung, dass Javier nicht dort wohnte, bin ich nicht überzeugt. Ich habe die Daten gestern Abend noch einmal überprüft. Aber wenn du willst, rufe ich beim Militärarchiv an und vereinbare einen Termin für morgen oder übermorgen. Das dürfte kein Problem sein. Sie haben die Nachforschungen im Auftrag der Universität grundsätzlich genehmigt. Und sie kennen mich.“

„Mach das, bitte. Ich muss unter die Dusche.“ Marcela steht auf und geht ins Badezimmer.

Marcela trocknet sich ab, als sie Esteban laut fluchen hört.

„Was soll diese Scheiße jetzt? Wollen die mich verarschen. Das darf doch nicht wahr sein.“

Sie wickelt sich schnell das Badetuch um und geht ins Wohnzimmer.

„Was ist los?“

Esteban blickt perplex auf sein Handy. „Die lassen mich nicht mehr ins Archiv. Es war irgendein Oberst am Telefon. Seinen Namen habe ich noch nie gehört.“

„Was hat er gesagt?“

„Dass das Archiv für die nächsten Wochen nicht zugänglich sei … Es war ihm auch völlig egal, dass es eine Vereinbarung mit der Universität gibt … Er hat einfach aufgelegt!“

„Und jetzt?“

„Keine Ahnung. Das muss ich mir noch überlegen. Ich fahre erstmal zu der alten Lorenzo. Dann sehen wir weiter. Du bleibst hier?“

„Eher nicht. Ich muss noch die Mail an Sergio fertig schreiben. Danach habe ich mir vorgenommen, durch die Stadt zu laufen. Ich muss einen klaren Kopf bekommen. Ich kann einfach im Moment nicht mehr … Gut möglich, dass ich morgen irgendwie versuche, nach Montevideo zu kommen. Die Grenze ist ja anscheinend praktisch dicht. Wegen dieses scheiß Virus‘. Das ist jetzt wahnsinnig schnell gegangen … Schreib mir eine Nachricht, wenn es was Wichtiges gibt, ok?“

———

Nachdem Marcela und Esteban gestern Abend in die Wohnung zurückgekehrt waren, setzten sie sich an den Esstisch. Esteban legte die Karte mit der Adresse in die Mitte des Tisches und begann: „So einen Zufall kann es nicht geben. Irgendwelche Ideen, wie das alles zusammenpassen kann?“

„Keine Ahnung“, antwortete Marcela resigniert. „Aber zumindest können wir jetzt die Frage beantworten, woher das Arschloch so viel über uns wusste. Er musste uns nicht einmal beschatten. Wir haben ihm die Informationen buchstäblich vor die Haustür geliefert.“

„Aber nicht einmal das gibt Sinn. Er musste nur unser Gespräch im Schuppen belauschen, um alles zu erfahren. Aber warum erwähnte er die Fahne nicht, als er dich unter Druck setzte? Warum spielte er diesen Trumpf nicht aus. Bist du dir ganz sicher, dass …"

„Verdammt noch mal ja", unterbrach Marcela ihn ärgerlich. „Hör auf, mir immer so blöde Fragen zu stellen. ‚Bist du sicher, dass du das Arschloch gesehen hast? Bist du sicher, dass er die Fahne nicht erwähnt hat?' Ja, verdammt, ich bin mir sicher. Ich habe das zig Mal …"

„Entschuldigung. Tut mir leid", versuchte Esteban sie zu beruhigen. „Ich verstehe einfach nicht, warum er das nicht getan hat."

„Vielleicht wollte er sein Wissen nicht preisgeben", murmelte Marcela mehr zu sich selbst als zu Esteban. „Er wollte nicht, dass wir wissen, dass er dank uns über die Fahne Bescheid weiß."

„Ich fürchte, ich bin begriffsstutzig."

„Ich weiß auch nicht … Vielleicht gibt das auch keinen Sinn." Marcela stand auf, ging in die Küche und kehrte mit zwei Gläsern und der Flasche Whisky zurück.

„Einen Versuch noch", schlug Esteban vor während er sich einschenkte. „Rekapitulieren wir noch einmal, was wir über das Arschloch wissen. Ich möchte dabei etwas ausprobieren. Ich habe von der Methode kürzlich gelesen. Wir stellen uns gegenseitig Fragen. Sie müssen mit ja oder nein zu beantworten sein. Wenn das nicht geht, oder wir uns nicht einig sind, diskutieren wir den Punkt. Ok?"

Marcela blickte ihn skeptisch an, begann aber: „Wohnt das Arschloch in der Calle Humberto Primero?"

„Ja. Etwa siebzig Jahre alt?"

„Ja. Ehemaliger Geheimdienstmitarbeiter?"

„Ja, also, sagt Teresa. Erkennbare Personen, die ihm helfen?"

„Eher nein? War er schon in den 70er Jahren aktiv?“

„Eher ja. Wohnte er bereits in dem Haus, bevor wir auftauchten?“

„Ja. Wie lange schon? Entschuldigung, war eine falsche Frage.“

„Nein. Kein Problem. So funktioniert das. Jetzt wissen wir, was wir herausfinden müssen. Ich weiß auch schon wie.“

„Das Scheusal?“

„Ja. Erwähnte er die Fahne?“

„Nein. Wusste er von der Fahne?“

„Ja. Wusste er von welcher Fahne wir im Schuppen sprachen?“

„Nein. Wusste er …“

„Nein? Wieso nein, Marcela?“

„Weil wir sicher in dem Schuppen von der Fahne sprachen oder auch von dem Stofffetzen. Soweit ich mich erinnern kann, aber erst am Ende. Bei deiner Kinderei mit der Fußballfahne. Aber da sagte ich bestimmt nicht: ‚Oh Esteban, ist in der Kiste etwa die Fahne der 33 Orientalen, die 1969 in Montevideo gestohlen wurde?‘ Deshalb nein.“

Esteban schüttelte den Kopf. „Vielleicht wusste er wirklich nichts von der Fahne. Aber das gibt auch keinen Sinn. Er war Geheimdienstler und hätte neugierig werden müssen. Wir sprachen im Schuppen viel über die Diktatur. Er wusste, dass wir dort nach Hinweisen über diese Zeit suchten. Aber er wollte dich schnellstens verjagen. Er wollte nicht herausfinden, nach was wir suchten. Aber er wohnt in demselben Haus. Das gibt keinen Sinn … es sei denn …“ Esteban trank einen Schluck Whisky. „Nächste Frage. Was denkst du? Wusste er vor unserer Ankunft von der Fahne?“

Marcela überlegte und starrte ihn plötzlich mit offenem Mund an. „Scheiße, ja. Sucht er selbst die Fahne?

„Ja. Vermutlich schon seit Jahrzehnten?“

„Ja. Uruguayischer Geheimdienst?“

„Ja."

Sie blickten sich in die Augen und prosteten sich zu.

Esteban trank seinen Whisky leer und stand auf. „Ich muss jetzt dringend essen gehen. Kommst du mit?"

„Nein danke. Ich bleibe hier. Ich muss noch Sergio über die Recherchen in Patagonien informieren. Ich werde es zumindest versuchen … Bring mir aber bitte etwas mit, *Empanadas* oder ein Sandwich."

Als Esteban nach einer Stunde zurückkehrte, war das Wohnzimmer leer. Seine Begrüßung blieb unbeantwortet. Esteban ging zur Tür des Gästezimmers und klopfte leise an. Er bekam keine Antwort. Er öffnete leise die Tür und sah Marcela schlafend auf dem Bett liegen. Sie hatte immer noch das beigefarbene Kleid an. Neben ihr lag das Notebook. Esteban konnte die angefangene Mail an Sergio lesen. Er schloss das Notebook und legte es ins Regal. Bevor Esteban das Licht ausschaltete und das Zimmer verließ, nahm er das Glas und die leere Whiskyflasche mit, die neben dem Bett auf dem Boden lagen.

---

Nachdem Esteban gegangen ist, zieht sich Marcela an. Sie schluckt zwei Kopfschmerztabletten und holt ihr Notebook aus dem Gästezimmer. Marcela beginnt von Neuem die Mail an Sergio zu schreiben.

Es fällt ihr schwer. „Was soll ich ihm über Adela schreiben?" fragt sie sich. „Was darf ich schreiben?" Marcela macht sich den Vorwurf, sie hätte die alte Frau überrumpelt. Adela war von dem Foto so aufgewühlt und gab Sachen preis, die sie normalerweise niemandem erzählt hätte. Sie musste ihr Fragen stellen, allein aus journalistischem Interesse. Oder ist das nur eine Rechtfertigung, die sie sich jetzt zurecht legt? Hätte sie wirklich alle Fragen stellen müssen? Hätten nicht ein paar wenige genügt? Für ihre Recherche wäre es ja nur wichtig gewesen, etwas über den Verbleib des Koffers zu erfahren.

Marcela denkt an ihre Scheu, die sie in Interviews mit ehemaligen politischen Gefangenen hatte. Hätte sie jemals gewagt, Andrés solche Fragen zu stellen? Wohl kaum. Andererseits, so wägt Marcela in Gedanken ab, war es der alte Anarchist selbst, der ihr geraten hatte, dass sie versuchen sollte, sich in die Köpfe der Handelnden hineinzudenken. Sie hatte den Rat angenommen, aber offenbar missverstanden. Hineindenken, das weiß Marcela jetzt, bedeutet viel mehr, als ein paar Pamphlete der damaligen Zeit zu lesen. Auch die Biographien einzelner Anarchisten, die sie im Zuge ihrer Recherche überflogen hat, helfen wenig. Sie waren stringent. Daten, Fakten und politische Analysen, allesamt eine wohllektorierte Rechtfertigung des eigenen Handelns. Marcela kommt Estebans Rat in den Sinn, den er ihr im Schuppen gab. Sie bräuchte die Träume der Menschen nicht zu verstehen, aber sie müsse sie beschreiben können. Und wie verhält es sich bei Albträumen?

Adela hatte Marcela ihre Lebensgeschichte entgegengeschleudert. Ungefiltert, voll Zorn und Trauer. Die Menschen beschreiben, wie sie wirklich waren? Bei Adela, kommt Marcela zu dem Schluss, wäre sie bei allen Personen, die in die Geschichte der Fahne involviert waren, wohl am ehesten dazu in der Lage. Aber wo ist die Grenze zum Voyeurismus? Bei ihr selbst, aber vor allem bei den Personen, die ihre Reportage lesen werden? Die Menschen beschreiben, wie sie wirklich waren? Wo bleibt dabei die Würde der Betroffenen? Bei Tätern hätte sie vielleicht weniger Skrupel. Aber Adela war ein Opfer. Eines der vielen unsichtbaren Opfer.

Marcela benötigt fast zwei Stunden für die Mitteilung an Sergio. Danach verlässt sie die Wohnung.

# Kapitel 21

„Was hast du herausgefunden? Was hat die Lorenzo erzählt?" ruft Marcela außer Atem, während sie die Eingangstür zu Estebans Wohnung hinter sich abschließt.

„Setz dich erstmal", antwortet Esteban mit besorgter Miene. Der Tisch ist halb bedeckt von Blättern voll handschriftlicher Notizen. Esteban nimmt seinen Laptop von dem Stuhl neben sich und stellt ihn auf den Tisch.

„Also, schieß' los."

Esteban ordnet seine Notizen. „Ich war bei der Lorenzo. Sie war sehr hilfsbereit. Sie hat bestätigt, dass ein José Pérez, auf den die Beschreibung des Arschlochs passt, in dem Haus gegenüber wohnt. Er lebt dort seit knapp sechs Jahren. Sie kennt natürlich auch seinen Tagesablauf und beschreibt ihn als, Moment, ich habe es gleich ..." Esteban sucht die passende Notiz. „Als ‚einen dieser Penner, die alles versoffen haben und jetzt als seniler Greis noch arbeiten müssen'. Dank ihr weiß ich jetzt zumindest, dass das Arschloch täglich um sieben Uhr dreißig das Haus verlässt und um siebzehn Uhr dreißig zurückkehrt. Außer an den vergangenen Tagen natürlich. Das heißt, er ist zehn Stunden lang nicht zu Hause."

„Bist du verrückt geworden? Willst du dort einbrechen?"

„Nein, das will ich nicht. Ich meine, theoretisch würde es gehen. Die Anarchistenwohnung wird gerade renoviert. Die Handwerker lassen die Eingangstür immer offen. Aber keine Sorge. Ich bin nicht bescheuert und gehe ein solches Risiko ein.

Außerdem wüsste ich nicht einmal, wie ich die Wohnungstür knacken könnte."

„Hat sie etwas über Javier gewusst. Wohnte er dort oder nicht?"

Esteban schüttelt den Kopf. „Sie kann sich nicht daran erinnern, ob er einer der Anarchisten war. Auch Ramón und Carlos konnte sie nicht beschreiben. In ihren Unterlagen befanden sich keine Namen. Offenbar gab es keine Briefe, die sie aus dem Briefkasten fischen konnte."

„Selbst wenn sie Namen hätte. Es ist gut möglich, dass sie falsche Namen verwendeten. Mehr hast du nicht herausgefunden? Du hast vor über sechs Stunden die Wohnung verlassen."

„Danach fuhr ich zum Militärarchiv. Ich wollte ein paar Leute treffen, um zu wissen, warum ich keinen Zugang mehr bekomme."

„Und? Was sagten sie?"

„Nichts. So ein Jungspund ließ mich am Tor abblitzen. Er meinte, das Archiv sei als Vorsichtsmaßnahme wegen des Coronavirus' geschlossen worden. Und die Personen, die ich sprechen wollte, seien nicht erreichbar."

„Du glaubst ihm nicht?"

„Nein. Das tue ich nicht." Esteban hebt seine Hand mit den Notizzetteln. „Wegen dem hier."

„Was ist damit?"

„Das, liebe Marcela, das ist der Albtraum jedes Historikers. Ich kenne mich in meinem Metier aus. Ich weiß, dass Archiven nur bedingt zu trauen ist. Welche Dokumente werden überhaupt archiviert, wessen Sichtweise spiegeln sie wider? Ein guter Historiker muss das immer mitdenken. Aber, dass polizeiliche, militärische und geheimdienstliche Protokolle abgestimmt gefälscht wurden, das ist …"

„Halt! Stopp!", ruft Marcela. „Das ging mir jetzt zu schnell. Wie kommst du darauf, dass die Dokumente gefälscht sind?"

„Ich habe sie anhand anderer Quellen überprüft?"

„Welche anderen Quellen? Es gibt nur die offiziellen Dokumente und Medienberichte, die sich darauf stützen."

„Aussagen von Zeitzeugen, die die Vorgänge unmittelbar niederschrieben. Der pure …"

„Das Scheusal?" platzt es aus Marcela.

„Genau. Ihre Aufzeichnungen strotzen vor Verachtung. Aber sie hatte keinen Grund, die Fakten zu verfälschen. Die Lorenzo ist eine seriös arbeitende Denunziantin. Ihre Angaben sind daher glaubwürdig. Zumindest ebenso glaubwürdig wie Dokumente von Institutionen, die seit Jahrzehnten versuchen, die Wahrheit zu vertuschen. Jedenfalls bin ich mir jetzt ziemlich sicher, dass Adela die Wahrheit sagte. Javier wohnte nicht in der Calle Humberto Primero."

„Wie, äh, Warum?"

Esteban dreht seinen Laptop zu Marcela. „Unter anderem deswegen."

Marcela liest: „20. Oktober 1976. 10 Uhr 20. Terroristen kommen mit Lebensmitteln zurück. Der Kleine trägt eine Sporttasche."

„Ja, und? Das ist eine Seite aus ihrem Ordner. Ich habe das schon gelesen. Der Kleine ist Ernesto Álvarez. Da gibt es viele Einträge. ‚Die Terroristen spielen mit dem Kleinen Fußball, der Kleine kommt von der Schule, und so weiter und so fort. Das einzig Seltsame daran ist, dass die Lorenzo ihn „der Kleine" nannte und keinen Schimpfnamen benutzte. Kaum zu glauben, dass das sie …"

„Das dachte ich auch zuerst", unterbricht Esteban sie. „Aber es konnte nicht Ernesto Álvarez gewesen sein. Der 20. Oktober 1976 war ein Mittwoch. Er hätte um die Uhrzeit in der Schule sein müssen. Wäre er krank gewesen, warum kam er dann mit einer Sporttasche ins Haus? In den Aufzeichnungen bin ich bisher auf mindestens vier weitere Ungereimtheiten in Bezug auf den Kleinen gestoßen."

„Keine Ahnung, ob es am gestrigen Whisky liegt oder daran, dass ich einfach zu blöd bin. Aber was hat das Ganze mit Javier zu tun?"

Esteban dreht den Laptop zu sich und öffnet eine andere Datei. „Marcela, du erinnerst dich, dass die Lorenzo zwei Arten von Dokumenten hatte. Erstens ein Dutzend Seiten mit den Namen der Menschen in ihrer Nachbarschaft. Zumindest diejenigen, die sie ermitteln konnte. Dazu die eigentlichen Überwachungsprotokolle. In denen verwendete sie aber fast nie die echten Namen, sondern meist herabwürdigende Bezeichnungen."

„Das Luder, die Göre, der Säufer, der Kleine, Terrorist eins, Terrorist zwei, und so weiter."

„Und so weiter. Aber manchmal ging die literarische Ambition mit ihr durch. Sie variierte. Es gibt mindestens drei Stellen, an denen sie im Kontext mit den Anarchisten von einem Blonden berichtet."

„Kann sein. Ramón war blond. Aber was soll … Moment!" Marcela kratzt sich am Kopf und verflucht den Whisky. „Du meinst also, dass einer der Anarchisten ein gutes Stück kleiner gewesen sein musste als die anderen. Aber … warte ich hole mein Notebook."

„Das musst du nicht. Ich habe die Daten hier. Du hast sie ja von mir. Sieh her."

Marcela stellt sich hinter Esteban und blickt über seine Schulter auf den Bildschirm. Sie liest die internen Fahndungsbefehle des argentinischen Militärs.

„Carlos war eins siebenundsiebzig, Ramón eins dreiundsiebzig und Javier eins vierundsiebzig, also mehr und weniger gleich groß", fasst Esteban zusammen. „Kein Grund, jemanden als Kleinen hervorzuheben. Derjenige müsste mindestens zehn oder fünfzehn Zentimeter kleiner gewesen sein als die anderen. Adela bestätigte, dass Carlos und Ramón in der Wohnung lebten. Die Aufzeichnungen der Lorenzo stützen Adelas Aussage, dass Javier nie dort gewohnt hatte."

„Aber wer dann? Und warum fälschten die Behörden die Dokumente?"

„Keine Ahnung, Marcela, keine Ahnung."

„Es muss doch einen Grund geben, die Identität dieser Person zu verschleiern. Sie wurde zusammen mit Carlos und Ramón festgenommen. Sie war auch in der PVP. Sie verschwindet aus den Akten. Sie war … aber in der Wohnung … Sie konnte auch etwas … aber warum hat … äh, kann das sein?"

Esteban dreht sich zu ihr um und blickt Marcela fragend an.

„Esteban, kommt dir das bekannt vor: Männliche Person, zwischen Ende sechzig und Anfang siebzig, zwischen eins sechzig und eins fünfundsechzig groß?"

Esteban braucht einige Sekunden bis er den Gedanken erfasst. „Du glaubst, das Arschloch war ein Spitzel bei den Anarchisten?"

„Warum nicht? Es gab Spitzel. Andrés bestätigte das indirekt. Und es wäre in gewisser Weise auch logisch. Also vorausgesetzt, unsere Vermutung von gestern war nicht nur ein Produkt des Whiskys. Auch nüchtern finde ich sie aber immer noch eine brauchbare Hypothese. Oder?"

Esteban nickt.

„Also angenommen, das Arschloch war wirklich beim uruguayischen Geheimdienst, dann stellt sich für mich eine Frage. Was ist der Grund für seine Anwesenheit in der Humberto Primero? Hatte er die Anarchisten schon damals in Verdacht oder kam er erst später auf sie? Ich vermute Ersteres."

„Warum?"

„Wegen Adela. Sie sagte immer wieder ‚Er darf uns nicht sehen, er darf nicht wissen, dass ich es bin'. Sie und Ramón hatten Angst, bespitzelt zu werden. Er als Anarchist, sie als Vertrauensperson."

„Ok, Marcela, soweit kann ich dir folgen. Aber das heißt noch lange nicht, dass das Arschloch zusammen mit Carlos und Ramón in der Wohnung lebte."

„Wir sind beide keine Experten für Überwachung. Aber angenommen, du überwachst jemanden, der im Verdacht steht, Zugriff auf einen wichtigen Gegenstand zu haben. Der Gegenstand selbst ist bei einer anderen Person, vorzugsweise in der Nachbarschaft. Was würdest du tun?"

„Ich würde die Person und die Nachbarschaft überwachen."

„Würdest du damit aufhören, wenn die Person festgenommen wird, der Gegenstand aber nicht auftaucht?"

„Natürlich nicht, ich würde … ach so … ok, ich denke ich habe es verstanden. Wäre das Haus weiter observiert worden, hätten sie Adela und Matilda am nächsten Morgen geschnappt. Aber schlüssig ist es immer noch nicht. Das Arschloch hätte doch veranlassen können, dass nach seiner Festnahme das Haus weiter überwacht wird."

„Ich weiß. Ich kenne mich da auch viel zu wenig aus. Vielleicht konnte er nicht so agieren wie geplant, irgendetwas lief schief. Wir wissen ja immer noch nicht, warum sie von den lokalen Bullen festgenommen worden sind. Aber es ist alles Spekulation. Aber es spricht mehr für eine Überwachung von innen als von außen. Denke ich zumindest. Aber vielleicht ist auch alles Unsinn." Marcela setzt sich wieder. „Es wäre aber möglich, oder?"

„Zumindest nicht unmöglich." Esteban lehnt sich nach hinten. Er verschränkt die Arme hinter dem Kopf und betrachtet nachdenklich die Decke. „Aber selbst, wenn du Recht hättest, wie könnten wir das beweisen? Seine damalige Identität könnte ich mit viel Glück in den Archiven herausfinden. Oder zumindest den Kreis der Verdächtigen einschränken. Aber da komme ich nicht mehr hinein. Vorausgesetzt, die Daten sind nicht gefälscht. Welche Optionen …"

Marcela springt auf und geht schnell ins Gästezimmer. Sie kehrt mit ihrem Notebook in der Hand zurück.

„Was hast du vor?"

„Ich schreibe eine Nachricht an Sergio. Allein kommen wir hier nicht weiter. Ich schreibe ihm alles, was wir über das Arschloch wissen beziehungsweise vermuten. Ich informiere ihn auch, dass die Archive für dich nicht mehr zugänglich sind. Er soll es an Andrés weiterleiten. Vielleicht kann der uns helfen. Und nennt auch einmal einen scheiß Namen!"

Marcela setzt sich an den Tisch, schreibt und versendet die Nachricht. Danach steht sie auf und dehnt ihre Arme und Beine. Sie blickt auf den Bildschirm. Nach einer Minute wird eine neue Mail angezeigt. Marcela lässt sie entschlüsseln.

„Was schreibt er?"

„Zitat: Marcela, bist du verrückt geworden? Auf was hast du dich da eingelassen? Ausführliche Antwort von mir morgen früh. Sergio. PS: Gute Arbeit."

„Irgendwie passend", kommentiert Esteban schmunzelnd. „Und was machen wir bis dahin?"

„Ich wüsste nicht, was wir im Moment tun könnten. Ich habe jedenfalls Hunger. Kommst du mit?"

„Gerne. Nach was steht dir der Sinn."

„Ich möchte etwas überprüfen."

„Hä?"

„Manche behaupten, dass es in Argentinien so gutes Rindfleisch gäbe wie in Uruguay. Das kann ich mir zwar beim besten Willen nicht vorstellen, aber ich probiere es mal. Und morgen sehen wir, was Sergio zu berichten hat."

„Das heißt, du fährst nicht zurück nach Montevideo."

„Nein. Nicht bevor mein Job hier erledigt ist."

„Darf ich fragen, wie du zu dem Entschluss gekommen bist? Ich meine, heute Morgen, da war ich …"

„Du musst nicht alles wissen, Esteban."

---

Marcela wanderte ziellos durch die Stadt. Ihre Gedanken waren immer noch bei der Nachricht an Sergio, die sie vor einer Stunde versandt hatte. Marcela überblickte den Platz vor sich. Sie suchte ein Café oder ein Restaurant, um etwas zu essen. Sie war schon auf dem Weg zu einer Pizzeria, als sie sich umentschied. Sie holte ihr Handy aus der Tasche und schickte eine Anfrage an Teresa.

Die Anwältin befand sich auf dem Rückweg vom Gericht zu ihrer Kanzlei, als sie die Nachricht erhielt. Sie war von der Bitte Marcelas überrascht. Aber sie sagte zu, ihr nachzukommen. Teresa antwortete, dass sie noch kurz in die Kanzlei müsse und danach in einem Café in der Nähe Mittagspause machen wolle. Wenn es Marcela so eilig sei, sie zu sehen, solle sie dorthin kommen.

„Was gibt es so Dringendes?“ wollte Teresa wissen als sich Marcela zu ihr an den Tisch setzte. „Du siehst ziemlich mitgenommen aus.“

„Nichts wirklich Dringendes, oder eigentlich schon. Ich bin auch nicht sicher, ob du das machen willst. Aber du bist die Einzige in Buenos Aires, die ich fragen könnte. Mit Esteban will ich nicht darüber reden, aus vielen Gründen …“

„Spuckt's schon aus. Was willst du von mir?“

Marcela atmete tief durch und formulierte ihre Bitte. „Die letzten Tage waren einfach zu viel für mich. Ich brauche jemanden zum Reden.“ Sie fügte schnell hinzu: „Aber wenn du nicht willst, ist das auch ok, wirklich. Ich meine, du kennst mich kaum und …“

„Lass uns nach hinten gehen“, unterbrach Teresa sie. „Dort ist es ruhiger.“

Marcela erzählte der Anwältin von dem Schicksal Adelas und der Verachtung, die ihr heute als „Hexe“ entgegengebracht wird. Sie sprach über ihre Skrupel, Adelas Geschichte in die Öffentlichkeit zu bringen, über die Würde der Opfer, über ihre verloren gegangene Distanz. Teresa hörte meistens still zu, selten stellte sie Fragen. Noch seltener, nur auf die Bitte Marcelas hin, gab sie Ratschläge. Es schien, als hätte die Anwältin die Rolle einer dringend benötigten Zuhörerin schon viele Male ausfüllen müssen.

Am Ende des Gesprächs wollte Marcela wissen, was sie nach Teresas Meinung jetzt machen solle: Nach Montevideo zurückfahren oder weiter an dem Fall arbeiten.

„Du solltest dich fragen, warum du deinen Job machst. Je nachdem, wie deine Antwort ausfällt, weißt du, ob weitermachst oder nicht."

Marcela war überrascht. „Das hast du mich schon bei unserer ersten Begegnung gefragt. Die Antwort kennst du."

Teresa nickte. „Deine Antwort kenne ich, aber sie beantwortet nur einen Teil meiner Frage."

„Verstehe ich nicht."

„Ich wollte wissen, was dich persönlich antreibt. Deine Antwort bezog sich aber auf dein Selbstbild als Journalistin."

„Ist das nicht dasselbe?"

„Es ist ein Teil. Aber nicht alles. Wie soll ich es dir erklären? Moment, vielleicht so."

Teresa nahm die beiden halbgefüllten Gläser, die auf dem Tisch standen und leerte Marcela Glas in ihres. Dann erklärte sie der verdutzten Marcela. „Das volle Glas bist du. Das Wasser war dein Treibstoff, bevor du mit der Arbeit zu den Anarchisten begonnen hast. Also, dein Ehrgeiz, deine Motivation, dein Journalistinnen-Ethos, dein Selbstbewusstsein, dein Nervenkostüm und so weiter. Das leere Glas ist die Recherche, an der du arbeitest. Soweit klar?"

„Soweit klar."

„Um den Fall zu bearbeiten, verbrauchst du Treibstoff." Die Anwältin goss ein wenig Wasser in das leere Glas. „Bei einem normalen Fall brauchst du nicht viel. Außerdem füllt sich dein Glas auch langsam wieder. Durch Anerkennung, Erholung und so weiter. Ich habe aber den Eindruck, dass die Recherche zu den Anarchisten dein Glas viel schneller leert, als du es nachfüllen kannst. Dein Nervenkostüm ist ziemlich am Ende, du hinterfragst deine Eignung und von deinem Ehrgeiz ist auch nicht mehr viel übrig." Teresa goss so viel Wasser in das andere Glas, dass nur noch ein kleiner Rest übrigblieb. Sie reichte das Glas Marcela. „Das bist jetzt du."

„Treffendes Bild", murmelte Marcela frustriert und betrachtete das Glas. „Aber wie hilft mir das weiter?"

„Du musst schleunigst versuchen, dein Glas wieder aufzufüllen. Die einfachste Möglichkeit ist, dass du morgen nach Montevideo zurückfährst, deine Reportage auf Basis dessen, was du bislang recherchiert hast, ablieferst und dich dann erholst. Später kommst du wieder hierher und machst weiter. Vorausgesetzt, die Grenzen werden nicht längerfristig zugemacht und dein Chef hat nichts anderes mit dir vor."

„Gibt es eine andere Möglichkeit?"

„Gibt es." Die Anwältin nahm die Wasserflasche und füllte Marcelas Glas.

„Äh?"

„Wenn du hierbleiben solltest, habe ich drei Ratschläge. Erstens, schalte einen Gang runter, nimm dir einen Tag frei. Wenn dein Chef nervt, lüge ihn an. Sage ihm, dass du deine Tage hast, klar?"

Marcela nickte.

„Zweitens, entlaste dich. Suche dir Unterstützung von Leuten, die sich auskennen. Esteban ist nett und ziemlich schlau, aber erschreckend naiv. Er denkt ja auch ernsthaft, dass seine Tochter beim Bergwandern in Mendoza ist."

„Ist sie nicht?"

„Sandra und Bergwandern? Sie ist in Chile bei den Protesten." Teresa machte eine kurze Pause. Sie dachte nach.

„Machst du dir Sorgen um sie?"

„Ja, das mache ich. Aber es geht jetzt nicht um Sandra, sondern um dich. Also drittens, versuche dich zu motivieren. Gibt es jenseits von dem, was du mir damals gesagt hast, Dinge die dich antreiben? Aus denen du ein paar Tropfen Wasser ziehen könntest?"

„Du sprichst manchmal in Rätseln. Außerdem hatte ich gestern zu viel Whisky. Mein Kopf ist immer noch etwas matschig. Kannst du mir erklären, was du damit meinst? Am besten mit Gläsern und Flaschen. Dann kapiere ich es vielleicht."

Die Anwältin schmunzelte. „Ich versuche es. Ich denke, ich habe ein größeres Glas oder womöglich eine Ersatzflasche."

„Information nicht angekommen."

„Ich probiere es andersherum. Ich bin Anwältin und vertrete Leute, die vor Gericht in der Regel keine Chance haben. Oft geht es um Polizeigewalt. Die Chancen, einen Bullen hinter Gitter zu bekommen, sind extrem gering. Beweise und Zeugen hin oder her. Das System ist reaktionär und korrupt. Bestünde mein Antrieb lediglich aus meinen persönlichen Moralvorstellungen und meinen Hoffnungen auf eine Karriere als Anwältin, hätte ich schon vor ein paar Jahren aufgegeben." Teresa nahm ihr Wasserglas und trank es leer.

„Das kann ich mir vorstellen. Aber woher kommt deine Ersatzflasche?"

„Zum einen bin ich eine politische Überzeugungstäterin. Das hilft, da ich dadurch meine Arbeit weniger persönlich nehme. Natürlich nimmt es mich mit, wenn so ein beschissener Bulle grinsend den Gerichtssaal verlässt, obwohl alles dafürspricht, dass er den Mann meiner Mandantin vorsätzlich erschoss. Aber ich empfinde es nicht als persönliche Niederlage. Zumindest nicht nur. Außerdem habe ich Gleichgesinnte, mit denen ich mich austauschen kann. Menschen, die mich aufbauen, wenn ich es nicht mehr aushalte." Die Anwältin leerte den verbliebenen Rest aus der Flasche in ihr Glas. Sie überlegte kurz und fuhr fort: „Im Prinzip ist es bei vielen Menschen so. Du erträgst die Dinge besser, wenn du einer Idee anhängst, die über deinen individuellen Problemen zu schweben scheint. Egal, ob es sich dabei um eine politische Überzeugung, religiösen Wahn oder sonst etwas handelt. Denke an die Irren, die alles in Kauf nehmen, um in der Wüste nach UFOs Ausschau zu halten."

„Ich verstehe", entgegnete Marcela. Sie lächelte das erste Mal seit dem Gespräch mit Adela. „Du schlägst vor, dass ich im übertragenem Sinn UFOs suchen sollte."

Auch Teresa lächelte. „Zum anderen hilft mir meine Boshaftigkeit."

„Du und boshaft?"

„Du kennst mich nicht, wenn ich im Gerichtssaal agiere. Auch wenn ich weiß, dass die meisten Typen freikommen, gibt es mir trotzdem ein Gefühl von Befriedigung, sie schwitzen zu sehen. Weil ganz sicher können sie sich auch nicht sein. In seltenen Ausnahmefällen werden sie doch verknackt. Boshaftigkeit hat mit der Verteidigung der eigenen Würde zu tun. Ich signalisiere damit, dass ich mich nicht unterkriegen lasse." Schmunzelnd ergänzte sie: „Und ab und zu hilft es auch im Privaten."

Nach einer Stunde verabschiedeten sie sich mit einer langen Umarmung. Marcela ging auf den nahegelegenen Friedhof von Chacarita. Sie fühlte sich etwas besser. Marcela setzte sich auf eine Steinbank und betrachtete die Grabstätten. Nach zwanzig Minuten bekam sie die Nachricht von Esteban, dass er etwas gefunden habe. Sie blieb noch eine Minute sitzen, dann ging sie. Marcela hatte mehrere Entscheidungen getroffen. Eine davon war, dass sie morgen nicht nach Montevideo zurückfahren würde.

# Kapitel 22

„Du liest ein Buch von mir?“ Esteban muss schmunzeln, als er mit einer Tüte *Facturas* in die Wohnung zurückkehrt. „Und? Wie findest du es?“

Marcela liegt auf dem Sofa und antwortet ohne aufzublicken. „Es ist sehr informativ. Du bist zweifelfrei ein guter Historiker.“

„Aber?“

„Aber dein Stil ist zu eintönig. Man merkt, du bist Historiker und kein Journalist.“

„So ist es. Lass uns frühstücken.“ Esteban legt die Tüte auf den gedeckten Esstisch. „Hat sich Sergio schon gemeldet?“

„Nein, noch nicht.“ Marcela legt das Buch beiseite und setzt sich an den Tisch. „Konntest du erledigen, um was ich dich gebeten hatte.“

„Habe ich gemacht. Aber meine Kontaktleute sind pessimistisch, dass sie eine Spur finden.“

Marcela isst das erste Süßgebäck als ihr Notebook eine eingehende Mail meldet. „Kannst du bitte nachsehen?“ fragt sie mit vollem Mund. Sie streckt Esteban ihre Finger entgegen. „Meine Finger sind voll Zucker. Das Passwort zum Entschlüsseln ist scheißstofffetzen1969. Alles klein- und zusammengeschrieben.“

„Es ist Sergios Antwort“, lässt Esteban sie wissen.

„Was schreibt er?“

„Moment, bitte.“ Esteban entschlüsselt und überfliegt den Text. „Sergio war gestern noch bei Andrés. Er glaubt, dass dieser etwas weiß … Andrés hat sich aber einen Tag Bedenkzeit erbeten … Sergio vermutet, er wolle sich erst mit anderen beraten. Wahrscheinlich Genossen von ihm … Außerdem war er bei den Verlegern. Die geben ihr ok, dass du bis auf Weiteres in Buenos Aires bleiben kannst … Es folgen ein paar Spartipps von Sergio … Dann war er noch bei den Anwälten, aber das ist nur Bla Bla. Zum Schluss schreibt er, dass wir uns von dem Arschloch fernhalten und nichts Dummes anstellen sollen.“

„Das ist gut“, sagt Marcela mampfend während sie das zweite Gebäck isst.

„Natürlich ist das gut. Unsere *Facturas* sind allemal besser als eure *Bizcochos*“, bemerkt Esteban grinsend.

„Das meine ich nicht. Ich finde es gut, dass wir mit unserer Theorie nicht völlig daneben lagen. Zumindest scheint es Andrés auch für möglich zu halten, dass ein Spitzel in der Wohnung war.“

„Stimmt. Wie machen wir weiter?“

„Ich habe beschlossen, mir heute eine Pause zu gönnen. Sofa, Buch, *Facturas*. Was könnten wir auch machen? Sergio hat Recht damit, dass wir uns von dem Arschloch fernhalten sollten. Und bis deine Kontaktleute etwas gefunden haben, gibt es in Bezug auf die Fahne auch keine neuen Anhaltspunkte. Also bleibe ich hier und sehe zu, dass mein Glas wieder voll wird.“

„Whisky?“

„Nein“, antwortet Marcela lachend. „Ich meinte etwas anderes. Ist auch egal. Was hast du vor?“

Esteban überlegt kurz. „Stimmt schon. Viel recherchieren können wir im Moment nicht. Ich besuche nachher vielleicht Sandra. Sie müsste gestern vom Bergwandern zurückgekehrt sein. Warum schmunzelst du?“

„Vergiss es. Nicht wichtig.“

„Wir könnten uns später zum Abendessen treffen. Hättest du Lust?"

„Klar. Aber gehen wir in eine Pizzeria. Weil, euer Fleisch … na ja."

---

Esteban ging schon früh an dem Tag in die Universität. Er hatte am Abend zuvor Marcela versprochen, die Leute zu kontaktieren, die ihnen bei der Suche nach Luisa María Blanco Evans geholfen hatten. Allerdings hatte er dieses Mal weniger Informationen. Sáenz Duráns gibt es viele. Ob Matilda diese Nachnamen gehabt hatte, wusste er nicht. Vielleicht übernahm sie den ersten Namen von ihrem Vater. Falls er und Adela verheiratet waren. Den oder die Vornamen von Adelas Bruder kannte er nicht. Sie hatte ihn Marcela nicht genannt. Ebenso wenig dessen Alter.

Esteban beschloss, nicht alle seine Kontakte zu nutzen. Er war vorsichtiger geworden. Bei wenigen gründete sich das Verhältnis auf Freundschaft, bei den meisten auf gegenseitige Gefälligkeiten. Esteban konnte sich bei Letzteren aber nicht sicher sein, dass diese nicht auch in der Schuld anderer stünden und zumindest von seinen Anfragen berichteten. Diese Menschen wollte er dieses Mal lieber außen vor lassen, zumal einige von ihnen im Sicherheitsapparat arbeiteten.

Zumindest gelang es Esteban, nach einer Stunde jemanden in der Verwaltung von Comodoro Rivadavia zu erreichen. Die Person sicherte ihm zu, im Geburtsregister nach einem Sáenz Durán zu suchen, der zwischen 1956 und 1962 in der Stadt geboren wurde. Bis zu einer Rückmeldung könnte es aber Tage oder Wochen dauern. Esteban lief die Zeit davon. Bald müsste er wieder täglich zur Universität. Theoretisch zumindest. Der Vorlesungsbeginn stand wegen der Maßnahmen gegen die Ausbreitung des Coronavirus' immer noch nicht fest. Aber deshalb verbindlich mit einigen Wochen mehr Zeit zu rechnen, wäre verfrüht.

Noch größere Sorgen bereitete ihm Marcela. Esteban befürchtete, sie könne bei nächster Gelegenheit zusammenbrechen. Aber er wusste nicht, wie er ihr helfen könnte, nicht einmal, ob sie das wollte. Trotz der Schwierigkeiten, die er mit ihrer, nach seinem Dafürhalten, lauenhaften Art hatte, war die Zusammenarbeit produktiv. Sie waren ein gutes Team, befand Esteban. Aber obwohl sie seit einem Monat zusammen gearbeitet hatten, konnte er keinen persönlichen Draht zu ihr aufbauen. Nicht dass er an einer Freundschaft mit ihr interessiert gewesen wäre, aber es hätte die Zusammenarbeit, so hatte er gehofft, etwas angenehmer gestaltet. Ein oder zwei Mal hatte er es probiert, aber eine Abfuhr erhalten. Sicherlich lag das auch an ihm, gestand sich Esteban ein. Er hatte bestimmt auch einige Male falsch reagiert. Aber lag es nur an ihm? Marcela hatte von Anfang an so agiert, als müsse sie sich gegen ihn behaupten. Nicht nur ihre Spitzen gegen die *Porteños* schienen mehr zu sein als die üblichen Sticheleien, die er von Sergio zu hören bekam. Mit diesen konnte Esteban leben, zumal er sie in erster Linie als Ausdruck eines kollektiven uruguayischen Minderwertigkeitskomplexes betrachtete. Aber bei Marcela? Was wollte sie mit ihren verbalen Attacken gegen ihn kompensieren? Das Gefühl mangelnder Professionalität wohl kaum. Marcela war gut, und Esteban glaubte auch, dass sie das selbst wusste. Oder wusste sie es nicht? Esteban musste feststellen, dass er ihr nie gesagt hatte, was er von ihrer Arbeit hielt. Oder lag es daran, dass er ein Mann und zwanzig Jahre älter war? Esteban erinnerte sich an Marcelas Wutausbruch in Patagonien. Er hatte sich schon damals gefragte, ob es allein das Schicksal Adelas gewesen war, das Marcela so aus der Fassung gebracht hatte oder auch eigene Erfahrungen. Er war zu feige gewesen, Marcela diese Frage zu stellen.

Ihren Stimmungswandel seit gestern Nachmittag konnte Esteban sich ebenfalls nicht erklären. Zumal er bemerkte, dass ihre zurückgewonnene Leichtigkeit aufgesetzt wirkte. Er fragte sich, ob sich Marcela Stimmungsaufheller besorgte. Legale oder Illegale.

Er schüttelte sich. Esteban verließ sein Büro und ging *Facturas* einkaufen.

---

„Darf ich dich etwas Persönliches fragen?" wendet sich Marcela an Esteban.

Er studiert die Speisekarte der Pizzeria, die der Kellner gebracht hat. „Hm?"

„Ich habe mir in den vergangenen Tagen oft selbst die Frage gestellt, warum ich das hier mache. Ich habe die Hoffnung, dass ich langsam dahinterkomme. Aber was ist mit dir? Was ist deine Motivation?"

„Keine Ahnung", murmelt Esteban ohne von der Karte aufzublicken.

„Esteban, ich meine es ernst. Ein Risiko einzugehen, ist Teil meines Jobs. Aber du? Du bist Historiker, analysierst Dokumente, schreibst Bücher. Aber jetzt hilfst du mir, einen Typen vom Geheimdienst auffliegen zu lassen. Das ist nicht ungefährlich. Also, warum tust du das?"

Esteban legt die Speisekarte zur Seite. „Ich kann dir wirklich nicht genau sagen, was mich antreibt. Es sind verschiedene Dinge. Und natürlich habe ich ein mulmiges Gefühl, wenn ich daran denke, was auf uns noch zukommen könnte. Aber welche Wahl habe ich denn? Mich ins Bett verkriegen und hoffen, dass der Sturm vorüber zieht? In dem Augenblick, als das Arschloch zu dir ins Café kam, haben sich die Regeln des Spiels geändert."

„Warum bist du nicht ausgestiegen, nachdem der Typ mich bedroht hatte? Ich hätte es dir nicht verdenken können."

Esteban schüttelt den Kopf. „Ich wäre natürlich froh gewesen, wenn du nach Montevideo zurück gefahren wärst. Aber das war deine Entscheidung. Dich in einer solchen Bedrohungssituation allen zu lassen, war nie eine Option."

Marcela blickt überrascht zu Esteban und sagt sichtlich gerührt: „Danke."

„Du brauchst dich nicht zu bedanken. Das ist das Mindeste. Zumal ich den Eindruck habe, dass die Schwierigkeiten, die wir haben, zum Teil auch meine Schuld sind."

„Deine Schuld?"

„Ich habe die Risiken unterschätzt. Hätte ich Sergios und deine Bedenken rechtzeitig Ernst genommen, hätte ich unsere Recherchen besser tarnen können. Es hätte dann etwas länger gedauert, aber man wäre vielleicht nie auf uns aufmerksam geworden … aber hätte, hätte, wäre bringt uns jetzt auch nicht weiter."

„Auch mit den besten Vorsichtsmaßnahmen der Welt, hätten wir irgendwann in das Haus gehen, die Nachbarn gefragen und den Schuppen durchsuchen müssen. Sonst wären wir nie auf Adelas Spur gestoßen. Das Arschloch hätte es in jedem Fall mit bekommen. Der Typ sitzt ja dort wie die Spinne im Netz."

Esteban murmelt nachdenkdenlich: „Stimmt. Aber trotzdem. Ich ärgere mich, dass ich so dumm war und dachte, Nachforschungen nach dem Verbleib der Fahne würde heute niemanden mehr interessieren."

„Warum hat der Fall eigentlich dich interessiert? Gestohlene uruguayische Nationalsymbole gehören sicherlich nicht zu deinem Forschungsschwerpunkt?"

„Nein, gehören sie nicht", antwortet Esteban mit einem aufgesetzten Lächeln. „Aber trotzdem ist für mich unsere Recherche beruflich nicht uninteressant. Ein Mosaiksteinchen mehr in der Rekonstruktion der Ereignisse von damals. Außerdem arbeite ich ab und zu gerne mit Laien zusammen."

„Mit Laien?" protestiert Marcela.

„Entschuldigung, ich habe mich falsch ausgedrückt. Ich meinte, mit Nichthistorikern. Du bist keine Laiin. Du bist eine gute Journalistin. Nein, sogar eine ausgezeichnete Journalistin. Du bist intelligent, professionell und wie du …"

Marcela blickt skeptisch zu Esteban. „Alles Ordnung mit dir?"

„Wieso, stimmt doch, was ich sage. Allein wäre ich nie soweit mit den Nachforschungen gekommen."

„Wolltest du allein nach der Fahne suchen?"

„Zeitweise hatte ich mir das tatsächlich überlegt. Für den Fall, dass du nach Montevideo zurück gefahren wärest, bevor wir mit Sicherheit gewusst hätten, was mit der Fahne passiert ist."

„Aber warum? Hältst du dich insgeheim doch für Indiana Jones?"

„Na ja. Jenseits meines wissenschaftlichen Interesses an dem Fall, finde ich die Geschichte mit der Fahne an sich so … so … bizarr. Die Aussicht, sie zu finden … ich meine, das wäre schon was. Aber nein, ich halte mich nicht für Indiana Jones. Leider."

„Was ist los? Du wirkst traurig."

„Ich habe dich heute Morgen gefragt, wie du mein Buch fändest. Informativ, aber zu eintönig geschrieben, war deine Antwort. Dass ich ein guter Historiker bin, weiß ich. Aber reicht mir das? Ich sehe Sandra, ich sehe, was sie alles macht. Natürlich mache ich mir Sorgen, aber ich bin auch stolz auf sie. Sie riskiert etwas für Dinge, die ihr wichtig sind. Aber ich? Ich habe den Eindruck, dass mein Leben auch etwas zu eintönig geschrieben ist."

„Verspätete Midlife-Crisis", entfährt es Marcela, die ihren Kommentar sofort bedauert. „Entschuldigung, das habe ich nicht so gemein. War eine Dummheit."

Esteban nimmt die Speisekarte. Er grinst gequält. „Bevor du weiter Dummheiten von dir gibst, lass uns bestellen. Ich habe Hunger."

Nachdem sie gegessen haben, wendet sich Marcela wieder an Esteban. „Noch etwas."

„Was denn? Ein blöder Spruch über die Pizza?" fragt Esteban genervt.

„Nein. Die Pizza war gut. Ich habe eine ernsthafte Frage, die wir nie geklärt haben. Was würdest du machen, wenn du die Fahne fändest. Den Autoritäten übergeben?"

Esteban lächelt. „Es mag sein, dass du Recht hast. Vielleicht bin ich ein eitler, moralisch fragwürdiger Macho-Klugscheißer in der Midlife-Crisis. Aber ich versichere dir, ich bin kein Arschloch."

Auch Marcela lächelt.

Marcela schaltet ihr Notebook ein, nachdem sie wieder in die Wohnung zurückgekehrt sind.

„Eine Mail von Sergio", ruft sie.

Esteban öffnet die Badezimmertür. „Was schreibt er?" fragt er nahezu unverständlich. Sein Mund ist voll Schaum. In der Rechten hält er seine Zahnbürste.

„Verstärkung naht! Andrés kommt morgen mit der Mittagsfähre."

Esteban dreht sich um und spuckt ins Waschbecken. „Showdown!"

„Showdown!", wiederholt Marcela und sagt danach leise zu sich selbst. „Aber zuerst muss ich mit Andrés ein ernstes Wort reden."

# Kapitel 23

„Marcela, Kleine, aufwachen! Komm schon, mach die Augen auf!"

Marcela vernimmt dumpf die Stimme. Irgendjemand tätschelt ihre Backen. Sie ertastet mit ihrer rechten Hand Stoff. Marcela öffnet die Augen und blickt in die Richtung der Hand. Verschwommen glaubt sie zu erkennen, dass sie auf einem Sofa liegt. Hinter ihrer Hand taucht schemenhaft Esteban auf. Er steht stocksteif in der Ecke.

Marcela dreht den Kopf in Richtung der Stimme. „Na, da bist du ja wieder. Hallo. Ich bin's, Andrés." Marcela erkennt langsam das Gesicht des alten Anarchisten. Er lächelt. Neben ihm ist ein anderes Gesicht, das sie anlächelt. Das Gesicht des Arschlochs.

Mit schwacher Stimme sagt sie: „Kann mir bitte jemand diese Scheiße erklären?"

---

Marcela und Esteban holten Andrés am Fährterminal ab. Sie fuhren direkt zurück in die Wohnung. Andrés war begierig darauf, alle Details der bisherigen Recherche zu erfahren. Fast drei Stunden lang berichteten Marcela und Esteban über den Stand ihrer Nachforschungen. Am Ende wandte sich Marcela an den alten Anarchisten.

„Jetzt hätte ich eine Frage an dich. Ich mag es nicht, wenn ich instrumentalisiert werde. Also, seit wann wusstest du, dass in der Wohnung in der Calle Humberto Primero ein Spitzel war?"

Andrés sah sie überrascht an.

„Ich bitte dich, sieh mich nicht so an. Ich verbrachte gestern den ganzen Tag auf dem Sofa hier. Ich hatte viel Zeit zum Nachdenken. Es kam mir damals schon komisch vor, dass du uns den Tipp mit der Wohnung gegeben hattest. Die Garantien, die ich dir versprach, hättest du jeder Zeit von Sergio bekommen können. Meine Allgemeinplätze über gemachte und geschriebene Geschichte dürften dich auch nicht besonders beeindruckt haben. Du wolltest aber unbedingt unsere Recherchen einsehen. Wahrscheinlich für den Fall, dass wir nichts finden könnten. Du hättest so zumindest ein paar Anhaltspunkte mehr für deine eigene Suche. Bei unseren Treffen ließest du ganz nebenbei das Thema Spitzel einfließen. Sehr dezent, Gratulation, gerade so deutlich, dass ich nicht Verdacht schöpfte, aber das Thema in meinem Gedächtnis blieb. Also noch einmal, seit wann wusstest du, dass in der Wohnung in der Calle Humberto Primero ein Spitzel war?"

Andrés trank ruhig einen Schluck Kaffee, verzog etwas das Gesicht und antwortete. „Du hast Recht, ich war nicht ganz ehrlich zu euch. Die Entscheidung, euch über die Wohnung zu informieren, traf ich nicht spontan. Ich habe das zuvor mit meinen Genossen abgesprochen. Die Anfrage von Sergio kam ja schon einige Tage früher. Deine Allgemeinplätze waren auch gar nicht so schlecht. Vielleicht ein bisschen zu pathetisch, aber im Kern nicht falsch. Hättest du mit dem Recht der Öffentlichkeit auf Information angefangen, hättest du jedenfalls nichts erfahren. Ich kannte dich damals nicht. Ich wollte dir ein bisschen auf den Zahn fühlen. Deine Rohdaten wollte ich mir in Ruhe einmal ansehen, ob nichts Interessantes drinsteht, das nicht in deiner Reportage vorkommt. Beispielsweise Details, die die Angehörigen interessieren könnten."

„Von dem Spitzel willst du erst gestern erfahren haben? Das glaube ich dir nicht."

„Wenn du mir nicht glaubst, dann vielleicht ihm. Wenn das Scheusal, von dem du gesprochen hast, sich nicht irrt, müsste er jetzt zuhause sein. Es sei denn, er steht an der nächsten Straßenecke und observiert die Wohnung hier. Das kann ich mir aber nicht vorstellen."

Andrés stand auf und ging zur Wohnungstür. „Na kommt schon, ich habe nicht ewig Zeit."

An der Tür des Arschlochs klingelte es. Er legte die Zeitung beiseite und erhob sich vom Sofa. Als er die Tür öffnete, sah er sich drei Personen gegenüber. Zwei davon kannte er. Sie hatten sich anderthalb Meter von der Tür entfernt postiert. Die beiden glichen schlechten Kopien von Bodyguards. Mit verschränkten Armen und ernsten Blick starrten sie ihn an. Vor ihm stand ein Mann Mitte siebzig und etwa einen halben Kopf größer als er.

„Hallo Pepe. Ist schon eine Ewigkeit her."

Das Arschloch war verwirrt. Er blickte seinem Gegenüber ins Gesicht. „Was?"

„Ach komm, Pepe. Erinnerst du dich nicht? In deinem scheiß Café: doppelter *Cortado*, kleiner Whisky und drei *Alfajores*."

Das Arschloch brauchte zwei Sekunden. Dann begannen seine Augen zu leuchten. Er lachte und rief: „Das darf doch nicht wahr sein! Andresito! Lass dich umarmen!"

In diesem Moment spürte Marcela noch kurz, wie ihre Knie nachgaben. Dann wurde ihr schwarz vor Augen.

---

Marcela setzt sich auf und trinkt einen Schluck aus dem Wasserglas, das ihr Andrés reicht.

„Ihr kennt euch?" stammelt sie noch benommen.

„Klar. Das ist Pepe Pérez. Pepe, darf ich vorstellen. Marcela Tellado, Journalistin einer linken Zeitung in Montevideo und der bleiche Kleiderständer in der Ecke ist Esteban Irgendwie von eurer hiesigen Universität. Aber die Namen kennst du ja schon."

Pepe nickt. „Und warum schnüffeln die hier herum? Befragen die Nachbarn und durchwühlen den Schuppen? Hättest du übrigens sehen sollen. In Unterwäsche und OP-Klamotten. Zum Schießen." Er lacht. Andrés blickt amüsiert erst zu Marcela und danach zu Esteban.

Andrés versucht, ernsthaft zu klingen. „Sie suchen etwas aus dem Nachlass der Genossen. Einer von ihnen war damals Verantwortlicher für wichtige Dokumente von uns. Er muss sie an eine Vertrauensperson weitergegeben haben."

„Habe ich mitbekommen, dass sie irgendwas suchen. Aber was machst du jetzt hier, mein alter Freund?"

„Die beiden haben um Hilfe gerufen, weil sie dachten, du seiest ein Spitzel der *Milicos*. Du musst ziemlich gut gewesen sein als du Marcela eingeschüchtert hast."

„So gut war ich wahrscheinlich gar nicht. Ich musste improvisieren. Aber das Timing hat gestimmt. Ich bin Marcela zum Orletti gefolgt. Sie hat eine halbe Stunde mit irgendeiner Frau gequatscht und war danach ziemlich durch den Wind. Sie hat sich auch gleich ein paar Whiskys genehmigt und da dachte ich, jetzt oder nie … Ihr Uruguayer sauft wirklich zu viel von dem Zeug."

„Wem sagst du das. Aber erzähl mal, wie es dir so ergangen ist. Ist ja schon eine Ewigkeit her, dass …"

„Halt! Aufhören!" Marcelas Gehirn beginnt wieder zu arbeiten. „Ich störe eure Plauderei nur ungern, aber … Andrés, verdammt nochmal, wer ist das?" Sie zeigt auf Pepe.

„Das ist …", beginnt Andrés, „ach was, Pepe, du bist alt genug, dich selbst vorzustellen."

„Ich bin Pepe Pérez", sagt der Angesprochene und schweigt.

„Und weiter?" Marcela reibt sich am Kopf.

„Ich kann dir jetzt meine Lebensgeschichte erzählen oder du stellst mir einfach Fragen. Dann geht es schneller. Ich möchte mit Andresito schnellstmöglich in eine Bar verschwinden. Also was möchtest du wissen?"

„Woher kennt ihr euch?"

Pepe blickt zu Andrés und nachdem dieser genickt hat, antwortet er. „Ich und ein paar andere Genossen haben deine Landsleute unterstützt, die dreiundsiebzig zu uns kamen. Wohnungen beschafft, falsche Papiere, Arbeit, Waffen. So Sachen halt. Ich war eine Art Aufpasser."

„Aufpasser?"

„Wir waren immer in der Nähe ihrer Wohnungen. Wir kannten den Feind besser als sie. Uns wäre schneller aufgefallen, wenn sie überwacht würden. Das dachten wir zumindest."

„Aber nach meinen Recherchen wurden sie überwacht, sogar durchgehend."

„Du meinst, die Blockwartin von gegenüber?"

„Ja."

„Die Lorenzo war nicht gefährlich. Die Polizei glaubte ihr kein Wort mehr. Irgendetwas war, ich erinnere mich nicht mehr genau. Irgendein Bulle, der Ende der Sechziger hier wohnte. Den wollte sie wegen Pädophilie anzeigen, weil er mit seinen Enkeln rumspielte. Irgend sowas in der Art. Und noch zwei, drei ähnliche Dinge. Danach war sie bei den Bullen unten durch."

„Zurück zu dir. Du warst der Aufpasser für die Wohnung nebenan?"

„Ja, ich war prädestiniert für diesen Job. Wir haben ihnen deshalb auch diese Wohnung besorgt, als sie leer wurde. Ich war damals ein pickeliger Hänfling, eins zweiundsechzig, dürr. Ich sah bestimmt einige Jahre jünger aus, als ich war. Dazu spießige Klamotten. Ich hatte einen Job als Kellner in dem Café an der Ecke. Ich passte irgendwie nicht ins Profil des Feindes. Ich war praktisch unsichtbar."

„Wo wohntest du?"

„Na hier."

„Einen Augenblick." Esteban ist aus seiner Starre erwacht. „Ich dachte, hier wohnten die Brüder Ramírez?"

„Hier wohnten Nelson Ramírez und José Pérez, also ich. Nelson war mein Cousin und vier Jahre älter. Wir sahen uns aber entfernt ähnlich. Kein Wunder, dass die Leute geglaubt haben, dass wir Brüder waren. Mir war das egal."

„Und warum wohnst du jetzt hier."

„Na, weil die Wohnung mir gehört. Ich habe sie nach dem Tod Nelsons mit der Knete meiner Alten übernommen. Ich bin Ende einundachtzig nach Spanien und habe sie vermietet. Als Rentner bin ich wieder hierher zurück."

„Hat dich niemand wiedererkannt?"

„Einige schon, die meisten aber nicht. Ich meine, nach über dreißig Jahren? Mit doppelt so viel Kilo? Ich habe auch keine Lust gehabt, mich allen zu erkennen zu geben. Vor allem nicht der Blockwartin von gegenüber."

„Und woher kennst du Andrés? Er hat meines Wissens nie hier gewohnt."

„Hat er auch nicht. Aber im Café war er öfter. Ich wusste, dass er ein Genosse war. Wenn nichts los war, habe ich mich zu ihm gesetzt und wir haben gequatscht. Und über Politik, Fußball, Mate und Tango diskutiert. Das verbindet. So, noch Fragen? Die Kneipe ruft."

„Nicht so schnell", interveniert Marcela. „Ich habe noch viele Fragen. Erstens, warum wolltest du, dass ich verschwinde?"

„Ich wusste nicht, wer ihr seid und was ihr hier wollt. Es kam mir schon komisch vor, als so ein paar schnöselige Studenten auftauchten, und wissen wollten, ob ich hier schon seit den siebziger Jahren wohne oder Verwandte gewohnt haben. Ich habe sie natürlich angelogen. Und ein paar Tage später taucht ihr hier auf. Ich habe gelauscht und deine herzergreifende Geschichte von deinem verschollenen Onkel Carlos gehört, die du den Martinellis aufgetischt hast. Carlos hatte aber keine Geschwister. Als ihr in dem Schuppen noch das Foto von Adela und Matilda gefunden habt, musste ich was unternehmen. Ich wollte Adela beschützen."

„Ähhhh", kommt es langsam aus Marcelas Mund. „Du weißt von Adela, du kennst ihren richtigen Namen?"

„Natürlich. Adela Sáenz. Wir nannten sie in der Öffentlichkeit Luisa. Sie hatte Schiss, dass ihr Ex-Mann hinter ihr her ist. Hat sich regelrecht verkrochen in dem Schuppen."

„Er darf uns nicht sehen, er darf nicht wissen, dass ich es bin", murmelt Marcela.

„Wie bitte?"

„Nichts. Und du bist uns deshalb auch nach Patagonien gefolgt."

„Ja. Aber ich war zu spät. Ich brauchte auch eine Weile, um heraus zu bekommen, wohin ihr geflogen seid. Und dann bekam ich erst einen Flug am nächsten Montag. Da seid ihr schon auf dem Weg zu ihr gewesen. Das einzige was ich tun konnte, war, euch aus Comodoro zu verscheuchen. Ich wusste, wann ihr zurückkommt und habe mich sichtbar vor der Autovermietung postiert, damit ihr mich seht. Hat auch funktioniert."

„Wie konntest du das wissen?" fragt Esteban halb fasziniert, halb schockiert.

„Mietwagen haben GPS. Und eine Visitenkarte auf den Namen Eduardo Pedro Tellado Silva ist sachdienlich. Zusammen mit der rührenden Geschichte eines Vaters, der sich mit seiner Tochter treffen will, aber als seniler Greis sein Handy verloren hat. Und ein paar bedruckte Scheine mit Nullen darauf haben auch geholfen."

„Woher wusstest du, dass Adela dort lebt."

„Na, von Pablo?"

„Wer ist Pablo?"

„Na, Adelas Bruder natürlich. Der ist Mitte der Siebziger auch nach Buenos Aires gegangen und war die erste Zeit bei Adela. Danach hat er sie auch regelmäßig hier besucht. Ich habe ihn zuletzt vor einigen Wochen getroffen. Der lebt ein paar Ecken weiter. In Nueva Pompeya. Ich gebe euch auch die Telefonnummer, wenn ihr endlich mit der Fragerei aufhört, und mich in die Kneipe lasst."

Esteban ignoriert Pepes Wunsch. „Und unser Versuch, eine falsche Spur zu legen?"

„Das war gut, danach war ich beruhigt. Ihr wolltet offenbar auch Adela beschützen. Und zurück in Buenos Aires wurde es ja auch noch lustig mit euch."

„Wie, lustig?" stammelt Marcela.

„Meine liebe Marcela. Ich hoffe inständig für dich, dass du eine bessere Journalistin bist als Detektivin."

„Ich verstehe nicht."

„Lass es mich mal so ausdrücken. Die Perücke sah scheiße aus, aber das beige Kleid solltest du öfter tragen. So jetzt bin ich aber am Verdursten. Los geht's."

„Einen kleinen Moment noch, bevor wir losziehen."

„Was noch, Andresito?" Pepe macht einen übertrieben enttäuschten Gesichtsausdruck und trippelt mit den Beinen.

„Wissen die von den beiden?" Andrés deutet auf Marcela und Esteban.

Pepe antwortet ernst: „Ich bin mir sicher."

„Und im Moment? Wissen die von unserem Besuch."

„Ich glaube nicht."

„Wer sind DIE?" platzt es aus Marcela heraus.

„Die", antwortet Pepe ernst. „Na, die halt. Bullen, Geheimdienst, Militär, das ganze Pack. Der Feind halt."

„Und du bist dir sicher, dass … die … oder … das, also dass der Feind weiß, was wir machen?"

„Ob sie genau wissen, was ihr hier macht? Das kann ich nicht sagen. Aber beobachtet haben sie euch."

„Aber … aber wir haben, wir waren doch …"

„Marcela, ich habe euch ein paar Tage lang beschattet. Ihr seid dreimal mit demselben Taxifahrer gefahren. Immer in anderen Wägen. Welch ein Zufall. Erinnerst du dich an den Fahrer. Weißt du noch, über was ihr im Fond geredet habt?"

„Äh, nein."

„Eben."

„Aber im Moment beschatten sie uns nicht?" will Andrés wissen.

„Ich glaube, sie haben das Interesse etwas verloren, nachdem die beiden in Patagonien waren. Der Typ, der aushilfsweise in dem Café schräg gegenüber gearbeitet hat, war alles, bloß kein Kellner. Hatte keine Ahnung vom Metier. Dafür aber ziemlich neugierig. Er hat an dem Tag angefangen, als die Studenten mit den Befragungen begonnen haben. Seit zwei Tagen ist er aber wieder weg. So, und jetzt sage ich kein Wort mehr, bevor ich nicht einen Whisky getrunken habe."

Die vier machen sich auf den Weg in Pepes Stammkneipe. Marcela geht neben ihm und sagt leise: „Du warst bestimmt ein phantastischer Aufpasser."

„Ich war gut, aber leider nicht gut genug."

# Kapitel 24

„So, das war es jetzt endgültig. Die letzte Spur ist auch im Sand verlaufen. Keine Fahne, nicht einmal ein enttarnter Spitzel … Du fährst morgen zurück?“

„Ja, morgen früh, falls die Fähre noch fährt. Dann hätte ich wenigstens noch einen halben Tag zur Erholung. Am Montag will mich Sergio in der Redaktion sehen. Coronavirus und Reisebeschränkungen hin oder her.“

Marcela und Esteban sitzen nebeneinander auf dem Sofa. Sie starren enttäuscht auf einen kleinen Lederkoffer, der vor ihnen auf dem Boden liegt.

„Wirklich keinen Whisky, Marcela?“

„Nein, danke. Ich spüre den von gestern noch. Trotz Kopfschmerztablette. Ich fahre jetzt nochmal zu Pepe. Andrés ist auch dort. Ich möchte mit ihnen noch ein längeres Interview machen.“

„Ein netter Kerl, unser Ex-Arschloch. Ich habe den Eindruck, er macht sich immer noch Vorwürfe, dass er die Razzia nicht vorhersehen konnte. Aber es war nicht seine Schuld. Sie ging ja nicht vom Geheimdienst, sondern von den Bullen aus.“

„Wegen eines Raubüberfalls in der Nachbarschaft.“ Marcela schüttelte den Kopf. „Und sie hatten nicht einmal etwas damit zu tun. Wahrscheinlich rief irgendwer die Bullen an und behauptete, die Anarchisten seien es gewesen. Kann sein, dass sie der Lorenzo doch mehr glaubten, als Pepe vermutet.“

„Immerhin wissen wir jetzt, warum Adela ungehindert abhauen konnte. Bis die merkten, wen sie da geschnappt hatten, war sie längst weg."

„Adela." Marcela seufzt. „Immerhin brauche ich sie jetzt in der Reportage nicht zu erwähnen. Oder nur am Rande, um Ramón zu würdigen. Oder vielleicht schreibe ich doch was über sie. Ich weiß es noch nicht."

Esteban nickt und trinkt einen Schluck Whisky. „Trotzdem schade. Ich hatte einen so schönen Plan gehabt, was wir mit der Fahne hätten machen können. Falls sie bei Pablo gewesen wäre … War sie aber nicht."

„Nur aus Neugierde. Wie wäre der gewesen?"

„Ich hätte es gemacht wie Indiana Jones."

„Wie Indiana Jones?"

„Ja, wie im ersten Teil, der mit der Bundeslade."

„Das Ding, das den Nazis die Haut von den Knochen fraß. Ich will dich nicht enttäuschen, aber die Fahne dürfte kaum solche Zauberkräfte besitzen." Marcela fügt schmunzelnd an: „Irgendwie schade, Nazis gäbe es genug."

„Nein, ich meine den Schluss des Films. Wie das Ding in einem unendlich großen Lagerschuppen verschwindet."

Marcela zuckt mit den Schultern. „Kann ich mich nicht mehr daran erinnern. Du hast Zugang zu so einem Schuppen?"

„Zu etwas Vergleichbarem, dem Archiv des Historischen Instituts. Dort liegen so viele Sachen herum. Es blickt niemand mehr durch. Und es wäre auch geschützt vor dem Zugriff der Polizei oder des Militärs oder wem auch immer. Wer weiß, vielleicht liegt sie dort schon längst. Als vergessenes, nie katalogisiertes Objekt aus dem argentinischen Bürgerkrieg."

„Keine schlechte Idee. Aber ob sie dort so sicher wäre, wenn … wie soll ich sie nennen? … also, wenn der Feind einen Verdacht hätte."

„Das Archiv der Universität? In demokratischen Zeiten ist das ein geheiligter Ort. Dort marschieren die nicht einfach so rein und bedienen sich."

„Na ja", Marcela verzieht das Gesicht, „in Montevideo machten sie genau das vor einigen Jahren. Es gab einen professionellen Einbruch, die Überwachungskameras waren an dem Tag zufälligerweise alle kaputt."

„Was haben sie mitgenommen?"

„Unterlagen über den möglichen Verbleib von Verschwundenen. Dafür haben sie Drohbotschaften an das Forschungsteam hinterlassen."

„Das ging an mir vorbei. Wurden die Täter ermittelt?"

„Natürlich nicht. Aber es ist ein offenes Geheimnis, wer hinter dem Einbruch steckte."

„Der Feind?"

Marcela nickt und steht auf. „Ich gehe jetzt los. Heute Abend lade ich dich zum Essen ein. Lass uns meine letzten Spesen verjubeln. Reservierst du einen Tisch für zehn Uhr beim Basken?"

---

Marcela, Esteban, Andrés und Pepe blieben am Vorabend noch lange in der Kneipe. Der Aufpasser beantwortete einige Fragen, die Marcela halfen, die Lücken in ihrer Geschichte zu schließen. Sie erfuhr Details über die Festnahme der Anarchisten. Ebenso war sie jetzt sicher, dass Javier doch in der Wohnung lebte. Im Gegensatz zu der Fotografie trug er damals einen Bart. Adela hatte ihn einfach nicht erkannt. Marcela musste sich deshalb eine weitere Spitze Pepes in Bezug auf ihre mangelhafte Tarnung am Flughafen anhören. Es störte sie nicht weiter. Schließlich war Pepe Spezialist. Bis zu seiner Rente arbeitete er für eine Detektei in Madrid. Wie versprochen, gab er ihr die Telefonnummer von Adelas Bruder. Bevor sie sich verabschiedeten, blickte Marcela tief in Pepes Augen. Als sie ging, murmelte sie: „Grünbraun. Immerhin das stimmte."

Am Morgen riefen sie Adelas Bruder an. Er erwartete schon ihren Anruf. Pepe hatte ihn vorgewarnt. Als sie an seiner Wohnung ankamen, stand er bereits in der Eingangstür. In der Hand hielt er seinen kleinen Koffer.

„Ihr sucht nach dem hier, oder?"

Marcela und Esteban standen paralysiert vor ihm.

„Das ist der Koffer, mit dem Matilda zu mir kam."

„Äh", begann Esteban unsicher. „Was war damals in dem Koffer?"

„Na was schon? Ein paar Klamotten. Mehr hatte sie nicht dabei. Wollt ihr ihn haben oder nicht?"

„Äh, ja. Was willst du dafür?"

„Nichts. Ich verwende ihn nicht. Er gammelt hier nur rum."

Pablo wollte schon wieder in die Wohnung zurück, als Marcelas Stimme zurückkehrte. Sie befragte ihn über Adela und Matilda. Nicht mehr aus journalistischem Interesse, sondern aus privatem. Marcela brachte in Erfahrung, dass Adela schon Wochen vor ihrer Flucht plante, nach Patagonien zurückzukehren. Sie hatte Angst vor ihrem Ex-Mann. Der Koffer war ein Geschenk Ramóns. Er hatte ihr auch etwas Geld gegeben. Die Verhaftung Ramóns versetzte sie in Panik. Weiter erzählte Pablo, dass Matilda an Krebs verstarb und er seine Schwester, soweit es seine Möglichkeiten erlauben, unterstützt. Er überweist Elena aus dem Gemischtwarenladen regelmäßig etwas Geld, damit Adela zumindest das Allernötigste hat. Pablo hätte sie auch schon vor Jahren zu sich nach Buenos Aires bringen wollen, aber seine Schwester weigerte sich.

Sie verließen das Haus und fuhren zurück. Aber erst nachdem Esteban eine Flasche Whisky gekauft hatte.

———

Marcela spricht lange mit den beiden alten Anarchisten. Nicht nur Marcela wirkt angeschlagen von der gestrigen Wiedersehensfeier. Trotzdem führen sie konzentriert das Gespräch. Marcela hat den Eindruck, dass sie dieses Mal die richtigen Fragen stellt. Zu ihrer Überraschung darf sie das Gespräch sogar aufzeichnen.

Die meiste Zeit redet Andrés. Er versucht, Marcela nahe zu bringen, wie es für ihn war, im Uruguay der fünfziger und sechziger Jahre aufzuwachsen. Andrés kam aus einer proletarischen Familie. Sein Vater arbeitete, wie die meisten Männer am Cerro, in einem der großen Schlachthöfe im Westen Montevideos. Die Arbeit war schwer, wurde aber vergleichsweise gut entlohnt. Das Viertel entwickelte einen bescheidenen Wohlstand, von dem vergleichbare Stadtteile in anderen Ländern zu diesem Zeitpunkt nur träumen konnten. Es gab Kinos, an fast jeder Ecke ein Café oder eine Bar. Und auch für diejenigen, die kein Auskommen in den Schlachthöfen fanden, gab es Möglichkeiten, eine Arbeit zu finden. Das galt auch für Andrés' Mutter, die in einem Lebensmittelgeschäft angestellt war.

Als Mitte der fünfziger Jahre die internationale Nachfrage nach Fleischprodukten zusammenbrach, veränderte sich Andrés' Leben schlagartig. Der Schlachthof, in dem sein Vater arbeitete, wurde geschlossen, und das Einkommen der Mutter reichte nicht einmal für das Nötigste. Andrés musste die Schule abbrechen und mit Gelegenheitsjobs das Familieneinkommen aufbessern. Viele seiner Klassenkameraden erlitten das gleiche Schicksal.

„Hast du dich deshalb den Anarchisten angeschlossen?"

„Wegen der sozialen Situation? Sicherlich auch. Aber vor allem war ich wütend. In den scheiß Bonzenvierteln ging das Leben ja praktisch unverändert weiter. Die taten so, als seien wir immer noch die ‚Schweiz Lateinamerikas'. Denen war doch scheißegal, wie Leute wie meine Eltern über die Runden kommen. Wenn man sie ausbeuten kann, dann umso besser.

Dann gibt es ein paar Brosamen. Wenn nicht, dann haben die Typen ja schon genug Geld ins Ausland geschafft, um weiterhin bestens zu leben. Das ist ja heute nicht anders. Ich wollte den scheiß Typen Feuer unter dem Arsch machen."

„Das ist euch ja teilweise gelungen."

Andrés grinst. „Ja, spätestens nach der kubanischen Revolution bekamen sie richtig Schiss. Wenn es eine kleine, arme Karibikinsel schaffte, dieses scheiß Pack rauszuwerfen, warum sollte das nicht auch hier möglich sein?"

„Hast du wirklich geglaubt, dass Uruguay vor einer Revolution stand?"

„Damals schon. Zumindest deutete vieles daraufhin. Es gab militante Streiks und es bildete sich eine starke linke Gewerkschaftsbewegung. Viele meiner Genossen hatten dort etwas zu sagen. Das waren nicht so Maulhelden wie heute. Das ganze scheiß System schien am Ende zu sein. Die traditionellen Parteien verloren zunehmend ihren Rückhalt, auch bei Leuten, die davor nichts von Anarchismus oder Kommunismus wissen wollten. Als sie achtundsechzig anfingen, in Studentendemonstrationen zu schießen, dachte ich, die Totenglocken des Systems zu hören." Nach einer langen Pause fügt Andrés mit brüchiger Stimme hinzu: „Spätestens dreiundsiebzig wurde mir klar, dass es unsere Totenglocken waren, die ich damals hörte. Wir wussten, dass … dass wenn wir sie nicht aufhalten, sie uns und viele andere fertigmachen. Und … so ist es ja auch gekommen. Wir haben es versucht, aber … wir hatten keine Chance. Der Putsch in Argentinien … wir saßen in der Falle. Wir konnten nur noch versuchen, am Leben zu bleiben." Andrés ringt sichtlich um Fassung. „Aber das ist vielen von uns nicht gelungen."

Marcela wagt es nicht nachzuhaken, obwohl sie noch viele Fragen zu Andrés' Leben im Untergrund gehabt hätte. Sie hat den Eindruck, dass sie damit dem alten Anarchisten zu viel zumuten würde. Sie wechselt das Thema und befragt Andrés und Pepe nach ihren persönlichen Erinnerungen an ihre drei ermordeten Genossen. Nicht nur in Bezug auf deren politisches Engagement, sondern auch auf deren Privatleben.

Nach fast drei Stunden beendet Marcela die Aufnahmefunktion ihres Handys. Sie bedankt sich und lässt ihren Körper in das Sofa sinken. Marcela stöhnt erschöpft.

„Was ist?" will Andrés wissen. „Geht es dir nicht gut?"

„Ich bin platt. Zu viel Whisky und zu wenig Schlaf in der letzten Zeit ... und ... ich weiß nicht ... ich bin irgendwie unzufrieden."

„Wegen des Gesprächs jetzt?"

„Nein, das war sehr gut. Meine Reportage wird hoffentlich genauso gut. Nein, darum geht es nicht."

„Worum geht es dann?"

„Es ist nur ... wegen des Koffers ... Ist aber auch egal ... Ich meine ... Ich dachte einfach nur, Adela wäre die Vertrauensperson gewesen."

„Das hätte mich ziemlich gewundert", bemerkt Andrés.

„Mich auch", ergänzt Pepe.

„Wieso das? Adela war perfekt. Sie war unauffällig, lebte zurückgezogen."

„Stimmt", erwidert Pepe, „aber sie war auch labil. Sie hätte keinem Verhör auch nur fünf Minuten standgehalten. Wenn Ramón Dokumente bei Nachbarn hinterlegt hatte, dann sicher nicht bei ihr."

„Aber bei wem dann? Bei den Álvarez' bestimmt nicht. Das wäre zu offensichtlich gewesen."

„Die hatten die Sachen auch nicht. Sie bekamen drei Tage später Besuch vom Geheimdienst. Konnten den Sohn gerade noch zu den Großeltern bringen."

„Und die anderen Hausbewohner?"

„Keine Ahnung. Ich wusste bis gestern auch nicht, dass Ramón Verantwortlicher für wichtige Dokumente war. Ich kann mal darüber sinnieren. Aber es ist schon ziemlich lange her …"

„Hatte der Geheimdient jemanden besonders in Verdacht? Wussten die von Ramóns Rolle?"

„Sie haben bestimmt was vermutet. Schon wegen Adelas schnellem Verschwinden. Und wahrscheinlich haben sie auch die Blockwartin konsultiert."

„Waren sie auch bei dir?"

„Klar. Zwei eklige Typen. Sie waren aber irgendwie auch nicht ganz davon überzeugt, dass Adela etwas mit unseren Genossen zu tun hatte. Jedenfalls zeigten sie mir ein Fahndungsfoto von einer Frau, die Adela nur entfernt ähnlich sah."

„Hmmm… apropos Foto. Eine Sache verstehe ich immer noch nicht. Ich meine, das Foto von Adela und Matilda, das ich im Schuppen fand. Es gibt keinen Sinn."

„Was ist mit ihm?"

„Warum war es noch da? Der Feind muss den Raum doch untersucht haben."

„Hat er auch. Aber ich habe, sofort nachdem Adela verschwand, aufgeräumt. Ihre persönlichen Dinge, anhand derer sie sie identifizieren hätten können. Ich habe alles in eine Kiste getan und diese dann versteckt."

„Bei dir?"

„Nein. Natürlich nicht. Bei den Martinellis. Die haben die Kiste wahrscheinlich irgendwann in den Schuppen zurückgebracht. Und nachdem niemand mehr da drinnen gewohnt hat, ist sie dann …"

„Wieso bei den Martinellis? Soweit ich weiß, gelten sie als ein bisschen … wie soll ich sagen?"

„Arrogant, schnöselig, verschlossen?"

„Ja, so was in der Art."

„Nein, nein. Die beiden sind zwar etwas eigenartig. Aber ganz in Ordnung. Sie hatten nur keine Lust auf zu enge Nachbarschaftskontakte. Aber mit Carlos haben sie sich gut verstanden."

„Wieso das denn?"

„Carlos war ein begnadeter Handwerker. Er ist ihnen bei der Küche und dem Bad zur Hand gegangen. Dafür gab es dann wohl ein paar Peso, und nachmittags Kaffee und Gebäck." Pepe schmunzelt. „So hat er es jedenfalls erzählt."

„Wussten sie, dass Carlos Anarchist war?"

„Ich denke schon."

„Wie kommst du darauf?" will Andrés wissen.

„Wegen der Scherze des alten Martinelli. Er kam immer am Wochenende ins Café. Einmal, als nichts los war und unsere drei Genossen vor der Tür warteten, sagte er nur trocken zu mir. ‚Was stellen sie heute wieder an?'"

„Und? Ist nur ein Spruch, den …"

„Klar. Aber ich habe nachgefragt, wie er das meint. Er sagt sowas wie, es sei im egal, was sie machen. Sie sollten nur die Finger von seinen Schließfächern lassen. Martinelli arbeitete bis zu seiner Rente in einer Bank."

„Verstehe. Auch möglich, dass er Carlos und die anderen verpfiffen hat."

„Dann säße ich wohl nicht hier, Andresito."

„Wie? Wusste er, dass du ein Aufpasser warst?"

„Er vermutete es bestimmt. Da bin ich mir heute sicher. Der alte Martinelli hat sich jedenfalls nach meiner Rückkehr darüber amüsiert, dass ich in Madrid als Detektiv gearbeitet habe. Nach dem Motto, da hast du ja einen Beruf gewählt, der deiner Begabung entspricht … Ich denke, dass … Warum blickst du so traurig drein? Ist alles in Ordnung?"

„Ich musste gerade an unsere Genossen denken. Unsere Tarnung war wohl bei weitem nicht so gut, wie wir dachten. Wenn selbst ein Nachbar uns durchschauen konnte, dann …"

Marcela hört zu und denkt nach. Sie hat Kopfschmerzen. Plötzlich fährt sie hoch. „Wie? Die Martinellis wussten nach deiner Rückkehr, wer du bist?"

„Ja. Wieso kuckst du so überrascht?"

„Moment … eine Sekunde … ich habe es noch nicht ganz … aber fast … Pepe, warum waren sie bereit, Adelas Sachen zu verstecken?"

„Ich glaube, sie hatten etwas Mitleid mit ihr. Sie halfen ihr auch ein bisschen, über die Runden zu kommen."

„Haben sie ihr Geld gegeben? Von was lebte Adela, wenn sie fast nie den Schuppen verließ?"

„Näharbeiten, solche Sachen. Dinge, die sie von zuhause aus erledigen konnte. Sie hat auch bei den Martinellis geputzt und etwas im Haushalt geholfen."

Marcela lächelt. „Eine Frage noch, Pepe. Für wie wahrscheinlich hältst du es, dass die Martinellis wussten, dass Carlos keine Geschwister hatte?"

„Ziemlich wahrscheinlich, weil …"

„Ach du Scheiße", sagt Marcela leise. Ihre Augen leuchten. Marcela wendet sich an Andrés, der sie schmunzelnd betrachtet: „Andrés, jetzt rede zumindest einmal Klartext. War Ramón der Verantwortliche?"

Andrés antwortet mit übertrieben unschuldiger Mine: „Das habe ich nie behauptet."

Marcela schüttelt der Kopf, und beginnt laut zu lachen. Noch glucksend wendet sie sich an die beiden Anarchisten: „Andrés, würde es dir gefallen, noch ein paar Tage in Buenos Aires zu bleiben? Und Pepe, könntest du auf ihn aufpassen?"

„Ja", antworten beide zeitgleich.

# Kapitel 25

Montevideo, April 2020

„Na, wie war dein Urlaub?“ begrüßt Sergio lächelnd Marcela, als sie in sein Büro kommt.

„Wunderbar“, antwortet Marcela gequält. „Es gibt nichts Schöneres als zehn Tage Quarantäne in einer kleinen Zwei-Zimmer-Wohnung in Goes. Ich hatte …“

„Hör auf zu jammern. Erstens warst du nicht in Quarantäne, sondern im *home office*. Zweitens, sei froh, dass du dir nicht das Virus eingefangen hast. Ich befürchtete es ernsthaft, als wir uns nach deiner Rückkehr trafen. Du sahst furchtbar aus. Und drittens …“ Sergio grinst.

„Was ist drittens?“

„Du hast selbst geschrieben, dass du die ersten beiden Tage praktisch nur geschlafen hast. In der Redaktion hätte ich das nicht zugelassen. Also, Schluss mit dem Gejammere. Hier, das ist für dich.“ Sergio übergibt Marcela einige Farbausdrucke. „Das ist das Layout. Wann deine Reportage als Beilage veröffentlicht wird, kann ich dir leider immer noch nicht sagen. Die Verleger wollen einen geeigneten Zeitpunkt abwarten. Sie meinen, dass die Geschichte wegen des Virus‘ nicht die nötige Aufmerksamkeit bekommen würde. Es ist ungewöhnlich, dass sie sich da einmischen. Normalerweise kann ich so etwas entscheiden. Aber ich muss es akzeptieren. Tut mir leid.“

Marcela murmelt, während sie die einzelnen Seiten betrachtet: „Ist schon ok. Hauptsache es wird irgendwann veröffentlicht.“

„Das wird es sicherlich … Und?“

„Was und?“

„Bist du zufrieden damit, Marcela?“

„Natürlich. Das Layout gefällt mir.“

„Das meine ich nicht. Ich will wissen, ob du mit deinem Artikel zufrieden bist.

„Ja und Nein.“

„Wieso, nein? Waren dir die Korrekturen des Lektorats zu viel? Oder, dass wir der Bitte Andrés‘ nachkamen, die Namen der noch lebenden Personen zu ändern und die Details über ihre damalige Organisationsstruktur möglichst unkonkret zu lassen. Das hättest du vielleicht früher sagen sollen. Jetzt noch einmal das Ganze …“

„Nein, das ist es nicht. Ich finde Andrés‘ Bitte vollkommen in Ordnung. Mit der Reportage, so wie sie ist, kann ich gut leben.“

„Und wieso dann nein?“

„Ich hatte in Buenos Aires gehofft, auf etwas Spektakuläres zu stoßen. Wenn schon nicht auf die Fahne, dann zumindest auf die Enttarnung eines damaligen Geheimdienstspitzels.“

„You can't always get what you want, but if you try sometimes you just might find …“

„…you get what you need“, komplettiert Marcela nachdenklich lächelnd die bekannte Songzeile der Stones.

„Woher kennst du das alte Zeug? Dafür bist du doch zu jung. Egal. Jedenfalls finde ich es persönlich nicht so schlimm, dass du nichts vordergründig Spektakuläres herausfinden konntest.“

„Wie? Du bist der Chefredakteur. Du willst mir nicht erzählen, dass …“

„Ich habe gesagt, dass ich es persönlich nicht so schlimm finde. Als Chefredakteur müssen mich natürlich die Verkaufszahlen interessieren. Da gilt, je spektakulärer die Story, umso mehr Leute kaufen die Zeitung. Aber persönlich denke ich, dass es so, wie es ist, besser ist."

Marcela blickt ihren Chef verständnislos an.

„Marcela, was wäre denn passiert, wenn du die Fahne gefunden hättest? Ich meine, außer, dass dir irgendeine Dumpfbacke einen Orden umgehängt hätte. Ich meine, was wäre medial passiert?"

„Die Story wäre auf allen Titelseiten Uruguays gelandet. Da hätte sogar das Corona-Virus für einen Tag keine Chance gehabt."

„Bestimmt", stimmt Sergio schmunzelnd zu. Er fährt jedoch ernst fort: „Aber über was hätten die Medien berichtet?"

„Über die Fahne natürlich. Über was denn sonst?"

„Eben, über was denn sonst? Du hast eine sehr gute Reportage geschrieben. Sie ist faktenreich, hat aber auch einen persönlichen Ansatz. Wer waren die Anarchisten? Wie lebten sie? Was waren ihre Motivationen? Glaubst du, dass dieser Ansatz in dem medialen Echo noch nennenswert Berücksichtigung gefunden hätte? Ich nicht. Stattdessen hätte es unzählige Beiträge gegeben, zu Lavalleja, den 33 Orientalen, zu dem ganzen Nationalmythos. Die Anarchisten wären zu Randfiguren degradiert worden. Schlimmstenfalls hätte die Rückkehr der Fahne sogar Wasser auf die Mühlen derer sein können, die schon lange einen Schlussstrich in Bezug auf die Aufarbeitung der Diktatur fordern. Ehrlich gesagt bin ich im Nachhinein froh, dass deine Suche ins Nichts führte. Natürlich persönlich, nicht als Chefredakteur."

---

Am Tag nach ihrer Rückkehr aus Buenos Aires ging Marcela in die Redaktion. Zu ihrer Überraschung waren nur wenige Personen anzutreffen. Sergio sagte ihr, dass bereits seit Mitte der vergangenen Woche dort nur noch eine Notbelegschaft arbeiten würde. Er erklärte, der Rest versuche von zuhause aus seinen Aufgaben nachzukommen. An einen geregelten Betrieb sei angesichts der beschlossenen Maßnahmen zur Eindämmung des Virus‘ nicht zu denken. Sergio war besorgt. Nicht nur die Aufrechterhaltung der journalistischen Qualität unter solchen Bedingungen bereitete ihm Kopfzerbrechen. Ihm missfiel der autoritäre Charakter, mit dem die Maßnahmen beschlossen und umgesetzt wurden. Auch wenn die Einschränkungen weniger drastisch waren als in vielen anderen Ländern, dürfte der verordnete Ausnahmezustand nicht ohne Konsequenzen in der politischen Kultur des Landes bleiben. Aber er hatte keine andere Wahl, als den Aufforderungen der Regierung nach zu kommen.

Marcela blieb nur eine halbe Stunde in der Redaktion. Sie klärte technische Details in Bezug auf ihre Arbeit am heimischen Schreibtisch und fuhr nach Hause. Auch wenn Marcela die Besorgnis Sergios nachvollziehen konnte, gefiel es ihr, zuhause ungestört arbeiten zu können. Sie würde es Sergio gegenüber aber nie erwähnen.

Das Rohmaterial war umfangreich. Marcela musste kaum zusätzliche Recherchen durchführen, um die Reportage fertigzustellen. Fehlende Details konnte sie per Mail oder telefonisch in Erfahrung bringen. Sie arbeitete in ihrem eigenen Rhythmus. Solange sie an der Reportage schrieb beantwortete sie weder Anrufe und Mails, die nichts mit dieser Arbeit zu tun hatten. Lediglich Andrés‘ Textnachricht beantwortete sie kurz mit „Ich weiß.“ Der alte Anarchist hatte Marcela geschrieben: „Schlaues Mädchen.“

---

Marcela ist im Begriff, das Büro ihres Chefs zu verlassen, als Sergio ihr hinterherruft „Ach, ich hätte es fast vergessen. Schöne Grüße von Esteban. Ich habe vorgestern Abend lang mit ihm telefoniert."

Marcela dreht sich um. „Danke. Ich wollte ihn die Tage anrufen, bin aber nicht dazu gekommen. Wie geht es ihm?"

„Geht so."

„Wieso? Ist etwas passiert?" Marcelas Stimme klingt besorgt.

„Nein, nein", wiegelt Sergio ab. „Er ist erwartungsgemäß enttäuscht, dass eure Schatzsuche erfolglos war. Außerdem hat er einen Universitätsblues."

„Einen Universitätsblues?"

„Ja, aber das ist nichts Neues. Schon seit ein paar Jahren jammert er mir regelmäßig zu Semesterbeginn die Ohren voll. Er hat immer weniger Lust auf seine Professorentätigkeit."

„Was möchte er denn statt dessen machen?"

„Keine Ahnung. Er weiß es wahrscheinlich selbst nicht. Wobei … ich denke, am liebsten wäre er so etwas wie ein intellektueller Indiana Jones. Trotz des Misserfolgs schien ihm eure Jagd nach der verschwundenen Fahne irgendwie auch Spaß gemacht zu haben. Vielleicht kündigt er doch irgendwann seinen Job und macht sich auf die Suche nach Peróns Händen."

„Hä? Peróns Hände?"

„Du kennst nicht die Geschichte von Peróns Händen?"

„Keine Ahnung, von was du sprichst."

Sergio lächelt. „Da bist du vielleicht dann doch zu jung. Das Ganze ist auch über 30 Jahre her. Sie haben Peróns Hände geklaut."

„Was? Die Hände? Von seinem Leichnam? Wer macht denn sowas?"

„Weiß man nicht. Die Hände sind jedenfalls bis heute verschwunden. Theorien über die Täter gibt es eine Menge. Anti-

Peronisten zählen zu den Verdächtigen, ebenso die P2-Loge, irgendwelche …"

„Die P2-Loge? Was hat die denn mit Perón zu tun?"

„Es heißt, der alte Bewunderer von Hitler und Mussolini war dort Mitglied … was ist? … Nein, Marcela, nein." Sergio lacht. „Du brauchst mich gar nicht mit so großen Augen ansehen. Ich meine, wenn du auf einem Schimmel in Montevideo eingeritten wärst, mit der wehenden Fahne der 33 Orientalen in deiner Hand, ok, dann würde ich es mir vielleicht überlegen. Bist du aber nicht. Außerdem sollen sich die *Porteños* selbst darum kümmern."

„Aber wenn es eine Spur gäbe, die nach Uruguay führt?" Marcela grinst verschmitzt.

Sergio schüttelt lachend den Kopf. „Verschwinde aus meinem Büro. Ich muss arbeiten."

# Kapitel 26

„Was willst du mit dem Fußball?“ Andrés lacht, nachdem er Marcela die Tür geöffnet hat. „Ist der für mich?“

„Nein, ist er nicht.“ Marcela ist gut gelaunt. „Ich erkläre es dir später.“

„Komm rein, du schlaues Mädchen.“

Marcela setzt sich an den Tisch und entfernt die Batterie aus ihrem Handy. „Ich hatte also Recht. Kaum zu glauben. Es war ja nicht mehr als eine Idee. Brauchtet ihr lange, um sie zu überzeugen.“

„Nein. Die beiden wussten tatsächlich, dass Pepe mit meinen Genossen unter einer Decke steckte. Der Alte scherzte sogar über Pepes mangelnde Tarnung. Ihm war aufgefallen, dass Pepe nie meine Genossen beobachtete, wenn sie das Haus verließen, sondern immer die Fenster der anderen Häuser. Außerdem waren die beiden meiner Meinung nach auch erleichtert, endlich von ihrer Aufgabe entbunden zu werden. Sie sind ja knapp achtzig. Und ihren Erben mochten sie das Paket nicht überlassen. Außerdem hat sie euer Besuch etwas beunruhigt. Sie wussten tatsächlich, dass Carlos keine Geschwister hatte. Und als du dann mit deiner Lügengeschichte ankamst, du seiest dessen Nichte …“

„Hast du ihnen erzählt, wer wir wirklich sind?“

„Nein, wozu denn? Sie vermuteten aber selbst, dass ihr Journalisten wart. Die Martinellis sind nicht dumm. Wäret ihr von den Bullen oder dem Geheimdienst gewesen, hättet ihr eine bessere Legende gehabt …“

Marcela lacht. „Die haben uns ganz schön an der Nase herum geführt. Sie konnten sich an alle Mitbewohner des Hauses erinnern, aber nur nicht an Pepe und Adela. Das war wirklich gut gespielt. Und die Liste der ehemaligen Mitbewohner war wahrscheinlich erfunden.“

„Nein, die Namen war echt. Aber was nutzt es schon zu wissen, dass nebenan mal eine Familie Méndez oder Sacchi gewohnt hat. Die konkreten Hinweise, wohin einzelne Nachbarn gezogen sein könnten, gaben sie euch nur bei Leuten, die wesentlich älter waren als sie. Und damit höchstwahrscheinlich schon tot sind.“

„Und die Fahne haben sie die ganze Zeit in einem Bankschließfach deponiert?“

„Ja. Es war ja der Job des alten Martinelli, sich um die Schließfächer zu kümmern. Für ihn war es kein Problem, eines zu besorgen und er schaffte es auch, die anfallenden Gebühren in den Büchern kreativ umzubuchen. Als sie die ganze Verwaltung vor fünfzehn Jahren digitalisiert haben, war das Schließfach offiziell schon für die nächsten dreißig Jahre bezahlt. Das Versteck kostete dem Martinelli keinen Peso und er hatte immer Zugriff. Genial!“ Andrés lacht. „Wir hätten solche Bankangestellte in unseren Reihen gebraucht, dann hätten wir uns das mit den Banküberfällen sparen können.“

„Sie sind dann gleich am Montag hin und haben die Fahne geholt?“

„Nein. Pepe hat sie überzeugt, lieber noch ein oder zwei Tage zu warten. Für den Fall, dass unser Besuch bei ihnen doch beobachtet wurde.“

„Wussten Sie, was sie da seit fünfundvierzig Jahren in dem Schließfach verstecken?“

„Kein Ahnung. Eher nicht, sonst hätte der Alte bestimmt einen Scherz darüber gemacht.“

„Warum haben sie das überhaupt gemacht. Waren sie heimliche Anarchisten?"

Andrés lacht. „Ganz bestimmt nicht. Ich bin mir auch nicht sicher, ob sie irgendwie links sind. Sie waren die perfekten Vertrauenspersonen. Sie sind fürchterliche Spießer. Aber den Putsch sechsundsiebzig fanden sie scheiße. Zumindest soweit, dass sie den scheiß *Milicos* eins auswischen wollten."

„War es schwierig, über die Grenze zu kommen?"

„Nein. Ein halbseniler, alter Uruguayer mit einem billigen Kunststoffkoffer hat die scheiß Grenzbullen wenig interessiert. Die hatten nur Angst davor, sich mit dem scheiß Virus anzustecken."

„Das meinte ich nicht. Ich habe mich im Nachhinein nur gewundert, wie du überhaupt als Uruguayer noch nach Buenos Aires durftest. Die Grenzen waren doch in die Richtung schon zu."

Andrés zuckt mit den Schultern und sagt mit unschuldiger Miene: „Zwei Pässe. Und bevor du fragst: Beide sind echt. Ich bin in Rosario in Argentinien geboren, also Argentinier. Als Kleinkind kam ich hierher, nach ein paar Jahren wurde ich auch Uruguayer. Da nützt ihnen die Ganze digitale Erfassung nichts. Ein Mensch mit zwei Pässen ist für die zwei Menschen. Ganz schön bescheuert." Grinsend fährt er fort: „Genau genommen habe ich drei Pässe, nein, eigentlich sogar vier."

Marcela schüttelt den Kopf. „Das will ich gar nicht so genau wissen." Sie macht eine Pause und blickt aus dem Fenster. „Lass uns draußen hinsetzen. Die Sonne ist herausgekommen."

„Hast du Pepe eingeweiht?" fragt Marcela, nachdem sie sich in den Klappstuhl gesetzt hat.

„Nein, habe ich nicht. Natürlich war er neugierig. Aber er hat nicht nachgehakt. Er vertraut mir, auch wenn ich ihm ein paar Dinge verschweigen muss."

„Es sind also nur wir beide, die Bescheid wissen. Wobei ich gestern in der Redaktion den Eindruck hatte, dass Sergio einen Verdacht hegt. Es war etwas zu bemüht, mir zu erklären, warum er froh sei, dass die Fahne nicht auftauchte."

„Warum hast du deinen Professor nicht eingeweiht? Wollte er den Stofffetzen den *Milicos* übergeben und den Ruhm einheimsen?"

„Nein, das war es nicht. Er wollte das auch nicht. Im Gegenteil. Hat er zumindest gesagt." Marcela schüttelt nachdenklich den Kopf. „Wobei … ganz verstehen, was Esteban antrieb, mir zu helfen, tue ich bis heute nicht. Ich habe aber keinen Zweifel daran, dass er die *Milicos* hasst. Gründe dafür gibt es ja auch in Argentinien mehr als genug."

Andrés nickt und murmelt: „Andererseits hat er in seinem Job oft mit ihnen zu tun und kann auch offenbar ziemlich ungehindert in deren Archive. Irgendwie müssen sie ihm auch vertrauen oder ihn als nützlich ansehen."

Marcela erschrickt. „Willst du damit andeuten, dass Esteban für …"

„Nein, nein", wiegelt Andrés ab. „Will ich nicht. Vielleicht hat er das Ganze als persönliches Machtspiel angesehen. Eitel genug wäre er ja dafür. Aber …", Andrés überlegt eine Weile und blickt Marcela in die Augen, „ganz ungefährlich ist das nicht."

„Was siehst du mich jetzt so an?"

„Weil du dich auch auf so ein Machtspiel eingelassen hast."

„Was hätte ich denn machen sollen? *Pompita* die Fahne übergeben und mir dafür von den *Milicos* einen Orden umhängen lassen? Nein danke. Das hätten die journalistischen Lorbeeren nicht aufgewogen. Zwischenzeitlich wollte ich sie auch gar nicht mehr finden."

„Aber warum hast du dann weiter gesucht?"

Marcela lacht: „Na, ja. Ich hatte irgendwann beschlossen, sie dir zu überlassen … als Akt der Boshaftigkeit gegenüber den Autoritäten. Ich meine, dass du und deine Genossen in gewissem Sinne die rechtmäßigen Besitzer seid, also zumindest mehr als der … der … Feind."

Andrés schüttelt lächelnd den Kopf. „Bei deinem neuen Verständnis des bürgerlichen Rechts will ich aber hoffen, dass du nicht irgendwann anfängst, Banken zu knacken und Bonzen zu entführen … Aber noch mal zurück. Warum hast du deinem *Porteño* nichts gesagt? Auch wenn er zufälliger Weise nicht bei Pepe dabei war, hatte er doch …"

„Ich weiß …" unterbricht Marcela ihn, „ich habe deswegen auch ein schlechtes Gewissen. Wahrscheinlich wollte ich der Diskussion aus dem Weg gehen, was mit der Fahne passieren sollte. Er hatte schon eine konkrete Vorstellung. Der Plan war auch nicht schlecht. Er wollte sie im Archiv des Historischen Instituts unterbringen. Sie unter Ihres gleichen unsichtbar machen."

Andrés lacht laut.

„Was ist?"

„Ein exzellenter Plan. Im Prinzip haben wir es genauso gemacht, nachdem wir die scheiß Fahne gestohlen hatten."

„Ihr brachtet sie in ein Archiv?"

„Fast. Ich habe dir doch gesagt, dass die Fahne gerade mal einen Kilometer vom Museum entfernt versteckt war. Sie war bei den Requisiten im Teatro Solís. Der perfekte Ort. Jeder konnte sogar lesen, dass es die Fahne war. Aber keiner hat es kapiert."

„Ich kapier es gerade auch nicht."

„Das Teatro Solís hat unglaublich viele Requisiten. Unter anderem auch viele Fahnen. Der Stofffetzen war dort. Sorgsam einpackt und mit einem Zettel versehen. Laut des Genossen, der das gemacht hat, stand dort sowas wie: ‚Fahne der 33 Orientalen. Bitte nicht verwenden. Für gesonderten Gebrauch. Die Direktion.' Hat funktioniert."

„Was für eine absurde Geschichte", sagt Marcela während ihr Blick über die Bucht von Montevideo schweift.

„Finde ich auch. Das Offensichtliche ist unter bestimmten Bedingungen unsichtbar."

„Stimmt. Ich meine aber nicht nur das. Auch meine Suche nach der Fahne. War auch ziemlich bizarr. Ein paar Sachen sind mir bis heute noch nicht klar."

„Zum Beispiel?"

„Warum uns der Geheimdienst nur solange observiert hatte, bis wir nach Patagonien fuhren. Danach verlor er sein Interesse. Aber warum? Hast du eine Idee?"

„Ich nicht. Aber Pepe hat eine Theorie. Aber ich weiß nicht, ob sie dir gefallen wird."

Marcela blickt Andrés überrascht an. „Warum sollte sie mir nicht gefallen? Was ist seine Theorie?"

„Na ja, Pepe hat mir erklärt, was seiner Meinung nach, einen guten Beobachter ausmacht. Man muss wissen, zwischen Zufällen und Ungereimtheiten zu unterscheiden. Zum Beispiel …"

„… zweimal innerhalb weniger Tage mit dem gleichen Taxifahrer fahren, kann noch als Zufall durchgehen. Ab dreimal wird es zur Ungereimtheit."

„So in der Art."

„Ja, aber was hat das mit meiner Frage zu tun?"

„Pepe meint, dass es bei eurer Suche zu viele Zufälle gab."

„Wie? Natürlich hatten wir auch manchmal Glück, aber viele Spuren legten wir erst frei."

„Eben. Ihr habt Spuren freigelegt. Die Frage ist aber, wer hat sie hingelegt?"

„Hä?"

„Marcela, nach allem was du und dein Professor mir erzählt habt, wart ihr wirklich gut. Das glaub ich gern. Du bist sehr intelligent. Aber wart ihr wirklich so gut? Du hast in sechs Wochen etwas gefunden, was fünfzig Jahre verschollen war."

„Und was ist jetzt Pepes Theorie?"

„Dass euch der Geheimdienst unter die Arme gegriffen hat."

„Wie bitte? Das gibt doch gar keinen Sinn. Warum sollten die uns helfen, die Fahne zu finden?"

„Von der Fahne wussten sie nichts. Nein, was Pepe meint, ist, dass sie wahrscheinlich befürchteten, ihr könnten nach den Verantwortlichen für das Verschwinden meiner Genossen suchen. Kann sein, dass die Recherchen deines Professors zu der Wohnung sie nervös machten. Pepe hat jedenfalls den Eindruck, dass sie für euch eine Spur legten, bis zu der alten Frau in Patagonien."

„Adela."

„Ja, Adela. Wenn ihr sie in ein paar Wochen ausfindig machen konntet, glaubst du wirklich, dass der Feind das damals nicht konnte? Sie wissen sicher seit damals, dass sie nicht mit uns unter einer Decke steckte. Nachdem ihr euch auf die Suche nach ihr gemacht und natürlich nichts gefunden habt, waren sie erleichtert. Sie haben gewusst, dass ihr einer falschen Fährte nachjagt und sich alles im Sand verlaufen wird. Ihr wart keine Gefahr mehr."

„Äh, ja ... aber was meint Pepe mit Spuren legen?"

„Mit wie vielen Leuten habt ihr gesprochen, bevor ihr Adela befunden habt?"

„Mit nicht vielen, vielleicht einem Dutzend?"

„Einem Dutzend und, hoppla, findet ihr die mutmaßliche untergetauchte Verantwortliche mitten im Nirgendwo."

„Auf was willst du, oder besser gesagt Pepe, hinaus?" fragt Marcela, obwohl ihr selbst dämmert, worauf Pepes Diagnose abzielt.

„Auf die einfache Frage, ob ihr wirklich immer wusstet, mit wem ihr geredet habt? Habt ihr euch die Ausweise zeigen lassen, habt ihr die Identitäten überprüft? Laut Pepes Theorie dürfte mindestens eine der Personen, die euch wichtige Hinweis gab, nicht diejenige gewesen sein, für die ihr sie gehalten habt."

Marcela schüttelt den Kopf und antwortet leise, „Nein, haben wir nicht. Es stimmt ... Pepe hat Recht ... das wären wahrscheinlich wirklich zu viele Zufälle gewesen ... Scheiße, bis vor fünf Minuten dachte ich, wir wären wirklich so clever gewesen."

„Wart ihr doch. Ihr seid auf Pepe gestoßen und das war der Schlüssel."

„Na ja. Erstens stieß Pepe auf uns. Und zweitens täuschten wir uns bei ihm hundertprozentig. Ich würde das nicht als clever bezeichnen."

„Aber ihr habt richtig vermutet, dass Pepe vor fünfundvierzig Jahren etwas mit meinen Genossen zu tun haben musste. Das war schon clever."

„Danke für die Aufmunterung", sagt Marcela mit gequältem Lächeln. „Was rät mir Pepe für die Zukunft? Niemanden mehr trauen?"

„Wenn du niemandem mehr trauen kannst, bist du am Arsch. Aber das sagt nicht Pepe, sondern ich."

Marcela blickt auf die Uhr. „Ich muss jetzt bald los." Sie steht auf und streckt sich. „Ich würde sie gerne einmal sehen. Das muss aber nicht jetzt sein. Ich gehe davon aus, dass sie nicht hier ist."

„Nein, ist sie nicht. Aber das lässt sich für die nächsten Tage arrangieren. Viel ist aber nicht mehr von ihr übrig. Mehr Stoffreste als Fahne. Ich brauche ein wenig Vorlauf, um sie zu holen. Sie ist bei einer Vertrauensperson. Im Kühlschrank."

„Im Kühlschrank?" Marcela lacht.

„Die Person hat keine schicke luftdichte Vitrine. Um zu verhindern, dass sie vollkommen zerfällt, habe ich sie bei einem Metzger vakuumverpacken lassen. Und jetzt lagert sie kühl."

„Wie ein Stück Rindfleisch?"

„Ja. Genauso. Ich habe extra eine fleischfarbene Plastiktüte um die Schutzhülle gestülpt. Sieht auf dem ersten Blick sogar echt aus."

„Hast du dir schon überlegt, was mit der Fahne geschehen soll? Bleibt sie die die nächsten fünfzig Jahre im Kühlschrank oder geht's zurück ins Teatro Solís?"

„Ich werde sie wohl verbrennen", antwortet Andrés lakonisch.

„Du wirst was?" ruft Marcela entsetzt.

„Nicht sofort. Aber wenn ich und die Fahne solange durchhalten, fände ich die 200-Jahrfeier einen gebührenden Rahmen, um die scheiß *Milicos* vor aller Augen zu demütigen. Da steht dann ein alter Knacker und ruft, hey, ihr scheiß Typen, hier ist der Stofffetzen, den ihr seit über fünfzig Jahren sucht. Ihr bekommt ihn aber nicht. Er wird brennen, damit niemand die Verbrechen vergisst, die ihr scheiß Typen begangen habt. Und dann zünde ich ihn an." Andrés macht eine kurze Pause und fügt leise hinzu: „Aber vielleicht muss ich an meiner Begleitrede noch etwas arbeiten."

Marcela starrt ihn mit offenem Mund an. Sie stammelt halb entsetzt, halb amüsiert: „Ist das dein Ernst?"

„Hast du eine bessere Idee?"

Marcela antwortet nicht sofort. Sie überlegt, während ihr Blick über die Häuser auf der anderen Seite der Bucht wandert. Danach sieht sie dem alten Anarchisten in die Augen und sagt lächelnd: „Nein."

# Erläuterungen

Die Geschichte ist erfunden. Die Geschichte, auf der die Geschichte aufbaut, ist wahr. Eine kurze Zusammenfassung der Fakten und der Annahmen, die auf glaubwürdigen Quellen beruhen:

Die Fahne der 33 Orientalen wurde am 15. Juni 1969 aus dem Nationalmuseum in Montevideo bei einem bewaffneten Überfall geraubt. Die „Federación Anarquista Uruguaya" bekannte sich zu der Aktion.

Die Fahne ist seit dem Zeitpunkt verschwunden. Die in dem Buch beschriebenen Vermutungen über deren Verbleib, entsprechen den gängigen Erklärungsmodellen.

Umfangreich dokumentiert ist die Tatsache, dass uruguayische Staatsorgane, auch unter Anwendung von Folter, in den siebziger Jahren den Verbleib der Fahne ermitteln wollten.

Ebenfalls ungeklärt ist der Verbleib der in dem Buch erwähnten acht Millionen Dollar. Sie waren Teil des Lösegelds, das für den im März 1974 in Buenos Aires entführten niederländischen Geschäftsmann Frederico Hart gezahlt wurde.

Alle angeführten Beispiele und Zahlen in Bezug auf staatliche Repression sind belegt. Sowohl in Bezug auf die Zeit unmittelbar vor und während der letzten Diktaturen in Uruguay (1973-1985) und Argentinien (1976-1983), als auch die *Semana trágica* (1919) und die Amtszeit des argentinischen Präsidenten

Mauricio Macri (2015-2019) betreffend. Auch der erwähnte *Plan Condor*, der auf eine länderübergreifende Verfolgung der Opposition während der Militärdiktaturen abzielte, existierte.

Ebenso real ist das Schicksal der drei Personen, die in dem Buch explizit erwähnt werden:

*Eduardo Bleier Horovitz* wurde am 19. Oktober 1975 in Montevideo festgenommen. Seit diesem Zeitpunkt galt er als „verschwunden". Seine Überreste wurden am 28. August 2019 bei einer Ausgrabung auf dem Gelände des 13. Uruguayischen Infanterie-Bataillons gefunden.

*Santiago Andrés Maldonado* wurde am 1. August 2017 bei einer Polizeiaktion gegen ein Protestcamp in der patagonischen Provinz Chubut festgenommen. Seit diesem Zeitpunkt galt er als „verschwunden". Am 17. Oktober 2017 wurde sein Leichnam im Río Chubut entdeckt.

*Felipe „PLEF" Cabral*, ein bekannter, linksgerichteter Graffiti-Künstler aus Montevideo, wurde am 16. Februar 2019 in dem wohlhabenden Stadtteil Punta Gorda mit einem Kopfschuss ermordet. Die Ermittlungen ergaben, dass der Schuss aus einem der umliegenden Häuser abgefeuert wurde.

Obwohl er nicht explizit als solches beschrieben wurde, ist der im Buch erwähnte *Zelmar Michelini* eines der prominentesten Opfer der uruguayischen Diktatur. Er wurde am 20. Mai 1976 im argentinischen Exil im Regierungsauftrag ermordet.

Der im Buch angesprochene Einbruch in die staatliche Universität von Uruguay ereignete sich am Osterwochenende 2016.

Die beschriebenen Erinnerungsorte existieren. Das Mahnmal für die Verschwundenen während der Diktatur in Uruguay befindet sich im südlichen Teil des Vaz-Ferreira-Parks im Stadtteil *Cerro*, die erwähnte Bodenplatte, die auf das extralegale Foltergefängnis verweist, ist an der Rambla República de México im Stadtteil *Punta Gorda* der uruguayischen Hauptstadt.

Die Gedenktafel, die auf die *Semana trágica* Bezug nimmt, befindet sich auf dem Martín-Fierro-Platz im Stadtteil *San Cristóbal*, die Gedenkstätte in den Räumen der „Automotores Orletti" im Stadtteil *Floresta* in Buenos Aires.

Der Informant *Carlos Goessens* ist eine reale Person, ebenfalls der unter anderem wegen achtundzwanzigfachen Mordes verurteilte Oberstleutnant *José Gavazzo.*

Das Gefängnis, in dem viele politische Gefangene während der uruguayischen Diktatur inhaftiert wurden, heißt tatsächlich *Libertad.*

Die politischen Organisationen sind ebenso real wie die Personen des öffentlichen Lebens, die in dem Buch erwähnt werden. Sie im Einzelnen zu beschreiben und ihre geschichtliche Rolle zu würdigen, würde den Umfang des Nachworts sprengen. Daher nur ein kurzer Überblick, beginnend mit uruguayischen Organisationen und Personen:

Die „Federación Anarquista Uruguaya" (FAU) wurde 1956 gegründet, steht in der Tradition des Anarchosyndikalismus und spielte eine wichtige Rolle in der uruguayischen Gewerkschaftsbewegung. In manchen Einzelgewerkschaften ist sie heute noch verankert.

Die „Organización Popular Revolucionaria 33 Orientales" (kurz OPR-33) war eine bewaffnete Struktur, die an die FAU angebunden und seit Ende der sechziger Jahre aktiv war. Ihr Name leitet sich von dem Raub der Fahne der 33 Orientalen ab.

Die „Partido por la Victoria del Pueblo" (PVP) wurde 1975 unter anderem von Mitgliedern der FAU beziehungsweise OPR-33 im argentinischen Exil gegründet.

Die in dem Buch erwähnten anderen politischen Gruppierungen, wie die Sozialistische Partei (PS), die Kommunistische Partei Uruguays (PCU) und die ehemalige Guerillabewegung und spätere Partei *Tupamaros* – Kurzform von „Movimiento de Liberación Nacional - Tupamaros" (MLN-T) – existieren. Diese sind wie die PVP Teil des Linksbündnisses *Frente Amplio.*

*Familiares* ist die Kurzform von „Madres y Familiares de Uruguayos Detenidos Desaparecidos", einer Selbstorganisation der Angehörigen von „Verschwundenen".

*José Artigas* führte am Anfang des neunzehnten Jahrhunderts die erste antikoloniale Bewegung an. Er gilt in Uruguay als „Volksheld".

Die *33 Orientales* waren ein wichtiger Teil der erfolgreichen Erhebung 1825 gegen die brasilianische Besatzung. Unter dem Kommando von *Juan Antonio Lavalleja y de la Torre* („der Befreier") kämpfte auch der erwähnte spätere Präsident des Landes *Manuel Ceferino Oribe y Viana*. Die Selbstbezeichnung uruguayischer Menschen als „Orientalen" geht auf die Zeit des Unabhängigkeitskriegs und den damit verknüpften offiziellen Staatsnamen – „República Oriental del Uruguay" (Republik östlich des [Flusses] Uruguay) – zurück.

*Jorge Vázquez Rosas* war Mitglied der OPR-33 und machte später in der Politik Karriere – unter anderem als Staatssekretär und Vize- und Interims-Innenminister. Sein Bruder, *Tabaré Ramón Vázquez Rosas*, wurde als Kandidat des *Frente Amplio*-Bündnisses zweimal zum Präsidenten des Landes gewählt.

*José Alberto Mujica Cordano* ist Mitglied des MLN-T und war zwischen 2010 und 2015 Präsident Uruguays. Auf ihn wird in dem Buch indirekt verwiesen – als „ehemaliger *Guerillero*, der es zum Präsidenten bringt und dann mit den Mördern ein nettes Pläuschchen führt und sie weitermachen lässt, als wäre nichts passiert".

*Luis Alberto Lacalle Pou* bekleidet seit den 1. März 2020 das Amt des uruguayischen Präsidenten. Der despektierliche Spitzname *Pompita* stammt von seinem Vorgänger Tabaré Vázquez.

*Juan Manuel Blanes* gilt als der bedeutendste Maler Uruguays des neunzehnten Jahrhunderts.

Auf Argentinien bezogen, werden in dem Buch als Organisation einzig die *Montoneros* (offiziell „Movimiento Peronista Montonero") erwähnt. Diese verstanden sich als linksperonistiche, revolutionäre und bewaffnete Opposition. Wie viele andere Gruppen (aus der politischen Linken wie der Rechten) bezogen sie sich auf den zweimaligen argentinischen Präsidenten *Juan Domingo Perón*. Dieser wird in dem Buch auch als „General" und „Generalísimo" bezeichnet. Dessen zweite Ehefrau, *María Eva Duarte de Perón*, wird mehrfach „Evita" genannt.

Es entspricht den Tatsachen, dass am 29. Juni 1987 bei einem Einbruch in die Grabstätte Peróns unter anderem dessen Hände entwendet wurden.

*Juan Hipólito del Sagrado Corazón de Jesús Yrigoyen* wurde in der ersten Hälfte des zwanzigsten Jahrhunderts zweimal zum argentinischen Präsidenten gewählt.

Die Bezeichnung *Kirchners* bezieht sich auf *Néstor Carlos Kirchner* und *Cristina Fernández de Kirchner*. Néstor Kirchner war von 2003 bis 2007 Präsident Argentiniens, Cristina Fernández von 2007 bis 2015 Präsidentin.

*Mauricio Macri* wurde 2015 zum Präsidenten gewählt. Seine Amtszeit endete 2019.

*Diego Armando Maradona* ist ein ehemaliger argentinischer Fußballspieler. Er spielte unter anderem auch für den Verein *Boca Juniors*, im Buch als „Boca" erwähnt.

*Carlos Gardel* war einer der berühmtesten Tangosänger der Welt. Seine Herkunft ist umstritten. Während in Montevideo die Ansicht vorherrscht, er sei in Tacuarembó in Norduruguay geboren worden, tendieren die Menschen in Buenos Aires dazu, Toulouse in Frankreich als dessen Geburtsort anzugeben.

Einige Begriffe wurden nicht ins Deutsche übertragen. Zu einem großen Teil sind sie kulinarischen Ursprungs. *Alfajor* ist ein Süßgebäck, *Empanadas* sind salzig befüllte Teigtaschen, *Tartas* ähneln einer Quiche und *Malbec* ist eine in Argentinien populäre Rotweinsorte. *Facturas* (argentinisch) und *Bizcochos* (uruguayisch) sind Sammelbegriffe für zumeist süßes Gebäck. *Cortado* ist Kaffee mit wenig Milch, *Choripán* ein Bratwurstbrötchen, *Medialunas* kleine Croissants. Eine *Parrillada* ist ein Grillrestaurant.

*Casa Rosada* ist der Amtssitz des argentinischen Staatsoberhaupts.

Für einige Begriffe gibt es keine adäquate Übersetzung:

*Milicos* ist ein despektierlicher Ausdruck für Militärangehörige (kontextbezogen auch für andere Angehörige staatlicher Sicherheitsorgane).

*Porteño* ist eine Selbstbezeichnung der Menschen, die in Buenos Aires leben. In Montevideo spiegelt die Verwendung des Begriffs oft eine Abgrenzung gegenüber dem großen Nachbarn wider – sowohl mit ironischem als auch mit herabwürdigendem Unterton. Beispiele für die Zuschreibungen, mit denen sich die Menschen aus den beiden Städten wechselseitig charakterisieren, finden sich mehrfach in dem Buch. Im ähnlichen Sinn wird der Begriff auch in vielen argentinischen Provinzen verwendet.

*Patrón* bezeichnet im Alltagsgebrauch den Chef beziehungsweise den Besitzer einer Firma. Der Begriff hat aber darüber hinaus eine feudale Konnotation, zurückgehend auf die Bezeichnung des Gutsherrn.

*Paisito*, „Ländchen“, ist eine in Uruguay weitverbreitete Bezeichnung des eigenen Landes. Der Begriff bezieht sich nicht nur auf die tatsächliche Größe Uruguays im Vergleich zu den Nachbarländern, sondern auch auf die kulturelle Selbstwahrnehmung als beschauliches und ruhiges Land.

*Gran Buenos Aires* ist die Metropolregion der argentinischen Hauptstadt, die neben Buenos Aires zwei Dutzend andere Städte und Gemeinden umfasst, die weitgehend zu einem einzigen urbanen Raum verschmolzen sind. Schätzungsweise leben dort rund dreizehn Millionen Menschen.

Uruguay ist weltweit das Land mit dem zweihöchsten Pro-Kopf-Whiskykonsum.

Für alles andere gilt: Die Geschichte ist erfunden.